星月夜

伊集院静

文藝春秋

星月夜

装画　三嶋典東
装幀　関口信介

1

暑い夏であった。

九月中旬を過ぎたのに関東平野の白昼の猛暑は衰える兆しはなかった。夜になってもいっこうに温度は下がらず、関東各地から低地、すなわち都心にむかって熱風が流れ込んだ。

東京は熱帯夜の連続記録を更新し続けていた。明治八年に気象観測が開始されて以来、初のことだった。

ここ浅草の町でも寝苦しい夜が続いていた。熱気が淀んでいる。人々は夢うつつの中で寝返りを打ったり、汗を拭《ぬぐ》ったりした。乱れた寝息の底で隅田川だけが重い川音を響かせて流れていた。

午前四時を過ぎたあたりからようやく熱気が動き出し、ひんやりとした川風が岸辺からゆっくりと浅草の町に吹き込みはじめた。軒に吊した風鈴がかすかに音を立てた。

その時刻、浅草から一・五キロ離れた上野駅正面口の中二階、広小路口へのスロープと浅草口への階段の中間付近に十数人の男たちが横たわっていた。主には住居を持たない浮浪者たちだが、その中に、昨夜、泥酔し常磐線の最終電車に乗り遅れた若いサラリーマンと、同じように前後不覚になるほど酔って駅にやって来た左官職人が混じっていた。

皆一様に眠むりほうけていたが、よく見ると風通しが良く寝心地もましに思える場所は浮浪者たちが占拠し、部外者の二人は壁ぎりぎりの風も通らぬ場所に寝ていた。その左官職人の左腕に血糊《ちのり》がこびりついている。ほんの三時間前、ここで一悶着があった。ひどく酔ってあらわれた左官職人が風通しの良い場所に寝ていた浮浪者の一人を蹴り上げ寝場所を奪った。見るからに腕力のありそうな左官職人であった。対して浮浪者たちは皆歳を取っており弱者に見えた。だが彼等は弱者ではなかった。

左官職人が酒臭い息を吐き、高鼾《たかいびき》を掻《か》きはじめた途端、三人の浮浪者がむっくりと起き上がり、その職人を踏みつけ、殴る蹴るをはじめた。彼は目を覚まし応戦したが一人の浮浪者が履いていた登山靴の先が鳩尾《みぞおち》に入り、顔を歪めて動かなくなった。なんと彼はそのまま鼾を掻き出した。三人は左官職人を、火事の消火跡の濡れ蒲団《ぶとん》でも引きずるように壁の隅ぎりぎりの場所に放り出した。それで充分だった。その職人のすぐそばに鞄を両手で抱いて赤児のように目を閉じている若いサラリーマンがいた。

浮浪者も部外者も感心するほどよく眠むっていた。この奇妙なそれぞれの寝場所の配置から離れた浅草口の階段を少し下ったちいさな踊り場に、一人の老人が石塀に身体を凭《もた》せかけて目を閉じていた。眠むってはいるのだろうが、その老人の背中からは、浮浪者や泥酔した者とはまったく異質のものが漂っていた。

白髪頭を短く刈り、もう何年も着ている綿のシャツには汚れもなく、尻の下に一晩敷いた新聞紙は少しも捩《よ》じれていなかった。脇に置いた鞄には、それを強奪者から守るように左手が乗せられていた。彼の手の甲には農耕者特有の深い皺《しわ》と肝斑《しみ》が見えた。年齢は七十歳前後か、眠むっていても背筋はしゃんと伸び、シャツの上からでも老人の鍛えた逞《たくま》しい筋骨がうかがえた。その証拠に左官職人との悶着が起こる少し前、階段の踊り場に座って休みはじめた老人に浮浪者のリーダー格とおぼしき男がやってきて、ここは自分たちの縄張りだから、出て行くか、さもなくば金をよこせと言ったが、老人は相手を睨みつけたまま何も言わなかった。聞こえてんのか、と浮浪者が声を荒らげた時、老人は野太い声で、聞こえておる、むこうへ行くんだ、と相手をさらに睨みつけた。それで決着がついた。浮浪者は舌打ちし、ぶつぶつと何事かをつぶやきながら仲間の所に戻り、不愉快そうに老人を見て仲間に文句を言っていた。

彼等は自分たちに危害を加えない相手だから老人を看過ごそうとしたのではなかった。老人がおめおめと金銭を渡す相手ではなく一筋縄ではいかぬ相手とすぐに判断したから、その場所を譲ったのである。いずれにしても今、夜明け前の姿勢を見れば彼等の判断は賢明であった。

老人の背中がかすかに動いた。

右腕がゆっくりと持ち上がり、袖口から古い腕時計が覗き、彼は目を開け時刻をたしかめた。そうして鞄に置いた左手で顔を静かに撫《な》でゆっくりと立ち上がった。尻に敷いた新聞紙を畳み鞄の中に仕舞い、鞄をかかえると前方に視線をむけた。

浅草口の階段から東の方向に真っ直ぐ浅草通りがのびていた。その道の彼方、浅草一帯の空がしらみはじめていた。

浅草、浅草寺境内にある「観音前警備派出所」に一年のうち九月一日から三十日までの一ヶ月間だけ、あざやかな青色の看板が掲げられる。

そこに白文字で「行方不明者相談所」と大きく記してあり、並列した黄色の文字で「警視庁鑑識課」とある。一年に一度、この一ヶ月間だけ全国からやって来る行方不明者を探す人たちの相談を受けつけている。

担当する警察官は警視庁の鑑識課の「身元不明相談室」から派遣された職員で、平日は二、三名で対応し、相談者の増える週末には応援の職員が加わることがある。

九月十七日の朝、皆川満津夫《みながわみつお》巡査が看板を手に派出所の前に出て掲げようとした時、一人の老人が鞄を手に立ち、その看板をじっと見上げた。

皆川が老人に軽く会釈すると老人は丁寧にお辞儀し、

「もう受付ははじまりまんすか」

と東北訛《なま》りで訊いた。

皆川は時計を見て、あと三十分したらはじめますから、と老人に告げた。

「はい」

老人は言って、またお辞儀した。

皆川は派出所の中に入り、書類をひろげはじめた葛西隆司《かさいたかし》巡査部長に茶を入れる準備をした。

「朝は濃い目でしたよね」

「済まんね、皆川君」

葛西は書類をバインダーから外しながら言った。

皆川は奥の湯沸器の前に立ち、茶筒からお茶っ葉を少し多目に薬缶《やかん》に入れた。そうして右手を大きく回し、一瞬、顔を歪めた。

昨夜、ひさしぶりに本庁の道場に剣道の稽古に行き、同期入庁の草刈大毅《くさかりだいき》とたっぷり三時間打ち合った。草刈はまだ警視庁の剣道選抜の一員であったから以前と比べて格段と腕を上げていた。皆川は平然と打ち合ってるようにつとめたがあきらかに押しこまれていたし、草刈の打撃はまるで違っていた。今朝起きると背中から右肩にかけて筋肉が腫《は》れ上がっているのがわかった。

皆川が薬缶に湯を入れて戻ると、派出所の真ん前に先刻の老人が直立不動で立っていた。皆川は老人を見た。

「相談人かね」

老人に気付いていたのか葛西が言った。

「そうみたいですね。あんなふうにきちんとしているお年寄りを見るのはひさしぶりだな。何だかあの人懐かしい気がするな……」

皆川が何か昔を思い出すように言うと、葛西は書類を閉じて時計を見た。

「少し早いが、ああして待ってもらうのも気の毒だ。はじめようか」

「お茶を飲まれてからでも……」

「いやはじめよう。中に入るよう言って来て下さい」

皆川は葛西のこういうところが好きだった。

皆川が老人を呼びに表に出ると外はすでに真昼を思わせるような日差しが降り注いでいた。

老人に受付がはじまることを告げると、

「ありがとうございます」

と深々と頭を下げた。

皆川は老人の生真面目そうな態度を見て、以前どこかで老人と似た人と接した気がしたが、それが誰なのかすぐに思い出せなかった。

老人を先に中に入れると背後でいっせいに蟬の声が聞こえ出した。

老人は葛西の前に背筋を伸ばして座っていた。

「ではお話を伺いましょう。私は相談室の葛西と言います。あなたのお名前を聞かせて下さい」

「佐藤康之《さとうやすゆき》と申します」

「今日はどちらから」

「岩手からまいりました」

「それでご相談は？」

「実は私の孫娘の可菜子《かなこ》のことで……」

老人は感情を抑えながら彼のたった一人の孫娘の行方を探している旨を話しはじめた。

孫娘を探して岩手から上京したのは今年に入って二度目であった。一度目は今年の五月初旬だった。

「今年の正月、あの子が家に帰れんくなるのは初めてのことでしたから、心配しておりました。農協からの送金を受け取ると手紙をよこしておりましたが、今年からそれが届かぬようになりました。五月に上京して、あの子が手紙で報せてくれとった寮に行きましたら去年の十二月に寮を出ておりました。通っとった専門学校へ尋ねましたら十二月から授業にも出とらんと……」

「その時、捜索願いか何かを、所轄の警察に出されましたか」

葛西が質問している間に皆川はパソコンで鑑識課が管理している捜索願いのデータを見た。

皆川は捜索願いが出ていないことを葛西に目配せして報せた。

「お孫さんが上京されたのは何年前ですか」

葛西の質問に対して老人は、

「田植えがありましたんで、すぐに帰らんとなりませんでした」

と葛西の質問とは違う話をはじめていた。

「あの子は私に生まれてからこの方一度も心配をかけることをせん子でしたから何かよほどの事情があって寮を出たんだろうと思いましたので、ともかくあの子からの連絡を待つことにしました。今年はこれまでになかったほどの暑い夏でしたから稲の方もおかしな塩梅《あんばい》で……」

葛西と皆川は顔を見合わせた。

「では佐藤さん、この書類に少し記入していただけませんか」

葛西が書類を老人の前に出しても老人は一点を見つめたまま言った。

「あの子が六っつの時に災害で両親とも亡くなってしまいました。可哀相なことをしました。あの子は稲作りが好きな子で、農学校に自分から通いたいと言い、行かせました。そこで友だちができて相手が上京してしまい、それであの子には腕に仕事をつけるよう言いまして美容師になるために上京させました。泣き言をいっさい口にしないしっかりした子です。どこで何をしておるのかが私にはとんとわかりません……」

老人は独り言のように話し続けていた。

皆川は老人の顔の中に、この相談所にやって来る人たちに共通した或る表情を見つけていた。それは闇を探っているようなうつろな目である。彼はこの二週間余りこの表情を何度も見ていた。

何か得体の知れない不気味なものが彼等の両肩にそっと手をかけているような……、困惑の表情であった。

「ではまずお名前から」

葛西が差し出したボールペンが目の前にあるのにようやく気付いて、老人は夢から覚めたように葛西と皆川の顔を見直し、鞄の中から老眼鏡を出し、丁寧な文字で名前、住所を記しはじめた。

岩手県下閉伊《しもへい》郡△△町字××。

そこがどんな土地なのか皆川は想像がつかなかったが、この実直そうな老人のたった一人の身内である孫娘を何とか探してやりたいと思った。

老人が書類に記入し終えると、葛西が孫娘の佐藤可菜子について尋ねはじめた。

「身長は何センチくらいですか。普段の髪型は、髪は染めていらっしゃいますか。眼鏡かコンタクトを使っていらっしゃいますか……」

最初の質問には老人も比較的すんなりと答えていたが、やがて質問が孫娘の歯の治療の様子や目立った身体のホクロの位置、火傷の跡、痣《あざ》の有無に及んでくると、老人の表情は険しくなった。

その質問の内容が身元不明の死体から孫娘を照合しようとしているのはあきらかだったからだ。

「行方不明者の中には記憶喪失になって自分のことがまったくわからず保護されている方もありますからね」

葛西が老人の気持ちをやわらげるためにやんわりと話した。

その時だけ老人は納得したようにうなずいた。

一時間半余りいて、老人は立ち上がると、最後に葛西と皆川に、何卒よろしくお願いいたします、とはっきりとした口調で言い、深々と頭を下げた。

皆川は老人と並んで観音裏の出口まで歩いた。捜索願いを提出する件で老人は明日も派出所に来ることになったので、皆川が紹介した安い宿までの道を教えるためだった。

「佐藤さん、お孫さんはきっと見つかりますよ。今頃、岩手にむかっているかもしれません。もしかしたらあなたへの手紙を書いているかもしれませんよ」

皆川の言葉に、老人は、ハイ、ハイ、ハイと返答した。

「浅草にいらしたのは初めてですか」

「二度目です。昔、家内と、あの子の父親の三人で冬に参りました。羽子板を売る店が並んでいて、めんこい羽子板を買いました」

老人は懐かしむように言った。

「きっと羽子板市ですかね。それはいい思い出ですね」

「ええしあわせでした。××××……」

老人はささやくような声で何かを言った。

皆川は聞こえぬ振りをして表通りに出ると宿までの道を老人に教えて別れた。見送る皆川に老人は二度立ち止まっては振り返り、お辞儀した。その姿を見て皆川は老人が誰に似ているのかを思い出した。

老人の姿が通りの角を曲がって消えると、皆川は派出所にむかって歩きながら、先刻、老人がささやくように洩らした言葉を思い出した。

――皆死んでしまいました……。


佐藤老人が去った後、福島から一組の夫婦がやってきた。二人は長男を探していた。

今年の二月、勤務先の自動車販売会社を突然、無断欠勤し、以来まったく連絡がないという。失踪した月に銀行の現金自動出入機から二度、現金を引き出していることはわかったが、それがどこの土地の機械なのか銀行は教えてくれないと言う。

「せめてその土地だけでもわかれば息子を探す手がかりになるのですが」

父親は執拗に訊いた。

しかしそれは葛西たちにも知り得ないことだった。

七年前に施行された個人情報保護法は行方不明者の捜索を困難にしていた。

長男の身体特徴を葛西が訊きはじめるとかたわらにいた母親が息子の疱瘡の跡を話しながら嗚咽《おえつ》した。

午後の最初は神奈川の相模原市から来た七十歳になる主婦であった。

夫を探していた。五年前の春、夫は近所のカルチャーセンターに出かけてくると言って一人で家を出た。普段は二人で通っているのだが、その日、妻は高校の同級生の銀婚式に出席するために新宿に出かけた。夕刻、家に戻ってみると夫の姿はなかった。準備していた食事もそのままで家に戻った形跡はなかった。この五年間、夫を探して相談所が開設される度に訪ね続けていると言う。主婦は葛西の質問にも慣れたものだったが、

「生きているか死んでいるのかわからないのが辛いんです」

と言った時の目にはやはり暗いものが浮かんでいた。

都内だけで毎年三百五十体前後の身元不明死体が発見される。その内の約六割の身元が判明するがあとの四割は不明である。

毎年九月は身元不明者捜索の強化月間であった。この浅草寺境内に相談所が設けられたのは三十八年前の一九七二年からで、浅草寺境内が選ばれたのは観光客やここを訪れる人が多いことと知名度が高いことだった。

強化月間の九月だけで四十体から五十体の遺骨が肉親の元に返されるので葛西と皆川の職務には成果があった。

夕刻までに七件の相談を受け、皆川は派出所の前の看板を仕舞いに表に出た。

蟬時雨《しぐれ》は止んでいたが、熱気はムッとするほどだった。境内にはまだ人混みが残っていた。

皆川が看板を手に派出所の中に入ると、

「皆川君、一杯やって帰るかね」

奥から葛西の声がした。

「いいですね」

皆川が笑って応えた。

浅草寺を出て伝法院通りを左に折れて、少し歩いた路地のどん突きに〝鳥渕〟はあった。

年老いた主人と女房の二人でやっている焼鳥屋で、客が十人も入れば満員の小店だった。

葛西は毎夏、相談所に勤務するようになって十数年が経っていた。その一ヶ月の内、彼は週に一、二度、浅草で食事を摂って蒲田の自宅に帰る。七年前に妻に先立たれ、二人の娘はすでに嫁に行き、独り暮らしだった。浅草の小店で一杯やるのは葛西の夏の愉しみのひとつだった。

〝鳥渕〟はその一軒だった。

皆川は昨夏、この店に葛西に連れられて来ていた。客はほとんどが常連で、肝の刺し身が絶品だった。

「手羽、皮、首、そして肝をお願いします」

葛西が言った。

「こっちも同じで」

皆川が笑って主人を見た。

主人はにこりともせずにうなずいた。かわりに女将が愛想笑いをした。

皆川がビールを飲み干して言った。

「今朝一番の岩手からの老人、お孫さんが見つかるといいですよね。あの人どこかで見たことがあるなと思っていたら、自分に初めて剣道を教えてくれた人に目がとても似てたんです」

「そうですか。それで道を教えるのにずいぶんと丁寧だなと思った理由がわかりました」

「別にそれだけじゃないんですが、あんなに礼儀正しいというか背筋の伸びた人を見ているとこっちまで姿勢をただしたくなるじゃないですか」

「本当ですね。私もあの佐藤老人のような年寄りになりたいものです」

「葛西さんはもう充分、いやあの佐藤老人以上のいい年寄りです」

「私はもう年寄りですか」

「あっ、いや、すみません」

葛西は庁内の口さがない連中から〝鑑識《シキ》課の家具〟と呼ばれていた。それはどんな時間に鑑識の部屋に入っても葛西が静かに仕事をしているからだ。備え付けの家具に例えられたのである。

皆川は鑑識課に配属になって、そんな葛西を見ていた。実直な人だとわかったが仕事に関しては妥協をゆるさない。物証について推定の見解を捜査一課、二課が彼に問うても頑として受けつけない。それが葛西が出世できない原因だと聞かされていた。

去年の夏、浅草の「行方不明者相談所」に同行するようになってから皆川は葛西の本当の人となりにふれた気がした。葛西は人の分け隔てをしない。それが上司であってもだった。弱い立場の人、困っている人には親身になって手を差しのべる。

去年の夏、明日から浅草へ出張という前夜、皆川は鑑識課の三年先輩の富永景子《とみながけいこ》と新橋の居酒屋に行った。

富永景子は聡明な女性だが少し噂話の好きなところがあった。眼鏡を取って髪型に気を遣いほんのわずか化粧をする気持ちがあればたちまち庁内の男たちの気を引くのにと皆川は思う。

「葛西さんって不思議な力を持ってるって知ってる？　あの人が熱心になる時ってその行方不明者は死んでるの」

その情報が皆川に入っていたせいではないが、相談所にやって来た相談人に葛西が行方不明にいたる状況を熱心に質問すると、思わぬところから保管されていた遺骨や遺体の身元が判明していくことがあった。

ハイキングに出かけたまま帰還しない夫を探していた妻がいた。あらかじめ夫が彼女に告げていた多摩丘陵のコースとはまったく違う山を、葛西は妻に夫の登山日誌を持ってこさせて探し当てた。妻は葛西の助言を受けて捜索隊に依頼した。遺体での再会であった。

その一件が落着した時、皆川は葛西にどうして違う丘陵だと思ったのかを訊いたことがあった。

「何かインスピレーションでも湧いたんですか？」

「いや違うね。ほとんど偶発的なことだ」

「偶発ですか？」

「そうです。あの行方不明者のハイキングの日誌の中で今回のコースの感想だけが良く書いてなかったんです。それが気になってね」

「へぇー、さすがですね」

「でもこれから先は半分以上の不明者は見つからないだろうね」

「どうしてですか」

「たぶんそれは失踪者自身もよくわからない理由でどこかに消えて行く人が増えるでしょうから」

「おっしゃってる意味がよくわかりませんが……」

「人間の本能の中にはそういうものがあるんだろうね。ほら宇宙にブラックホールってのが発見されただろう。あれと同じように人間の内にもそれに似たものがあるんじゃないのかな」

「何がですか?」

「敢えて言えば……、闇かな」

「闇ですか……、怖いですね」

「ああ人間は怖い面をかかえて生きているのかもしれません。だから家族や人との紐をしっかり握りしめているんでしょう。私たちは小動物ですね」

そう言って葛西は笑った。


三本目の熱燗《あつかん》を飲み干して皆川はいい気分になった。

葛西は何か考え事をしている顔だった。

「葛西さん、佐藤老人ですが、何とかお孫さんを探してあげたいですね。そう言えば新宿の歌舞伎町にお孫さんの知り合いを探しに行ったたって言ってましたね。ホストクラブなんて言葉があの人の口から出て驚いたな」

老人は孫娘の唯一の東京での知り合いという若者が勤めている歌舞伎町のホストクラブの話をした。それだけが手がかりらしい手がかりだった。

「皆川君、その話はここではやめましょう」

葛西が静かに言った。

「あっ、そうでした。すみません」

「ぼちぼち行こうか」

外に出るとまだ蒸し返すような熱気があった。

「ああ今夜は星が綺麗だね」

葛西が立ち止まって夜空を見上げた。

「本当ですね」

「皆川君、浅草寺の境内に行って少し星を眺めませんか」

「はい」

葛西が先を歩き出した。歩調が早い。

これで葛西と星を眺めるのは三度目だった。葛西は星を見るのが好きだった。

「浅草ではここが一番だね」

星天観測はまず視界が広いことが大切だと最初の夜に教えられた。

「今年はね。金星が地球に接近してるんですよ。金星はなかなか事情《いわく》のある星でね。『太白《たいはく》昼見ゆ』です」

「何ですか、それは」

「何でもありません。ハッハハハ」

葛西は嬉しそうに星を仰いでいた。

皆川は葛西の横顔を見ながら、昨年、浅草に来た最初の夜に、少年の頃、星を見ることが唯一の愉しみだったと話した葛西の少年時代はどんなであったろうと思った。

若者の時は、自分と同じ歳の時は……。皆川は自分の想像力のなさに嫌気がさした。そして今日の午前中、葛西が或る瞬間から佐藤老人に対して熱心になりはじめたのを思い出し、それが富永景子の話と重なって少し気が重くなった。

「そのホストクラブの名前と住所はおわかりですか」

皆川は佐藤可菜子が祖父に毎月書いてよこした手紙にあったという、彼女の農業高校のひとつ先輩の若者の話に葛西が興味を抱いているのを黙って見ていた。

「さあ行きましょうか」

葛西は言って、ゆっくりと歩きはじめた。

2

九月十八日の早朝、滝坂由紀子《たきさかゆきこ》は夫の実家のある出雲市塩冶新町《えんやしんまち》を車で出て東にむかった。

車はすぐに斐伊《ひい》川沿いを南東にのびる県道二六号線にぶつかり、赤信号で停車した。

早朝だというのにトラックが猛スピードで走り抜けた。中国山地の奥から建設用の砂を運んで境港《さかいみなと》まで走るダンプカーである。

由紀子の耳の奥に、先刻、家を出る時、義母の言った言葉がよみがえった。

「三刀屋《みとや》までの県道はダンプがようけに通りよるから運転に気をつけんにゃいけんよ。あんたは今大事な身体なんじゃからね」

義母の言うとおりだった。

由紀子のお腹の中には妊娠四ヶ月の大切な胎児が成長しようとしている。

「日曜日まで待てば、俺が連れて行ってやるから」

夫の敬二《けいじ》が言ってくれたが、祖父のことで休日出勤までしている夫をわずらわせるのは嫌だった。

それに用向きが用向きだった。

夫の実家とは普段ほとんどつき合いのない祖父が家を空けて戻っていなかった。今日は出雲署から警察官が出向いてくれることになっており、そのことで夫や義父母に迷惑をかけたくなかった。

信号が青にかわったので由紀子はアクセルを踏み右折した。この川沿いの道を上流まで走れば三刀屋町に着く。県道二六号線は斐伊川沿いを通る河川道だった。

祖父の不在を報せてくれたのは三刀屋に住む小高《こだか》ヤエであった。

「ヤスジさんの姿が先週から見えんのよね。また山でも入られたんかと思うとったんじゃけど、どうも様子が違うようなんでユキちゃんには伝えておこうと思うて……」

由紀子は子供の頃からヤエを知っていた。機織《はたお》りが趣味のやさしい女性である。気難しい性格の祖父の泰治《やすじ》もヤエには挨拶《あいさつ》をするし口もきく。

無愛想で、頑固であるが祖父はこころねのやさしい人である。由紀子の唯一の肉親であった。祖父は由紀子を産んですぐに亡くなった母にかわって男一人で由紀子を育ててくれた。祖父は由紀子の願いはすぐに聞いてくれた。今こうして母親になろうとしている自分があるのは祖父のお陰である。

由紀子は祖父が好きだった。それは夫もよくわかっていた。だから結婚当初は月に一度、三刀屋まで祖父に逢いに出かけることを許してくれていた。

由紀子が祖父に逢わなくなったのは祖父から逢いに来るな、と言われたからだった。去年の正月のことだった。

「ユキ、ここにはとうぶん来るな。やはりここには金屋子《かなやご》の神さまがおるけえ、金目が子を授かるのを邪魔しておるのかもしれん」

祖父は曾祖父から仕事を受け継いだ鍛冶《かじ》職人だった。

由紀子の旧姓である佐田木《さたぎ》の家がある奥出雲一帯は渡来人の伝承によるタタラ鍛冶を代々営む家が戦前まで多かった。

その象徴が山ひとつ越えた安来《やすぎ》市広瀬にある金屋子神社の総本山である。金屋子神社は全国に千二百社もあり、春秋の祭りには鉄工関係の業者、仕事師たちが参詣している。

祖父は鍛冶の仕事を誇りに思っていた。

その祖父が由紀子に三刀屋に来るな、と言った。由紀子の流産を心配してのことだった。由紀子は敬二に嫁いでから子宝に恵まれなかった。医者に通いようやく薬が効いて妊娠をしたが、それまで二度流産をしていた。

祖父は由紀子の身体を心配して三刀屋を訪ねることを禁じたのだった。由紀子はそんな迷信を信じなかったが、祖父は由紀子が出雲の街中の家に嫁ぐことが決って以来、滝坂の家との関りを避けるようにしていた。三刀屋に来ることを禁じたのは、流産の理由だけではない気がした。

ヤエの電話の後も由紀子はすぐには三刀屋に行かなかった。数日、様子を見ようと思った。祖父はよく一人で中国山地に入ることがあったからである。それも夏から秋にかけてのことが多かった。

ヤエから二度目の電話があった。

「やっぱりおかしいね。悪いと思うたんじゃけど少し家の中を裏の方から覗いてみたんじゃけど、まったく人が戻っちょる気配がないもの。それに庭の草木が今年はもう咲かんでええふうに、皆綺麗さっぱり剪定《せんてい》しちゃるのも何か気になってね……」

祖父は花木が好きだった。

由紀子は夏の庭に咲く沙羅《さら》や木槿《むくげ》の花を思い出した。

——今の時期、家を空けるのはおかしいわ。花の枝も芽も切ってしまった……。

その日はバスに乗って由紀子は三刀屋に行った。

家は雨戸がかけられきちんと戸締りがしてあった。どこかに出かけたのはたしかなようだった。

家に入ってみると祖父の気配がどこにも残っていなかった。

庭に出てみるとヤエの言ったように花木が剪定してあり、沙羅の樹も木槿の花も開花していなかった。

——これはどういうことなの？

由紀子は訳がわからず、もう一度家に上がってみた。やはりおかしかった。

由紀子は自分の部屋に入ってみた。以前は家に帰る度に一人で過ごす場所だった。祖父は由紀子が帰って来るのを予期してか窓ガラスをいつも綺麗に拭いてくれていた。部屋の窓から中国山地が見えた。その窓が数日前の雨で汚れていた。一年半振りなのに部屋の中には自分の気配のようなものが残っている。

「ユキちゃん、ちょっと……」

ヤエが呼びに来た。

「何？」

「隣りの鍛冶小屋がちょっと……」

「鍛冶小屋がどうしたの？」

「最近、少し様子が違うような気がしたし、何だか仕事をしちょったみたいなの。それに時々、若いお客さんも見えちょったし」

「……」

由紀子は黙ってヤエと住み家の隣りにある鍛冶小屋にむかった。

そこはもう十五年近く使われていないはずの小屋だった。

由紀子は錠を開け、鎖を外して扉を開けた。由紀子は鍛冶場に足を踏み入れてすぐに、ここで何かが作られたことを察知した。

由紀子は子供の頃から祖父の仕事を見るのが好きだったから、そこに並んだ道具、踏鞴《たたら》、小屋の隅に片付けられていた鉄屑、水桶……、すべてのものがつい最近、活き活きと動いていたことがわかった。

――何をしたの、ここで。

由紀子はつぶやいて、もう一度鍛冶場をゆっくりと見回した。

熱気の沸き立つ仕事最中の、上半身裸の祖父の逞しい背中がよみがえった。

その時、由紀子の背筋にひんやりしたものが流れた。

「あっ」

由紀子は思わずちいさな声を上げた。

「どうしたの、ユキちゃん」

由紀子は自分の手が、指先が小刻みに震えているのに気付いた。

由紀子は出雲に帰り、祖父の帰りをしばらく待つことにした。

斐伊川沿いの道を車で走りながら、この川辺の風景を少女の頃から何度となく眺めていたことが由紀子の脳裡《のうり》によみがえった。

祖父と出雲の町に出ることは少女にとって何より愉しみだった。由紀子は海を見るのが好きだった。半日、祖父と砂浜に腰を下ろして海を眺めた。それだけのために祖父は由紀子を山間《やまあい》の町からバスに揺られて出雲まで連れて行ってくれた。祖父と二人きりの暮らしを淋しいと思ったことはなかった。

由紀子が祖父と離れたのは奈良の大学に進学した四年と、卒業後、受講していたゼミナールの教授に請われて大学の研究所に勤めていた三年間の、計七年間だけだった。

学生時代もそうであったが、研究所に勤めている間、由紀子の下にはたくさんの見合い話や交際の申し出があった。

由紀子の美しさには独特のものがあった。

普段から質素な服装しかしておらず一見地味に映るのだが、その美しさに気付いた男性は彼女にしかない魅力に虜《とりこ》になってしまう。由紀子の美貌の特徴は個性的な瞳にあった。やや伏し目がちにしている瞳が顔を上げて視線の対象を見つめはじめると見開いた目は驚くほどかがやきを放ち、黒蜜のような眸《ひとみ》が相手のこころをとらえてしまうようだった。

由紀子自身はそのことに気付いていなかったが、大学のゼミナールの教授が卒業後実家に戻るという由紀子に請うて研究所に勤めて欲しいと懇願し、出雲の祖父の佐田木泰治にわざわざ手紙を出したのも、その美しさを手離したくなかったのが本当の理由だった。

「彼女の美しさは〝半跏思惟像《はんかしいぞう》〟の持つあの美だよ。広隆寺のものよりも、むしろ韓国ソウルの国立博物館にある思惟像に似ている。見ているだけでこころが落ち着くんだ。あれこそ古代美だよ……」

教授は密かに親しい人に打ち明けていた。

祖父の下に帰省してからも由紀子を慕う男たちの昂《たかぶ》りはおさまらなかった。

祖父はそれに気付いていた。

由紀子は子供の頃は目立たぬ少女だった。祖父に連れられて山中に行くことも多かったからいつも日焼けして元気な子で、短くした髪のせいかむしろ男の子のような印象さえあった。それが十六、七歳の頃から、俄《にわ》かに美しくなった。

蛹《さなぎ》が蝶に変身するように一夜毎に、朝目覚める度に美しくなった。

多くの見合い話があったが由紀子はまったく応じなかった。或る時、人を介して出雲の素封家の跡取りがどうしても由紀子を嫁に欲しいと申し出てきた。出雲の旧家で近隣では知らぬ人はない家柄だった。家柄が違いすぎることもあって祖父は話を断わった。しかし相手は引き下がらなかった。それが滝坂敬二だった。好青年だった。休みのたびに三刀屋を訪れ、いつしか由紀子とも言葉を交わすようになり、由紀子も敬二の人柄に惚れて嫁ぐことになった。

一人息子の嫁を迎えた旧家の人たちも分別を備えた善良な人たちだった。結婚生活は由紀子にとって新しい幸福をもたらした。ただ子宝だけに恵まれなかった。

フロントガラスから川景色が消え、山の中に入り、旧道の〝出雲往来〟にぶつかった。由紀子は旧道を走りはじめた。

斐伊川の支流三刀屋川に沿って車を走らせ橋を渡り山麓の道を進むと、やがて前方に出雲署のパトカーが見えた。

——もう着いているんだ……。

三人の警察官が立ち話をしていた。

パトカーの隅に自転車が一台ある。三刀屋の駐在のものだろう。

由紀子は三刀屋から戻った夜、夫の敬二に祖父のことを相談した。

「どこかに旅にでも出たんじゃないのかな。山に入っているのなら家の様子でわかるだろう。きっとそうだと思うよ。もう少し様子を見てみたらどう。それでも心配のようだったら明日にでも出雲警察署に行ってくるよ。署長はオヤジとポン友だし」

「いいえ、私も少し待ってみようと思うの」

そうして一月が過ぎたので捜索願いを出すことにした。夫とともに出雲警察署に行くと署長が出てきて、明後日、署の者を行かせると言ってくれた。

三人の警官が由紀子の車に気付いて、こちらを見た。由紀子は車を停め、彼らに近づいて行った。

「お世話になります。朝早くからすみません」

「いや滝坂さんもご苦労さんです」

挨拶を交わしていると鍛冶小屋の背後にある竹藪の方から一人の男があらわれた。

「やあ朝早くから、滝坂さんですね」

男が帽子を取ると白髪頭が汗で光っていた。

「出雲署の待田《まちだ》です。覚えていらっしゃいますか。あなたがまだこんな子供の頃、お逢いしてるんですよ」

その顔を見て由紀子もかすかに覚えがあった。

待田は三人の警官に背後の山の方を指さし、何事かを指示していた。警官たちは話し終えると背後の山の方に入って行った。

「一応この近辺を探させます。さっき小高さんからだいたいのことは聞きました。少し話を聞かせてもらえますか」

そう言って待田は鼻がむずがゆいのか唇を曲げながら鼻を動かした。その仕草に見覚えがあった。

「小高さんが佐田木さんの不在に気付かれたのが八月の三日です。それ以降、ほぼ毎日小高さんはここに様子を見に来てらっしゃるので佐田木さんの不在はそれ以前からということになります。あとで三刀屋の役所や郵便局を回ってみますが、あなたがここに見えたのが八月八日ですよね」

「はい、そうです」

「家の中に入られて何か様子がかわっているところはありましたか。たとえばどこそこに出かけてくるといった書き置きかメモのようなものはありませんでしたか」

「ええ注意して見てみたんですが、ありませんでした。これからもう一度見てみますが」

「わかりました。それと小高さんからうかがったのですが、鍛冶小屋で何か仕事をなさった形跡があるとお聞きしましたが」

待田はいきなり鍛冶小屋の話をしてきた。

「ちょっと見ていいですかね」

「………」

由紀子は返答しなかった。

由紀子の沈黙を無視するかのように待田は言った。

「あなたもご覧になったんですよね。じゃ見せて下さい」

「……」

由紀子は黙っていた。

「鍛冶小屋を見ると何か差障りでもありますか？」

由紀子は刑事と話すのは生まれて初めてだったから、こういうふうに強引に話されるのに慣れていなかったし、なぜか刑事を小屋に入れることがためらわれた。

「あの小屋は祖父が大切にしていた仕事場ですし、私も子供の時は入れてくれましたが、大人になってからはあまり近づかないように言われていた場所ですから。女性ということもあるかもしれませんが、祖父にとっては神聖な場所でしたから」

「神聖？」

待田は素頓狂な声を出した。

「ええ……。祖父のすべてでしたし」

「わかりました。まあええでしょう。佐田木さんは今年でおいくつになられますか」

「八十五歳です」

「もうそんなになられますか。最後にお逢いになったのはいつですか」

「昨年のお正月です」

「おや、ずいぶんとお逢いになってませんね」

「はい。祖父がそうして欲しいと言うものですから」

「何か事情でも？」

「いいえ、何も特別なことは」

「……そうですか」

由紀子は待田に赤児を授かるための話はしなかった。

「その最後に逢われた時はお元気でしたか」

「ええ元気でした」

「どこか身体でお悪いところはなかったのですか」

「ええ、なかったと思います。戦地で被《う》けた傷が痛むような顔をしたのを見たことはありますが、痛いとか、泣き言をいっさい口にしない人でしたから。とても丈夫で強い人でした」

「戦争で負傷されたのはどこですか？」

「左足だったと思います。左の太股にこれくらいの傷が」

待田は熱心にメモを取っていた。

「お逢いになっておられないという話でしたが、この一年半のご様子はどうだったんですかね」

「たまに電話で話しましたが、元気だと言っていました。私も祖父の独り暮らしが気になって、ここの役場の方がたまに様子を見に巡《ま》わられた後、電話で祖父の様子を聞いてましたから。皆さんが感心するほど元気にしていたそうです」

「それは羨《うらや》ましい……。私など六十歳前であちこちガタが来てまして。近所でおつき合いのあった方はあの小高さん以外は」

「ないと思います」

「歯の方はどうでした？　入れ歯か何か？」

「いいえ、丈夫なようでした」

どうして歯のことを訊くのかと由紀子は思った。

「これは今回の件とは直接関係ないことなんですが、あなたのご両親は」

「母は私が赤ん坊の時に亡くなりました」

「お父さんはお元気にしてらっしゃるんですか」

「……」

由紀子はまた黙った。

待田は由紀子の顔をじっと見ていた。

「で、お父さんは」

「父のことは私何も知らないんです」

「あっ、そうですか……」

「私の父のことが今回のことと何か関係があるのでしょうか」

「いや、年を取りますとね。例えば長く別離して暮らしている子供に逢いに行く人がいるんですよ。人は皆いろんな事情をかかえてますからね」

「祖父も私の父のことを一切知らないと申しておりました」

「そうですか、わかりました。身内はお一人ですよね」

「はい。祖父はここに住む前に斐川《ひかわ》におりまして、戦争に行っている時、空襲で親戚も皆亡くなったそうです。私の母は祖父が引き揚げてきた後からもらった後添えの人の子だったそうです」

由紀子はこの話を奈良の大学に行く前夜に祖父から聞いた。もう少し詳しく父と母のことを知りたかったが祖父は何も語ろうとしなかった。

「斐川ですか。私も実家はあそこなんです」

ハックション、待田がくしゃみをした。鼻先をまた左右に動かした。

由紀子はその仕草ではっきりとこの刑事を子供の時に見た記憶がよみがえった。

——あの時、たしか二人の男が来ていた気がする……。

由紀子はカツラの木の下で祖父と二人の男が話をしていた姿が浮かんで、祖父のいつになく険しい表情がよみがえった。

——そうだ、祖父はこの人たちが来た時だけひどく不機嫌だった……。

「花粉症なんですよ。こうして山奥に入るとてきめんでして……」

待田はポケットからハンカチを出して鼻先に当てた。

「じゃ私は近所を少し回ってみます。それで、もしありましたら、お使いになってた髭剃りとか、でなければ髪の毛でもいいんですが」

「はあっ？」

そこで由紀子は待田の顔を見返した。

「いやＤＮＡ鑑定になると……、あった方がいいんですよ」

待田は少し声の調子を下げて言った。

由紀子はその言葉を聞いて目をしばたたかせた。

「じゃ置き手紙か、メモの類いをもう一度見てみて下さい」

待田が川沿いの道をゆっくりと歩いて行く姿を確認して由紀子は家の中に入った。

雨戸を開け、風を入れた。

どこもきちんと整理してある。祖父らしいたたずまいである。由紀子は掃除も、洗濯も、すべて祖父から教わった。

「何事も丁寧にやることだ。時間はいくらかかってもかまわない。丁寧が一番大切だ。長くかかるようなら早く起きればいい」

雑布の乾拭《からぶ》きなど自然と身に付いていった。

居間に入ると畳の上で何かが動いた。

見ると、それは一匹のコオロギだった。裏の山から侵入してきたのだろう。

仏壇のそばにある小机の抽斗《ひきだし》を開けた。

そこに新聞の広告か何かを小紙にしたメモが糸で綴じてあり、その上に小指ほどの鉛筆が置いてあった。メモには何も記されていない。

由紀子はこんなに短くなるまで丁寧に削ってある鉛筆の先を指先で触れた。

少女の頃、祖父に鉛筆の削り方を肥後守《ひごのかみ》を手に習ったことがあった。つい今しがた削ったばかりのような木の感触に由紀子はちいさく吐息を零《こぼ》した。

手紙らしきものはなかった。

由紀子は雨戸を閉じ、戸締りをして鍵をバッグに仕舞って裏庭に出た。

主のいない庭で、剪定にもれた木槿の花が夏の日差しにあざやかに咲いていた。

山の方から何かが鳴く声がした。

由紀子は裏山を見上げた。そうして視線を落とした。視界に鍛冶小屋が入った。

由紀子はじっと鍛冶小屋を見た。

バッグの中から鍵を出し、扉の前に立ち錠を開けた。引き手にかけられた鎖をほどきはじめると背後で声がした。

「見させてもらっていいですか」

振りむくと待田が立っていた。

あらためて鍛冶場を見てみると、祖父はたしかにここで何かをこしらえていた。それもちいさなものではなかった。その証拠に炉の脇に積まれた燃料がまだ充分に残っていた。由紀子には鍛冶仕事の詳しいことはわからないが、少女の頃、祖父の仕事を見物していた時、燃料の量で、その時にこしらえるものの大きさを計っていた記憶がある。

「うん、やはり何かを作った形跡がありますね。佐田木さんはよくここを使っていたんですね」

「いいえ、もう十五年近くここは使ってないと思いますが」

「それはまた正確に覚えていらっしゃいますね」

「たしか私が大学生の頃、もう鍛冶の仕事は終りだと話していましたから」

「そうですか。どんなものをお作りだったんですか」

「私がものごころついた頃はもう鍛冶の仕事を頼みに来る人はほとんどいないようでした。たまに近在の親しくしている農家の方が農具を注文にこられましたが、農業もその頃はもう機械化してましたから、ご老人の方ばかりでしたね」

「じゃ農耕具が主な仕事だったんですか」

「いいえ、農具は親しい農家の方に暇な時に作ってさしあげていたようです。たぶんお金も取っていませんでした」

由紀子は金を受け取らない祖父に農家の人が野菜や米を持ってきていたのを覚えていた。

「じゃ何を作ってらしたんですか」

「神社などに納める神具です」

「神具ですか。それはどんなものなんですか」

「鏡だとか、錠《たかつき》とか、劍《つるぎ》、点鐘とか……」

「ツルギって、あの剣《けん》のことですか。じゃ刀なども」

「違います。神前に供えるものです。祖父は刀鍛冶とは違いますから」

「じゃ出雲大社の仕事を」

「いいえ、あそこは昔からの鍛冶の人がいますから」

「そうなんですか。結構、大きいものを作られたようですね」

待田が床を見ながら言った。

「どうしてですか」

「ほら、床に何かをひきずった跡があるでしょう」

由紀子は言われて床を見た。

たしかに箱のようなものを曳《ひ》いた跡があった。

「行方がわからなくなられたのはこの作られたものと関係があるかもしれませんね」

「どういうことでしょうか」

「いいえ、確証があって申し上げてるのと違うんです。しかし十五年振りに仕事場に戻られたことと、突然、行方がわからなくなったことは無関係ではないんじゃないかと。いや気になさらないで下さい。ここにしか目立って変わっているものがないものですから」

待田はそう言ってまた鼻先を曲げた。

「鍛冶仕事というのは音はかなりするんでしょうな」

「槌《つち》を打つ音がします」

「そうですか、わかりました。もう結構です。ありがとうございます」

待田が先に鍛冶小屋を出た。

由紀子は出ようとして足を止め、鍛冶小屋を振り返った。

高窓から斜めに差した光の中で何か得体の知れないものがゆっくりと揺れている気がした。

その瞬間、由紀子は背中が凍りついたような悪寒に襲われた。

由紀子は足が震え出し動けなくなった。

身体の中の奇妙な気配に由紀子は咄嗟にお腹を両手でおさえた。


十日後、出雲署から連絡が入った。

電話のむこうでくしゃみが聞こえた。

「佐田木さんによく似た老人が東京行きの切符を買っていらっしゃいます。七月二十九日のことです」

＊

満天の星がカルスト台地の上にかがやいていた。

中天のやや東に夏の半月が皓皓《こうこう》と揺らぎながら昇っていた。天の川が錦繡《きんしゅう》の帯のように天上を流れている。

日本海から吹き寄せる風がまだ若い芒《すすき》の群れをゆっくりと波立たせている。かすかに虫の音が聞こえていた。

昼間、あんなに容赦なく降り注いでいた灼熱の陽射しは失せ、四方からしのびよってきた薄闇にはすでに秋の気配が漂っていた。

点在する石灰石の形状が星明りに浮かび上がって氷山の群れのようにも、海を越えたユーラシア大陸の最高峰に連なる山脈のようにも映る。太古からの悠久の時間が造り出した美しい丘陵のただ中にちいさな米粒ほどの白い人影がみっつ横たわり、星々のパノラマを見つめていた。

――アッアー
やるせないような吐息がもれた。

その大きな吐息に応えるように、

――ハァッー

と少しかすれた吐息が聞こえた。

――フッフフフッ
と笑い声がした。

その笑い声だけが澄んでいた。

アッアー、とまた吐息がして、ハァッーと吐息が応えた。フッフフフ、と笑い声が続いた。

「もう止めて、二人ともどうしたのよ」

若い女性特有の張りのあるはずんだ声がした。

「どうもしてやしない。ただ無性に俺の身体の中にあるものを何もかも吐いて捨ててしまいたいだけだよ。なあ建侑《けんゆう》、そうだろう」

「ああまったく康次郎《こうじろう》の言うとおりだ。俺もこの、ここの胸の奥に溜り込んでる訳のわからないものを全部吐き出してやりたいんだ」

「フッフフ」

「何がおかしいんだよ。美智子《みちこ》」

康次郎は建侑との間にあおむけになって夜空を仰いでいる美智子に言った。

「だって二人はいつも同じことを言ってるし、それに建侑はいつだって康次郎の真似ばかり……」

「そ、そんなことないよ」

建侑があわてて言った。

「当たり前だ。建侑は俺の真似なんかする奴じゃない。建侑は独立した一人の人間だ。それもアジアの鉄人を生んだ、あの台湾、高砂族《たかさご》の血が流れているものな。凄いじゃないか。俺なんか建侑の足元にもおよばない」

「そ、そんなことないよ。俺は康次郎さんのことを尊敬してるんだ。康次郎さんはどんな相手にだって怯《ひる》まないし、いや怯まないどころか正々堂々とたちむかって行く。俺みたいに怖気づいたりしない。康次郎さんは……」

「建侑、俺をさん付けで呼ぶなって言ったろう。もう忘れたのか」

「あっ、ごめん。康次郎はきっとヒーローになれるよ」

「またはじまったわ。二人の誉め合いが……」

建侑が康次郎のことをヒーローと呼ぶのは単なる誉め言葉ではなかった。

康次郎は人一倍正義感の強い若者だった。不正を目にすると我慢ができず、たとえ相手が高専の教師であってもぶつかっていった。それが同じ学内の生徒相手なら上級生にでも容赦しなかった。康次郎は相手を徹底して倒す体力と若者にとっては珍しいほど冷静な判断力を持ち合わせていた。

三人は同じ高専（高等専門学校）に学んでいた。このカルスト台地から二十キロ南へ行った宇部の街に一九六二年、創設第一期校として宇部高専は誕生した。太平洋戦争に敗れた後、日本はＧＨＱの統率の下、アメリカ教育使節団の勧告で、六・三・三制の学校体系を作ったが、朝鮮戦争以降、飛躍的な経済成長を続け、急激な工業化に必要な人材が不足になり、戦前の旧工業専門学校に見合う中級技術者を企業が求めた。その要望にともなって、一九六一年に高専法が国会で成立し、翌年第一期の高等専門学校が全国に十二ヶ所誕生した。第一期生は十七倍という志願率を突破し、五年後の卒業時は大手企業に百パーセントの就職率だった。高専が人気を得たのは大手企業への確かな就職率もあったが、それ以上に国立の学校であり、大半の生徒が入寮でき、その費用がほとんど免除されていたからだった。子供を高校に進学させることができない家庭の親にとって勉学の志を抱く優秀な子供への最良の進路だった。

康次郎も、建侑も、美智子も家庭は決して裕福ではなかった。むしろ貧乏を子供の時からいやというほど思い知らされていた。しかし若者たちは泥濘から這い出すべく高倍率を突破し入学を果していた。彼等は間違いなく社会に組み入るための切符を手にしていた。

入学時、三人は偶然に知己《ちき》を得た。建侑が台湾人であったため寮生からイジメにあっていた時、康次郎が助けに入ったからだった。食堂内での喧嘩は一対二十余りであったが康次郎は相手を叩きのめした。それを見ていた美智子が康次郎と建侑の負った傷を手当した。以来、三人は事あるごとに共に過ごすようになった。

三年生の夏休みを迎えた今日、彼等は帰る家はあったがすすんで帰省する気持ちになれず、こうして三人で秋吉台《あきよしだい》の見物にやって来た。

昨夜、寮から一時帰省する生徒の中の数人が美智子の下着を盗み出し、それを寮の掲示板に晒した。美智子は憤怒し泣き崩れた。夏休み前夜、寮は無礼講となる慣習があり、最上級生（五年生）にはどこからか酒を調達している生徒もいた。その宴に康次郎は建侑と入っていった。

「貴様、わしらの宴に何の用じゃ」

車座になった生徒の中から首領格の生徒が怒鳴った。もう何度も康次郎と衝突していた生徒だった。康次郎は彼にむかっては行かなかった。真っ直ぐ隅にいた一人の生徒に突進し、彼の襟首をつかみ絞め上げた。

「おまえがうしろで糸を引いとるのはわかっちょるんじゃ。美智子の下着を鼻につけてさんざチンズリした後こいつらに渡したじゃろう。高専はじまって以来の秀才じゃと？　他の者の目は誤魔化せてもわしの目はおまえをこの三年ずっと見ちょった。秋から二度とここに戻れんようにしちゃる」

生徒たちは驚き、相手に制裁をくわえる康次郎を茫然として見ていた。

「でも私はヒーローって嫌いじゃないわ。あなたたちの語り合うことって真っ直ぐだもの」

「俺たちだって美智子のことが好きだものな。なあ建侑」

「うん、大好きだ。抱きしめたいくらいだ」

「おいおい今夜はえらくストレートだな、建侑」

「あっ、ごめん。何だかこうして星や月を眺めていると気持ちが昂揚してしまって……」

「私もよ、建侑」

美智子の興奮したような声に康次郎は思わず美智子と建侑を見た。

美智子は星空を仰いでいた。美しい黒蜜のような眸に星光が映っていた。

康次郎は安堵《あんど》した。この頃、時折、美智子が建侑に甘えたような声を出すことがある。思いすごしかもしれないが、まさか二人が自分を放って抜け駆けするようなことはないはずだ。

——いや、もしそうであっても俺は二人を祝福してやろう。それが真の友情というものだ……。


「月ってウサギが棲んでるのかな」

建侑が言った。

「おいおい、もうすぐ二十歳《はたち》になろうって奴が子供みたいなことを言うなよ」

「あら、夢があっていい話じゃない。それにアメリカが来年か、再来年には月に人間を立たせるって発表してたわ。アポロ計画だって。それでも私、建侑の、月のウサギのような夢の話は好きよ」

「夢だって？　夢ってのは実現させるものだろう。俺は必ずのしあがってやる。誰にも使われないし、誰にも有無を言わせない」

「私も夢をかなえたい」

「俺、俺も……」

「建侑の夢って何なの？」

「俺の夢？　そ、それを今探してるんだ」

「どんな夢だっていいさ。俺たち三人はその夢を必ずつかまえてやろうぜ」

「ええ、つかむわ」

「うん、つかもう」

康次郎が月のそばでひときわかがやいている星を指さした。

美智子も同じ星を指さした。

建侑もその星を指さした。

「手を貸してよ」

美智子が言った。

美智子は二人の手を両手でそれぞれ握って星空に突き上げた。

康次郎は美智子の手が触れた瞬間、身体の芯のようなところが熱くなり、痺れるような感覚に襲われた。

建侑が何かを言っているが熱くなった耳にその言葉は聞こえなかった。

昭和四十二年の夏の夜だった。

3

江東区若洲三丁目という地番の土地は戦前には存在していなかった。

東京湾の埋立地である。東京湾の埋立地として有名なのは〝夢の島〟と呼ばれた東京都のゴミの処分場である。〝夢の島〟は昭和三十二年に埋立一四号地として埋立てがはじまり、十年後に終了した。今の陸上競技場、熱帯植物園などがある江東区夢の島一丁目から三丁目である。その南側に埋立一五号地として〝若い島〟の名の下に昭和四十年から九年間を要してゴミ処理を中心とした埋立地が完成した。〝若い島〟は語感を残して〝若洲〟と名称を与えられた。

〝若洲ゴルフリンクス〟はその最南部にある五四万平方メートルの土地を都民のスポーツ施設のゴルフコースとして開放する発想で誕生した。銀座から二十分でコースに着くという都心から一番近いゴルフコースである。

〝リンクス〟というゴルフ発祥の地、スコットランドの呼称を使ってあり、設計者も難易度の高いコースに造り上げたが、利用者の大半は〝月イチゴルファー〟と呼ばれる月に一、二度ゴルフができる人々で、狭いフェアウェーと東京湾から吹き寄せる風でゴルファーが右往左往しているのが現状である。

外山修平《とやましゅうへい》はこの日インコースからのスタートで午前中は六三のスコアーでラウンドした。そのスコアーは彼が前夜ベッドで想定したものより十八打多かった。肩を落してクラブハウスに戻り、昼の食事の時、大ジョッキでビールを飲み、午後のラウンドこそ巻き返そうとスタートした。ところが二番ホールで彼はティーショットを右のOBゾーンに打ち込んだ。キャディーが前進四打で願いますと言ったのも聞かずにまた二発続けてOBを打った。二番ホールの右サイドはわずかな樹木のむこうがコース外で道路が通り、その先は発電所の敷地になっていた。彼は肩を落して救済ティーにむかいながら打ち込んだボールの行方を見た。と言うのは彼のキャディーバッグには今手に持っているボールがひとつ残っているだけだったからだ。彼は今日会社の同僚と二人で有給休暇を使ってゴルフに来たのだが、早朝、友人から電話が入り、上司の命令で急遽、三重の工場まで行かなくてはならないと連絡があり、一人でのプレーになった。当然、見知らぬゴルファー三人と同伴になった。どこかの商店主らしく嫌味なゴルファーだった。朝の挨拶の後、年齢を訊かれ、あんたの歳の頃は俺はゴルフはできなかったよ、と言われた。スコアーのカウントはいい加減だし、木の下のボールは平気で動かすし、見ていて気分が悪かった。きっとそれも午前中の大叩きの原因だと思った。

オーイ、外山君早く打ちなさい。同伴者が言った。彼は金網の近くにボールがあればヒョンと飛び越えてボールを取り返してくるつもりでいた。

四番ホールまで彼は力を抜き、丁寧にスイングした。ボールを失くすわけにはいかなかった。

あんな中年男にボールを恵んで下さいとは口が裂けても言いたくなかったし、そうなればそこでプレーをやめて帰ろうと思っていた。五番ホールのティーショットは珍しくフェアウェーのセンターに飛んだ。

——何だ、ゆっくり振ればいいんじゃん。

彼は本来のショットがよみがえったのだと嬉しくなり、他のプレーヤーが右左に曲がっているのを尻目にアイアンを数本手にセカンドショット地点に行った。残り一三〇ヤードくらいか。彼の脳裡に、バーディ、という言葉が浮かんだ。キャディーは他のプレーヤーにつききりだった。彼は大声で残りの距離を訊いた。一四〇ヤードですがオーバーはすぐＯＢですから短目ですよ。それにフォローですよ。一四〇か、思ったよりあるな。背後の木更津方向から強い風が吹いていた。彼は手にしたアイアンから七番アイアンを選び、よくテレビ中継で見るプロのボールの軌道をイメージした。打った瞬間、アッ、と彼は声を上げた。ショットはボールの上半分を叩き、ライナーで直接グリーンと背後の金網を越えて行った。外山さん、打ち直してください。キャディーの声がしたが彼は猛然とグリーンにむかって走り出した。他の三人がグリーンに上がる前に金網を越えボールを拾ってこようと思った。金網を飛び越えボールを探した。すぐ外は散歩道のむこうが海になっていた。石を寄せた水辺にボールらしきものが見えた。彼は堤防からそこに降りた。ふたつのボールがあり、彼は口元をゆるめて拾おうとした。

その時、波打ち際に黒いビニールが浮かんでいるのが見えた。

――大きなゴミだな……。

彼はボールをポケットに入れ金網にむかおうとして、もう一度、そのゴミの方を振りむいた。ビニールから何かが覗いていた。犬か猫の毛のようなものかと思ったが、ビニールがゆっくりとひっくり返った時、彼は声を上げた。それは茶色の髪をした人の頭部だった。


警視庁鑑識課の皆川満津夫巡査が葛西隆司から東京湾で発見された不審死体の検証にむかうと告げられたのは、十月二日の午後三時過ぎのことだった。

皆川は二日前に浅草での「行方不明者相談所」の一ヶ月の仕事を終え、昨日は自宅でゆっくりと休養をとった。

今日は午前中から浅草での相談の整理と、相談人が後日、送って来た資料を確認していた。

「現場は岸から十メートル近く離れている」

葛西の声が緊張していた。

皆川は前方のフロントガラスに映る新木場の工場や資材置場を見ながら隣りに座る葛西に言った。

「若い女性らしいですね」

「………」

返事はなかった。

葛西の横顔をちらりと覗くと、その顔はいつもの温和な表情とは違っていた。

「若いかどうかはまだわからないでしょう」

葛西が静かに言った。

「あっ、はい、そうですね」

皆川はあわてて答えた。

鑑識課員が現場にむかう時は、先入観念をすべて拭い捨ててむかえ、と常々葛西に教えられていた。

皆川は迂闊《うかつ》なことを口にした唇を舐《な》め、下唇を噛んで下腹に力を込め前方を見た。

五分も経つと車が曲がる度に道の狭間から東京湾の水平線が見えはじめた。ミラーのように光る海面と空き地の夏草の白さが、湾岸に容赦なく照りつける熱い陽射しを感じさせた。十月になったというのにまだ夏の暑さだった。

上空からヘリコプターのエンジン音がした。重なり合うエンジン音に取材のヘリコプターが一機だけではないことがわかった。

「ずいぶんと早いお出ましだな……」

運転する警察官が言った。

近頃は事件発生の報を受けて捜査員が現場にむかっている時にはすでにマスコミが動き出していた。

警視庁の電話が筒抜けなんじゃないか、と捜査員が口にするほど彼等の対応は素早かった。それが初動捜査に支障を来たすことが度々起こっている。

現場が都心の目と鼻の先ということもあるが、いつもよりヘリコプターが多いのに気付いて、皆川は自分たちがむかおうとしている現場で待ち受けている事件が予期した以上に大きなものではないかという気がした。

やがて前方にパトカーのライトの点滅が見えた。人だかりのむこうに警官の姿が見え隠れしている。

車が人だかりを分けて進むと、左手に連なる金網越しに数人のゴルファーが現場方向を覗き込んでいる姿があった。

「こんなところにゴルフ場があったんですね」

「もうずいぶん前からありますよ」

運転する警官が言った。

車は突端で停車した。

葛西はいつの間にか手袋をしていた。皆川もあわてて手袋を出した。前方座席に座ったもう一人の鑑識課員が勢い良くドアを開けた。

遮断テープを潜《くぐ》って現場に進んだ。

海風が頰に当たった。潮の香りがする。

前を歩く葛西の歩調が速い。鞄をかかえた右肩がふくらんで見える。その肩越しに周囲の空気を震わせるような大音響を立てて旅客機が羽田空港にむかって降下してきた。皆川は機体の大きさに思わず上半身をのけ反らした。

捜査員の数が予期していたより多い。水音が聞こえた。水辺に立つ捜査員のむこうに海面が見え潜水員が二人、対岸の桟橋に立つ捜査員と話している。ゴムボートが揺れていた。前方左手にブルーのビニール幕が囲ってある。その前に頭髪を海風に揺らしながら捜査一課の主任刑事である畑江《はたえ》正夫《まさお》警部補が立っていた。

畑江は葛西の姿を見つけるとちいさくうなずいた。

背後のビニール幕がめくられ草刈大毅があらわれた。シャツが汗でべっとりと肌についている。草刈は畑江に何事かを告げた後、葛西に会釈し、皆川の顔を見つけ、オウッとでも言いたげに顎をしゃくった。そうしてすぐに真顔になった。その表情が皆川には意外だった。いつもの快活さが失せている。

「ご苦労さん。葛西さん、一人目のホトケはこっちです」

畑江の言葉に葛西が足をとめ、一瞬、怪訝《けげん》そうな顔をした。

「一名じゃないんですか」

「たぶんな。今、水の中で作業している。応援も呼んでありますから」

畑江の顔に珍しく緊張の色が浮かんでいた。

葛西は皆川ともう一人の課員を振りむき、員数を確認するような顔をした。

葛西がビニール幕を掻き分けて入ると課員がすぐに続き、皆川もそれに続こうとすると、草刈が素早く耳元で囁《ささや》いた。

「たいした事件《ヤマ》だぞ」

葛西は中に入ると死体を被《おお》ったビニールを取る前に左手上方を指さした。

「幕を少し高くしてくれませんか」

見るとゴルフコースの金網の上によじ登っているゴルファーが数人いた。

警備の警官がトランシーバーにむかって声を上げた。

「現場近くの金網に……、ゴルフコースに連絡して至急退去させて下さい」

外で彼等にむかって声を張り上げる警察官の声が続いた。

葛西は死体に目礼してビニールを取った。

若い女性だった。

茶色に染めた頭髪が泥色に映るのは女性の肌が稀《まれ》に見るほど白く透き通っていたからだった。

腹部にふくらみはなかった。溺死でないことは新米の皆川にもひと目でわかった。頸部《けいぶ》に損傷が見える。

グレーのジャージのファスナーが胸元まで下り、そこから覗いた肌があざやかすぎるほど白かった。ジャージの左胸に付けられたオレンジ色とピンクのRとOのアルファベットの文字。

同じ文字がジャージのパンツの膝の部分にもあったが、その両足首に巻かれたビニールロープが痛々しく映った。左手首にもロープで縛られた跡があり、腰から大腿部に巻きついたロープが彼女の死の状況の過酷さを想像させた。顔を見た。やや横をむいていた。

まるで少女のようだ。もしかして未成年者か……。

皆川がつぶやいた時、彼の視線を遮《さえぎ》るように葛西の背中があらわれた。

葛西は死体の前に立ちはだかるようにしていた。葛西がゆっくりと死体の周囲を移動していく。そうして元の位置に立ち、葛西は足元から死体をもう一度見ていた。

葛西特有の死体の初手の観察法である。

葛西がようやく身をかがめた。

もう一人の課員が撮影をはじめている。

皆川はいまだ死体に触れさせてもらえなかった。正直、死体に触れたくはなかったが、この頃はそれが少しもどかしい。

「皆川君、頭髪を採ってくれますか」

皆川はバッグの中からピンセットを出した。

「それと……」

皆川は葛西の指示する採証テープ、ガーゼ……を準備し、巻き尺で身長を計りはじめた。

遮幕の中に畑江が入ってきた。

「第一発見者は、この水際までゴルフボールを探しにきたゴルファーだ。その黒いビニールの間から頭部が出ていたそうです」

葛西も皆川も死体の脇にひろげてあるビニールを見た。

「外傷は左脇に二ヶ所あるようだが……」

「これはたぶん縛られるか何かの時に受けたものでしょう。たいした出血ではありません。まだはっきりわかりませんが、ガイシャはほとんど食事をしてませんね」

「監禁か何かされて食事も与えられなかったということかね」

「それはわかりませんが……」

「死後、どれくらい経っているかな」

「まだはっきりしません」

葛西の言葉に畑江が一瞬、表情を変えた。

葛西は一切その場での推定の発言をしなかった。畑江はそのことを十分知っていた。

「おおよそだよ、葛西君……」

皆川は畑江が他班の主任と違って葛西を信頼していることは知っていた。

葛西が独り言のようにつぶやいた。

「十日から、三ヶ月か……」

畑江がうなずき振りむいた。

草刈が手帳を開いて書き込んでいた。

──いつの間に入ってきたんだ……。

「死因は？」

「おそらく頸部圧迫による窒息死でしょう。頸部にロープのようなものが巻かれた跡がありま
す」

その時、外でせわしない声がした。

揚がったぞ。そちらの岸に引き上げるぞ。

畑江が立ち上がり、外に飛び出した。

皆川も出ようとしたが葛西に呼び止められた。

「皆川君、そっちは応援がやります。ガイシャを横向きにしますから」

「は、はい」

葛西が腰の部分をかかえ、もう一人の課員が下半身を持った。皆川は頭部と背中に手を回し
た。

皆川の目の真下で白い顔が正面をむき、ゆっくりと反転した。

その時、口から海水が飛び出し、うっすらとしか開いていない目から水が一筋零《こぼ》れ出した。

皆川にはそれが彼女の涙のように見えた。

もう一名の死体が海底から引き上げられたことで事件は一気に展開しはじめた。こちらの死体にも頸部に圧迫痕が認められたからだ。

被害者は男性だった。それもかなりの高齢者であった。

葛西と皆川は対岸に引き上げられた死体の鑑識に行かなくてはならなかった。

狭い水路をゴムボートに乗せられて渡った。皆川は初めて捜査用のゴムボートに乗った。安定が悪いのに驚いた。

対岸まで渡されたロープを同乗した潜水員がたぐり寄せながら進んだ。

葛西が小声で言った。

「私、カナヅチなのでよろしくお願いします」

「大丈夫です先輩、ボクは河童ですから」

鑑識課のもう一班が死体を調べていた。

「葛西さん、そちらはどうですか。こちらは絞殺のようですが、少し妙なところもあります」

「それはあとにしよう。私が確認に来たのはビニール袋とロープです」

葛西は持ってきたビニール袋とロープの切れ端を、老人が包まれ、縛られたものと見比べていた。

「同じものだね、葛西君」

畑江が言った。

「ほぼ同じ製品ですね。ロープの縛り方も同じですから」

「ヨオーッシ」

畑江が声を上げて立ちあがった。

畑江は外に出ると本庁と話しはじめた。

ヘリコプターと旅客機の騒音の中で、コロシ、捜査本部設置、記者会見、身元確認……といった言葉が聞こえてきた。

皆川は老人の死体を見つめた。

短髪の白髪頭に薄茶のシャツにグレーのズボン。女性の死体と同様に素足で、足首にロープが縛りつけてあった。老人の胸には幾重《いくえ》にも爪で掻《か》きむしった跡があった。

「所持品は何かありますか」

葛西が訊いた。

「ありません。ポケットの中も空です」

「同じか……」

葛西がつぶやいた。

「葛西さん、この指なんですが」

課員が死体の右手の指を見せた。

中指の先が異様に平べったくなっていた。

「何かの胼胝《たこ》でしょうか」

葛西は死体の指に触れ、片方の手もたしかめた。

「どうでしょうか。本庁に戻ってゆっくりやりましょう」

葛西が立ち上がった。

すでに陽は傾き、周囲の建物に灯りが点りはじめていた。

幕の外に出るとサーチライトを照らした取材のヘリコプターが近づいてきた。

どけ、どくんだ、とヘリコプターにむかって怒鳴る声がした。その声をエンジン音が掻き消し、ライトは葛西と皆川に近づいてくる。

「今夜から騒がしくなりますね」

「は、はい」

「引き上げましょう。皆川君、これは君にとって初めての大きな事件になるかもしれません」

「は、はい」

「ひとつひとつをよく記録しておくといいでしょう」

「あ、あれっ、ボートがいない」

先刻、皆川たちを渡したゴムボートが失せていた。

皆川は対岸の捜査員を呼んだ。

「おーい、ゴムボートはどうしたんですか。えっ、何時《いつ》戻ってくるんですか？　マジかよ。これだよ、鑑識課を何と思ってんだよ」

皆川は振りむき大声を上げた。

「草刈、草刈……、俺だよ、皆川だよ。葛西さんも一緒だ。車でむこうに連れて行ってくれ。草刈、聞こえてんのか」

皆川は怒鳴り続けた。


翌日、所轄の東京湾岸署に特別捜査本部が設置され、警視庁からは畑江たちの班が出向くことになった。

身元確認がはじまったが、指紋照合も該当者は出なかった。行方不明者のリストにもそれらしき者は浮かんでこなかった。

一方、捜査員は若洲近辺、東京湾左岸の聞込捜査を開始し、二人の死体を被っていたビニール袋とロープの割り出しにあたった。

同じ頃、死体の司法解剖が行われていた。鑑識課では死体に附着していたあらゆるものの分析がはじまった。

夕刻になると畑江は葛西のいる鑑識課にやってきた。

二人は長い間、話し込んでいた。

皆川はそれとなく二人の様子を見ていた。ほとんどは畑江が一方的に話し、時折、葛西がぼそぼそと短い言葉で応対していた。

十日が過ぎても依然二人の身元は判明しなかった。検死の結果、老人の後頭部に二ヶ所、鈍器のようなものによる頭蓋骨の陥没があったが、直接の死因は扼殺とされた。老人の皮膚からコークスの成分が見つかり、鉄鋼関係、鋳鉄、溶接の工場、職工の捜査がはじまった。

少女は胃の中に残留物はほとんどなく、数日間食事を摂っていないことが判明した。彼女の両手の爪の間から何かを引っ掻いた跡が見うけられ、そこに特殊な残滓があり、鑑識での分析がはじまった。

死体を被っていたビニール袋の方は、スーパーで大量に販売されており断定が難しかった。ロープの方は十年前に製造が中止されていた。

死亡推定日は八月頭から八月末の一ヶ月間に絞られ、若い女性の年齢は十八歳から二十八歳、老人の方は六十五歳から八十五歳と推定された。

一ヶ月が過ぎても捜査は進展しなかった。

捜査本部が縮小され、草刈はひさしぶりの休みをとった。

その週の日曜日の午後、皆川は草刈と本庁の道場で待ち合わせて二時間たっぷりと剣道の稽古で打ち合った。

休日の道場は自主練習に出てきた剣士が数組いるだけだった。

稽古を終え、シャワーを浴びた後、二人はロッカールームでなお吹き出す汗を上半身裸で拭っていた。

「大毅、おまえ強くなったな」

「そうか、そっちが練習不足のせいだろう」

「いや、これでも休みの日はアパートの近くを走ってるし素振りも暇を見つけてやってる。おまえの打ち込みは重味が違ってる」

「だと嬉しいが、選抜チームでの、この夏の合宿の効果が出てるのかもしれない」

「いや、その合宿前に打ち合った時もたじたじだった」

「珍しいな、ボクを誉《ほ》めるなんて」

草刈はほとばしる汗を拭った。

「そんなことはないだろう。俺は相手を敬う時は敬うぜ」

「いや、こと剣道に関してはこれまで誉め言葉は聞いたことはないよ」

「そうだったかな……」

「うん、間違いない」

草刈が笑いながら応えた。

「そうだよな。記憶力は抜群だものな」

皆川は苦笑いした。

「若洲の件はその後どうなんだ？」

皆川が草刈の顔を見た。

草刈は眉間にシワを寄せた。

「もうひとつ思わしくないな……。被害者の二人がどういう関係かさっぱりわからない。本部じゃ最初、お祖父《じい》さんと孫娘なんて意見もあったんだから」

「それはもうすぐDNA鑑定が出るよ」

科学捜査研究所でのDNA鑑定の結果が週明けにも出る予定だった。

DNA鑑定を言い出したのは葛西だった。

捜査の進展が芳《かんば》しくないのを知って、まず二人の間柄を調べてみようと提案した。

「あの提案は畑江主任も感心していたよ。でもボクは二人は血縁関係ではないような気がするんだ」

「どうして?」

「いやボクだけの意見じゃないんだ。主任も同じことを言っていた。あっ、この話は葛西さんには内緒にね」

「わかってる。実は葛西さんも同じようなことを言ってたよ」

「本当か?」

草刈はシャツのボタンをかけようとした手を止めて皆川を見た。

皆川はうなずいた。

「もっとも葛西さんは二人の骨格や肉付きのことからそういう意見を言ったんだと思うが……」

「ああ、それはボクも感じた」

「コークスの件はどうなんだ？」

「あれも捜査範囲がひろがってしまってる」

「もう少ししたら他の成分も出るらしいんだが、葛西さんはあれに注目してる」

「ほう、どうして？」

「採取した皮膚の部位は首のそばと搔きむしっていた胸部だぜ。あんなところにコークスの成分が飛ぶか？　上半身、いや全裸で何かしなきゃ附着しないだろう」

「でもそれは極端な意見だって主任も立石《たていし》さんも言ってたよ」

「立石さんって、あの立石さんのことか。畑江さんの懐刀と言われてる？」

「そうだ。その立石さんも極端な意見だって言ってたよ」

「その極端な事件じゃないのか、これは」

皆川の言葉に草刈がじっと考えこんでいた。

皆川は道場の外で草刈と別れ、帰りに一杯やって行こうと思っていたので、道着を自分のロッカーに仕舞おうと階段を登った。ロッカーに道着を仕舞い階段を下りて行くと、窓の中に桜田通りを歩く人影が目に止まった。

――あれっ。

皆川は足を止めた。

見覚えのある人影だった。窓辺に寄ってたしかめると葛西だった。

休日なのに出勤しとられたんだ……。

葛西は郵便ポストの前で立ち止まると、そこに手紙か何かを投函し、ゆっくりと歩き出した。

すぐに追い駆けて焼鳥屋にでも誘おうかと思ったが、休日だったことを思い出し、迷惑だろうと思いとどまった。

葛西は霞ヶ関の方に歩いて行った。

4

老人は稲田の前に立ちつくしていた。

北上山地から吹き下ろす風に黄金の稲を実らせた穂の群れが波のように揺れて見えた。

しかしその穂に実る一粒一粒の稲はすべて死に絶えていた。

惨憺《さんたん》たる光景だった。

七月の初めにこの結果は予期していたものの、ここまで酷《ひど》い秋を迎えるとは思わなかった。

明治期から三代にわたって開墾し少しずつ耕地をひろげ、いっときは宝の海とまで呼ばれた稲田だった。

老人はただ立ちつくしているだけだった。

頭上で鳥の鳴く音がした。老人は鳥のむかう北西の峰々に目をやった。

岩倉、権現、上明神、三巣子岳《みすご》……、その遥かむこうには奥羽山脈がそびえている。秋田の山々からは夏の終わりを告げる颪《おろし》がとっくに吹いてきてもよかった。

鳥影はこの耕地に降りてこようとしない。この季節、麓《ふもと》から一斉にやってくる雀たちもあらわれなかった。

彼等はとうの昔にわかっていたのだろう。ここには冬を越す糧《かて》がないのだ……。

——わすらが何をしたというのだ。

老人はそれを声にしなかった。

返答する者はないのを知っていた。

これまで経験した何度かの冷害も、これほどではなかった。祖父が、父が憤怒《ふんぬ》を握りしめたまま黙していた秋冬を少年の時から見てきた。祖母も母も男たちの姿がない時に悲嘆にくれていた。

だがどんなに辛い年でも、どこかに希望の光を見出し、春にむかって耐えてきた。

息子夫婦は、この目前の惨事を予期していたのだろう。しかし老人は百年という歳月家族を養ってくれたこの土地を見放す気持ちはさらさらなかった。

次々に廃業する農家が続く中で老人は稲作を棄てるつもりはなかった。

稲はこの国の要《かなめ》という自負と誇りがあった。祖父が少年の時の彼に言った言葉を信じていた。

『稲田と生きていれば死に絶えることはないがら。辛抱ばかりの日々はいつか終る。それまでこの稲田を守り抜けばいい。おまえが主《あるじ》になる時にはきっと今よりよぐなる』

老人の耳の奥から祖父の声はむなしい風音を残して失せた。

いつもの年ならこの死に絶えた穂を黙々と刈り上げていた。それが祖父、父がやってきたことであった。

――生きてはいける。冬は越せる。

それは決して満足をともなう暮らしではないが、北の農耕者が明治以降、自分たちで確立してきた災害の年の智恵であった。

陽が昇りはじめる前に田圃《たんぼ》に出て、なさねばならぬことは山ほどあった。それを黙々とこなし、ひとつの作業とておろそかにせずやってきた。

どこの農家もそれを百年続けてきたのだ。これしか他にできることがないからという声もあったが、本当の理由はそうではない。子に、孫に〝生〟をつなぐことができる唯一の道だったからである。

『おまえが主になる時にはきっと今よりよぐなる』

祖父は少年の彼に〝たしかな生〟を与えてやれると信じていたのだ。

焦点を失ないそうになる老人の目に、稲穂のそよぐ真ん中で刈ったばかりの黄金の稲を両手でかかえて笑う少女の姿が見えた。

可菜子である。

まぶしいほどかがやく孫娘の可菜子の笑顔だった。

『祖父ちゃん。可菜、稲が大好きだ』

それはつい四年前のことだった。

『わしも稲が大好きだ。稲はわしらの大切な子供だからの』

『うん、それ、可菜も、そうだ』

その言葉を交わしたのは、一番高所の棚田の土盛りと堰作りを二人してひと冬かけて築いた春のことだった。

老人は思わず孫娘の幻が立つ稲田に分け入りそうになった。

思いとどまって顔を上げると、そこには孫娘の幻はすでになかった。

——わすが、孫娘が何をしたというのだ。

一年半前、孫娘が上京したいと言い出した時、老人は反対しなかった。

自活できる道を自分で見つけ、その仕事に励み、苦節を耐えれば必ず道はひらけると孫娘に諭してきかせた。

少女の時から老人の仕事を手伝い、ちいさな手で懸命に働くのを見てきた。近在の家の娘が皆、一様に野良仕事を嫌がるのに、可菜子はそうではなかった。

田植えの時も顔を泥だらけにして水田の中に入り、笑っていた。

田植えを終え、田之神に供え物を奉った。二人して夏の月の下でちいさな宴をした。ちいさな棚田ひとつひとつに輝く〝田毎《たごと》の月〟を眺め、夜風にひびく笛が老人と可菜子に祝いの歌を歌っているように思えた。

『祖父ちゃん、苗っ子、綺麗だね』

『ああ綺麗だ』

『苗っ子、可愛いね』

『ああ可愛い苗っ子だ』

『秋にはうんと稲が実るといいね』

『ああきっとうんと実る』

水田を見つめる孫娘の横顔はまことに美しかった。目元は息子の康志《やすし》に似て、鼻と口元は嫁の千恵《ちえ》に似ていた。

――あの山津波がなければ……。

老人の脳裡に十三年前の春の朝のことがよみがえった。

前の年から息子夫婦は稲作とは別に農作物の生産をしようとしていた。

息子の康志は盛岡の農業高校から県の農業試験所に入り、やがて家に帰り、老人とともに農作に入った。減反政策の奨励に反対した時も同じ意見であったし、農耕のやり方をすべて受け入れてくれた。嫁の千恵も農家の出身だった。二人は新しい農作物の生産に希望を抱いていた。反対はしなかった。

その年の春、雪解けを待って息子夫婦は毛無森《けなしもり》の山中に入った。担子菌類の栽培の床作りのためだった。

老人は一日仕事を休み、六歳になる孫娘の可菜子と龍泉洞の山間の温泉に泊りがけで出かけた。妻は長女のお産の手伝いに宮古《みやこ》に出かけていた。前年の晩秋、沢から転落して背中を痛めていた。その湯治《とうじ》を兼ねて孫娘と出かけた。

今でも、あの夜半に感じた胸騒ぎをどうして深く考えなかったのかと悔やむ時がある。初めての孫娘との温泉の旅という嬉しさもあったのかもしれない。珍しく地酒も二本ばかり飲んだ。

山間の簡素な湯治場であったから客は老人がほとんどで、板一枚の間仕切りの隣りから鼾《いびき》の音と絶え間ない湯の湧く音がうるさく、酒で弛《ゆる》んだ神経は山の気配に気付かなかった。

夜半、孫娘が目覚めて、祖父ちゃん、ネズミが走っとるよ、と言われたのを笑い、孫娘を抱き寄せてふたたび寝込んだ。夢の中で何かが揺れた気がしたが湯の音に気配は掻き消された。

──『ネズミが走っとるよ』あの言葉をしっかりと聞いていればよかった。

老人は少年の時に祖父から聞かされていた。

『夜、ネズミ、イタチが走ったり、騒いだりすると山に何かがあるということだ』

祖父は彼が幼少の時にあった山津波のことを教えようとしていた。

ドーンという音響とともに地響きがした。湯治場の柱や床がきしむ音がした。

彼はすぐに孫娘を抱いて外に飛び出した。同時に地鳴りの音が四方からした。彼は咄嗟《とっさ》に周囲の大木を探し、前方の沢にそびえる栗の木を目指して駆け出した。振りむきもせず一目散に大木の下にむかった。足元の土が水のように流れ出すのがわかった。左手で孫娘をかかえ、傾いてくる木々をつかんで栗の木にむかってもがきながら進んだ。震動がおさまった。それでも木を目指して水田の中の足を抜くように進んだ。栗の木の下に辿《たど》り着くと剝《む》き出しになった木の根にしがみついた。再びドーンと地響きがして、また山全体が大きく揺れはじめた。孫娘を懐《ふところ》に抱くようにして、身をかがめ、ひたすら神に祈った。

長い時間揺れは止まなかった。ようやく震動が消えた時、見下ろすと湯治宿の半分は土砂と倒木の下に埋もれていた。どこから流れてきたのか泥水が川をこしらえていた。

あわてて孫娘の身体をたしかめるとどこにも怪我はなく、色白の顔は泥に汚れているだけだった。

命拾いをしたと神に感謝した。山中に入っていた息子夫婦が気がかりだった。

陸中海岸沖の地震とそれにともなう広範囲の山崩れだった。

息子夫婦が犠牲になっていた。他にも大勢の犠牲者が出た。

夜のうちに兆候に気付いていれば孫娘をしかるべきところに預け、息子夫婦の入った山中の場所はおよそ知っていたから夜の山を分け入っても報せてやることができたのではと思う。孫娘の言葉とはいえ、人の案じることや話をおろそかに聞いていた自分に報いがきたのだと思った。

両親を亡くした可菜子を嫁の実家が預かりたいと申し出てくれたが、妻と当人の希望で一緒に暮らすことにした。

老夫婦にとって孫娘は唯一の希望だった。老人にとっては彼女の存在は救いであった。可菜子は学校が終ると真っ直ぐに老人の働く稲田に手伝いに来た。妻は孫娘が自分たちに気遣っているのではないかと案じたが、老人は彼女が幼い時から稲田や水田を見つめる様子や表情を目にしていたから、たとえ幼くとも孫娘が農耕の素晴らしさをわかっているのだと思った。農耕の尊厳を知っているのだ。農作の行事の折々に田之神に自分たちとともに懸命に祈る姿を見ていて、この子のためにいっそう肥沃《ひよく》な耕地にしなくてはと励んだ。

遅い初潮をようやく迎え、妻のこしらえた赤飯で祝った夕餉《ゆうげ》に老人は彼女に、いずれ可菜子は嫁さ行ぐのだな、と言った。孫娘は、私は、あの稲田を大切にしてくれる人なら誰にでも嫁に行く、と平然と応えた。その夜、老人は孫娘の言葉が何度もよみがえり、その喜びを土地の神々に感謝した。

しかし孫娘は決して順調に成長したわけではなかった。

十二歳の春、突然、原因不明の高熱を出し、急いで病院に運んだが、高熱の原因はまったくわからず、医者もただ見守るしかなかった。色白の顔が、上半身が真紫色に変色するほどの高熱が続き、このまま熱が下がらねば危険だと言われた。

老人は野良仕事を終えると山道を下りて毎夜、病院へ行き、孫娘の手を握って見守った。夜明け前に山道を登り、龍泉洞口の滝水を浴びて水垢離《みずごり》をした。自分の命に替えても孫娘を救いたかった。その祈願が神仏に届いたのか、半月後、孫娘の熱は引いた。老人も妻も安堵し、神仏に感謝した。

悪いことは続いた。

嫁いだ娘が車を運転中に事故で亡くなり、悲嘆にくれた妻が癌を患って追うように他界した。

老人は孫娘と二人っきりになった。老人の淋しさを知ってか、彼女はいつも明るく笑っていた。

やがて孫娘は息子の通った農業高校に進学した。

長時間の電車通学のため稲田に出ることがかなわなくなった。

或る日、孫娘は一人の若者を連れて稲田にあらわれた。

農業高校の先輩という若者は好青年だった。

孫娘の目を見て、彼女が若者に恋しているのがわかった。

若者は山ひとつ越えた在所で農業を営む家の息子であった。若者は、時折やってきては老人の農耕の話を聞いてくれた。その若者を孫娘は熱い視線で見つめていた。

一年が過ぎ、春を迎えた頃、二人が稲田に来る機会が少なくなった。

その夏、孫娘に若者のことを尋ねると、

「東京へ行ってしまった」

と淋しそうに答えた。

農学の勉強に行ったのか、と訊くと、力なく首を横に振った。

孫娘が学校を卒業したら東京に出たいと言ってきたのは、その年の冬だった。


鳥影はどこかに失せていた。老人は北の峰々に目をやり、しばらく秋の空を仰いでから踵《きびす》を返して稲田をあとにした。

山道をゆっくりと下りながら、この夏の終り、浅草に出た日のことを思い返していた。

親切な警察官だった。

それでも老人の期待は裏切られた。

「佐藤さん、お孫さんを私たちが直接探すわけにはいかないんです。ここはあくまで行方のわからなくなった方を探していらっしゃる方の相談に応じている所なんです。事情をお聞きしてどうするのがいいのかをお話しする立場なんです」

「だども私には東京のことはさっぱりわかりません。四ヶ月前に探しに来た時も、孫娘の住んでた寮を探すのに半日かかりました」

「そういう交通手段のことはちゃんと教えてさしあげられます」

「実は一人の青年を探しておりまして。高谷《たかや》和也《かずや》くんという、可菜子が通っていた農業高校の先輩だった青年です。和也くんに逢えば可菜子のことがわかるんではないかと思いまして」

「そうですか。そういうお友達がいらしたのですか」

「可菜子は和也くんを信頼しておりました……」

「高谷くんの住所はおわかりなんですね」

「住所はわからないのですが、彼が勤めている店の名前はわかります」

老人は上京する前に、峠ひとつ越えた在所にある若者の家を訪ねていた。

最初、怪訝そうな顔で応対されたものの事情を話すと、孫娘も何度かそこを訪ねていたようで、母親が、息子は住所を転々としているようでと申し訳なさそうに説明した。そうして若者の妹を呼んだ。

妹は老人を見ると、ああカナチャンのお祖父さん、と明るく言って、部屋に引き返して再び戻ってきた。

「携帯電話もあったんだけど、今はもうぜんぜん通じないから、これがお兄ちゃんの今居る所だと思うよ」

とちいさなマッチを渡してくれた。

アルファベットしか印刷していない店の名前の読み方も彼女が教えてくれた。

老人はポケットの中から紙に包んだマッチを出した。

警察官はマッチを手に取り、

「新宿、歌舞伎町ですね。ブルー……エイジでいいのかな、皆川君」

若い警察官に訊いた。

「ブルーエイジでしょうね」

若い警察官は応えて老人に、そうですよね、と訊き直した。

老人はマッチを包んだ紙に読み方を聞いて書いていたので、それを確認して、ブルーエイジです、と返答した。

「何の店かおわかりですか」

老人はもう一度紙を見直し、

「ホストクラブと聞きました」

と応えると二人とも意外な顔をして、ホストクラブですか、とくり返した。

「すみません、そのホストクラブというのは何をする店なんですか」

老人が質問すると相手をしていた警察官が、うーんと言って若い警察官を見た。

「ホストクラブというのは男の従業員が主に女性の客をもてなす酒場ですね」

「はあ……」

老人は若い警察官の言った言葉の意味がよくわからなかった。

「女性が男性の客をもてなす店の場合、そこにいる女性をホステスと言いますでしょう。男性が女性客をもてなす場合はホスト。女性客をもてなす男性を揃えた店のことをホストクラブと言うんです」

「はあ……そういう店で和也君は働いているということでしょうか」

「さあ、それは私たちにはわかりません」

「……」

老人は警察官の顔を見返した。

そこでようやく孫娘を探すのを自分の力でやらなくてはならないことを理解した。

「これは事実あった話ですが、道を歩いていて事故に遭い記憶がなくなった人もいるんです。自分の名前も思い出せない状態で保護され病院にいた人が、ご家族からの捜索願いで見つかった例もあるんです」

「はあ……」

老人が持参した孫娘の写真は中学校に上がった時のものであった。

「七年前ですか。最近の写真はありませんか」

その写真しかなかった。

「可愛いお孫さんですね」

若い警察官が笑って言った。

老人はちいさくうなずいた。

警察官が孫娘の特徴を訊きはじめた時、老人は少しずつ嫌な気持ちになってきた。

「歯の治療はしていないと思います。ホクロ？　痣《あざ》ですか？……火傷の跡もありませんね」

老人は相手の質問の意味することがうっすらとわかっていた。

派出所を出ると若い警察官が宿までの道を表通りまで送って教えてくれた。

そうして別れ際に言った。

「佐藤さん、お孫さんはきっと見つかりますよ。今頃、岩手にむかっているかもしれません。もしかしたらあなたへの手紙を書いているかもしれませんよ」

翌日早朝、老人は浅草観音裏にある木賃宿を出て東砂にむかった。

そこには孫娘が九ヶ月前まで住んでいた専門学校の寮があった。五月にそこを訪ねた時はほとんどの寮生がゴールデンウィークで寮を出ていた。寮の留守番をしているという女性が、休暇を取っていた寮の管理人に連絡を取ってくれた。相手は孫娘が一方的に退学し、寮の荷物を持って出て行ったとしか言わなかった。電話のむこうから聞こえる管理人の口振りには孫娘に対して良い印象を持っていないことが窺《うかが》えた。事情を話して、孫娘と同部屋だった寮生に話を聞きたいと申し出たが、素っ気なく断わられた。

老人は寮生が学校に出かける七時前に東砂の寮を訪ねた。管理人が出てきた。痩身の男だった。再度事情を話した。相手はあきらかに迷惑そうな顔をした。

「私どもは厳しい学校なんでね。佐藤さんのように急に学校を休みはじめ、一方的に退学する生徒のことは関知したくないんですよ。寮生に会って貰うのも困るんです」

老人は懇願したが聞き入れて貰えなかった。

寮生が出てくる時間になった。老人は玄関先に立って、

「佐藤可菜子のお知り合いの方はいらっしゃいませんか」

と通学する寮生たちに大声で訊いた。

管理人があわてて出て来て、老人を制止した。寮生たちは訝《いぶか》しい表情で老人を見て足早に去って行った。

老人が地下鉄の駅にむかっていると一人の若い女性が声をかけてきた。その女性は孫娘と同部屋の寮生だった。

「佐藤さん、去年の秋くらいからずいぶんと悩んでいたみたいですが、彼氏の下に行くことを決めたみたいでした」

「その彼氏というのは高谷和也君のことでしょうか」

「名前は知りませんが、ああ、そう言えばカズとか言って電話をしていたみたいです。携帯もつながらないんですか」

老人は孫娘が上京する時、携帯電話を買うようすすめられたが、それを断わったことをつくづく悔やんでいた。

「荷物を少しずつ運んでたから、あの時はもう彼氏と一緒に住んでたんじゃないかしら……」

「はあ……」

彼女にも孫娘の行き先はわからなかった。

浅草の木賃宿に戻り、新宿の歌舞伎町のことを尋ねた。

昼間、そこに行ってもあの街は誰もいやしないですよ。夕方を過ぎないと、と言われ、午後の遅くに新宿にむかった。

新宿に着いて人混みの多さに圧倒された。

夜の六時にマッチの住所にあった店を訪ねたが、まだ店は開いていないと出入りの酒屋に言われた。夜八時に再び店を訪ね、若い店員に高谷和也に面会に来たと告げると、そんな従業員はいないと言われた。

責任者を呼んで欲しいと告げ、あらわれた長身の若者に同じことを訊いたが、やはりそんな名前は知らないと言われた。店内を見せて欲しいと言うと、客として金を払ってくれるならかまわない、と言われた。金はいくら必要なのかと訊くと男は片手をひろげ、五万じゃないよ、爺さん。五十万円だよ。店《うち》は会員制だからと笑って言われた。

老人は店が終わるまでそのビルのむかいで待つことにした。

和也君が、あの店にいるような予感がした。

老人はコンビニエンスストアーの脇に立って、店の入ったビルを見ていた。

若い女性が目の前を通る度に可菜子ではないかと目を凝らし、時によって追い駆けてみたが、まるで違う女の子だった。派手な化粧をした若い女性たちの中には素顔が判別できない子もいた。夜の十一時を回った頃、シャツがはだけた若者が必死の形相で走ってきた。その背後を怒鳴り声を上げて数人の黒い影が追ってきた。

それは一瞬の出来事だった。その若者がつまずいて路上に転んだかと思うと追い駆けてきた数人の男が囲み、手にした鉄パイプのようなもので顔面を殴りつけ、避けようと這いつくばる相手を殴り蹴りつけた。

「よさんか、よせ、死ぬぞ」

老人は彼等にむかって叫んだが、すぐに右手から靴音がして警察官が近づくのが見えた。

「大丈夫か？」

老人は若者に声をかけようとした。呻《うめ》き声を上げてこちらを向いた若者の顔は血だらけで顔半分がつぶれ頬の白い骨が剝き出していた。

警察官の一人が駆け寄ってきた。

やがて救急車が来て、若者は搬送された。

闇の中に消えて行く白い救急車の姿を老人はじっと見ていた。

「現場を目撃されましたか」

警察官に訊かれたが、老人はむかいのビルを見つめ、何も応えなかった。他にも目撃していた者はいたが、いつの間にか皆失せていた。

血痕だけが路上に残り、その上をまた若者たちが笑いながら通り過ぎて行った。

やがて夜中の二時を過ぎると人通りも少なくなり、点っていたネオンも消えはじめた。若い女の子たちがこんな夜中に平気でうろついていた。酔って足元がおぼつかない子もいた。

老人が立っている場所の右と左は通りが直線に伸びており、左右どちらを見ても透視図のように街並が闇の中に吸いこまれていた。

老人は生まれて初めてこんな闇を目にした。今しがた笑って通り過ぎて行った男も女もすべての者がその闇の中に消えて行っているような錯覚に捉われた。

老人はじっと闇のむこうを見つめた。

――可菜子はあの闇の中をさまよっているのではないか……。

得体の知れない不安が老人を襲った。

空が白みはじめた頃、むかいのビルから数人の若い男女が奇声を上げながらあらわれた。その中の一人に見覚えがあった。老人を笑った男だった。他の若い男たちの顔を窺った。高谷和也らしき若者はいなかった。

老人は彼等に歩み寄り、先刻の男に声をかけた。

「岩手出身の高谷和也君だ。もう一度思い出してみてくれないか。彼の妹さんが君たちの店で彼が働いていると教えてくれた」

「だから爺さん、そんな奴はいないっつうの。何度も言わせせんじゃねえよ」

「頼む。このとおりだ」

老人は深々と彼等に頭を下げた。

「イヤダー、こういうの」

女の声がした。

靴音が立ち去る気配がして老人は相手に近づき腕をつかんだ。

「何をするんだよ、この爺々《ジジィ》」

「思い出してくれと言ってるんだ」

老人は相手を睨《にら》んだ。


やがて前方に杉の大木が見え、老人はその木を右に回り込み家に入った。

家の中は薄暗かった。

玄関から居間を抜け雨戸を開けた。強い陽射しが差し込んできた。仏間の机の上に一通の手紙が置いてあった。

老人は縁側に立ったままその手紙を見た。

差出し人は東京の警視庁鑑識課の、あの浅草寺で応対してくれた葛西という警察官だった。手紙は二日前に届いて、二度読み直した。

葛西の手紙の中には唐突なことが記されてあった。その内容にどう対処していいのか、老人にはわからなかった。

彼は手紙から目を逸らし、差し込んだ光に照らされている仏壇を見た。

この二日間、彼は仏壇に白飯を供えるどころか線香も上げていなかった。こんなことは初めてのことだった。

彼は仏壇の前に正座し、扉を開けた。

光が差し込むと奥からちいさな煙りのようなものが流れ出した。彼は思わず後ずさった。その煙りが先祖たちが自分を咎《とが》めているしるしのように見えた。

仏壇の中にはずらりと位牌が並んでいた。祖父の代からの十数名のすべての顔を老人は覚えていた。抱擁を受けた人、子守り唄を歌ってくれた人、手取り足取り仕事を教えてくれた人……。叱責された時の怖い顔も覚えていれば、道祖神の祝宴で踊り歌っていた笑い顔もある。嘆き悲しんでいた女たちの表情も昨日のことのようによみがえる。農耕を継承してきた人たちがたしかに生きていた時間が老人の身体の中には色褪せることなく残っていた。

一番手前に妻の妙《たえ》と息子夫婦の康志と千恵、そして宮古で不慮の死を遂げた娘の清子《きよこ》の位牌がある。すべての者が老人の下からいなくなっていた。

それでも彼は家族の死を受容して生きてきた。祖父が、父がそうしたように不平不満も、嘆くこともしなかった。

しかし孫娘の可菜子に関しては、その死を何としても認めなかったし、必ずこの土地に彼女を連れて帰る決心をしていた。

自分が不憫《ふびん》なのではない。そんなことはさらさら思わなかった。孫娘を、あの澄んだ目をした可菜子をここに連れ帰し、この土地で暮らさせ、生きることの喜びを経験させてやりたいのだ。

――どこにいるのだ。早く帰って来い。

老人はつぶやいた。

「どうかあの子をここに連れて帰らせて下さいませ」

老人は声に出して位牌となった人々に深々と頭を下げた。

彼は仏壇の扉を閉じて仏間の中央に座った。目の前の机の上に手紙があった。

彼はじっとそれを眺め、一ヶ月半前の浅草寺でのことを思い起こした。

「何かの事故で怪我をし、記憶喪失になってしまい病院にいた人もいます」

警察官の顔が浮かんだ。

老人は手紙を手に取り、中から二枚の便箋を出し読み返した。その中の一行に目を止めて下唇を噛んだ。

……もし出産の折に臍帯《さいたい》（ヘソの緒です）を保管なさっていましたら、その一部を提供いただければ幸いです。臍帯はお孫さんの身元を……

老人は手紙を再読し、しばらく開け放った戸から零《こぼ》れる秋の陽射しと、そのむこうに霞《かす》む北上山地を眺めていた。

老人は立ち上がり仏壇の隣りの棚の前に歩み寄り、抽き出しのひとつをゆっくりと引いた。そこにはもう使われることのない母子手帳や孫娘の小学、中学の通信簿と一緒に、七五三の宮参りで買い求めた紙人形などが几帳面に仕舞ってあった。さらに奥を探るとちいさな白木の箱の上に墨文字で〝ヘソノ緒、カナコ〟と記されたものが出てきた。

老人はそれを手に取り、そっと握りしめた。

5

皆川と草刈は東京駅の階段を登り、二一番線のプラットホームに立った。

「まだ到着まで三十分あるな。下の喫茶店で待とうか」

草刈が腕時計を見て言った。

「いや、ここで待とう」

皆川は言って新幹線のやってくる方角を見つめ下唇を嚙んだ。

「そうか……、そうだな」

草刈はうなずき、ネクタイを直した。

いつになく二人とも緊張していた。

「皆川、その佐藤さんの顔は覚えているのか」

「ああ、この夏逢ったばかりだからな。見るからにいい人なんだ。ほら、いつかおまえに話した俺に剣道を教えてくれた町道場の先生だよ。その人に感じがよく似ているんだ。こんなかたちで再会するのが口惜しいよ」

「わかるよ。ひどいことをしやがる」

草刈も唇を嚙んだ。

草刈の脳裡に二日前の夕刻、湾岸署の捜査本部の様子がよみがえった。

あの冷静な畑江主任の声がうわずっていたし、その瞬間、部屋の中からどよめきが起こった。

電話を受けたのは草刈だった。

「はい、捜査本部……」

「鑑識課の葛西です。畑江主任をお願いします」

いつもどおりの落ち着いた声だった。

「主任、鑑識の葛西さんからです」

草刈が受話器を畑江の方に差し出した。

畑江は聞き込みから戻った班に声を上げていた。

「だから、それを見つけるのが君達の仕事だろう。朝からいったい何をやってたんだ」

「主任」

草刈は畑江を呼んだ。

「いいからやり直して来い」

「主任」

畑江が振りむいた。顔がまだゆがんでいる。

「鑑識の葛西さんからです」

「そうか、まったく……。はい畑江です」

畑江がボールペンで机を小刻みに叩いていた音が急に止まった。

草刈は畑江の顔を見た。

畑江の表情があきらかにかわっていた。

畑江は受話器の口を手でおさえ、草刈にむかって、あの二人をすぐに戻せ、すぐにだ、と早口で言った。

草刈は閉じたばかりのドアに走った。

ドアを開けようとした時、背後で畑江の声が響いた。

「ガイシャの、女性の身元が判明したぞ」

その声にオウーッとどよめきが起こり部屋の中がいろめき立った。

草刈は畑江を振りむき、主任のそばに駆けよる同僚たちを確認し、あわててドアを開けて飛び出しエレベーターに乗り込もうとする二人の先輩刑事の名前を呼んだ。

「佐藤可菜子、十九歳。東京での住所は不明。出身は岩手県下閉伊郡……。去年の秋まで専門学校に通っています。家族は岩手に祖父が一名いるだけで両親とも三陸沖地震の二次災害で亡くなっています。まだＤＮＡ鑑定の段階なので、明後日、祖父の佐藤康之さんが庁内に確認にみえます……」

草刈が報告を聞いている時、電話で話をしている畑江の声が聞こえた。

「じゃ皆川君に迎えに出てもらえますか。こっちからも出しますから……」


プラットホームに盛岡発の新幹線が到着するアナウンスが流れた。

佐藤康之は自由席車輛に乗ってくると連絡があった。

皆川はホームに入ってきた新幹線の車輛を見つめながら、あの朝、浅草寺境内の派出所に直立不動で立っていた佐藤老人の姿を思い浮かべていた。

電車がホームに停車し、乗客が降りてきた。

皆川は流れ出した人の群れの中に老人の姿を探した。それらしき人は視界の中に見当らなかった。

人の流れがゆっくりしはじめた時、そこに佐藤老人がバッグを手に、あの朝のように直立不動の姿勢で立っていた。

老人は皆川の姿を見つけ、顔を確認すると深々と頭を下げた。

その姿を見て、皆川は鼻の奥が熱くなり、胸の中で、チキショー、と声を押し殺すようにつぶやいた。

6

神楽坂にある狭いアパートの一室だった。草刈はそこで初めて、殺された佐藤可菜子の生前の気配を感じた。

原宿に店のあるウサギをデザインしたキャラクターグッズが、ちいさな化粧鏡の脇にきちんと並べて置いてあった。

――綺麗好きだったんだろうな……。

そう思った草刈に畑江がぽつりとつぶやいた。

「真面目な子だったんだろう」

二ヶ月以上住人が帰宅していなかったから、猛暑の夏の間中に蒸し風呂のように熱せられた壁や畳の異臭が部屋の中にこもっていた。

「主任、窓を開けましょうか？」

「いや、しばらくはこのままにして下さい」

声を発したのは鑑識課の葛西だった。皆川はすでにちいさなバスルームに入ろうとしていた。古い建てつけのアパートは、身体の大きな皆川とそう大柄ではない草刈が歩くたびにギシギシと音がした。

「皆川君、少し静かに歩いてくれ」

葛西の声に、は、はい、と皆川が返答した。

「す、すみません……」

玄関の方から声がした。

先刻、このアパートに案内し、部屋の鍵を開けてくれた家主の女性である。

「はい、何か？」

草刈が顔を出すと、

「どのくらい時間がかかるんでしょうか？」

と迷惑そうに訊いた。

奥から葛西の声がした。

「三時間くらいですかね。もう少しかかるかもわかりません」

草刈は振りむき、うなずいて女性を見た。

「どうぞ戻っていらして下さい。終りましたら報せに行きますから……」

「困るわ。だから私、嫌だったのよ。あんな子に部屋を貸すのは……。縁起でもないわ。真夜中に男の大声がして暴れてたって言うし」

するとすぐに畑江が顔を出した。

「奥さん、それはいつのことですか？」

「えっ、いつのこと？　あっ、私はよく知りません。下の住人の人が家賃を納めに来た時、そう話してたもんですから」

「この真下の部屋の人ですか？」

「いや、あれ、誰だったかしら……。ともかく人を泊めちゃいけないって約束だったんですから」

「じゃそれはあとで伺った時までに思い出しておいてもらえませんか」

「ええ？　私、夕方から出かけなくちゃならないのよ。迷惑だわ」

「それなら今、うかがいましょう」

「いや主人が帰ってるので、あとでいいわ」

「わかりました」

女性の足音が遠去かる気配がした。

フウーッと大きなタメ息が聞こえた。皆川だった。草刈はバスルームから出て来た皆川の顔を見た。その表情で、今のがタメ息ではなく憤怒をこらえていた息を吐き出したのだとわかった。

「大店《おおや》と言えば親も同然と言いますよね。田舎から出て来た娘さんをあんなふうに迷惑がるもんなんですかね」

皆川の声がうわずっていた。

「皆川君、いらぬ話はやめようか」

葛西の声に、皆川が頭を下げた。

「それにしてもよく前家賃を三ヶ月分も入れていたもんだな。三十万近い金だ……」

畑江が言った。

「いや、有難いことだ……」

葛西の声には実感があった。というのも十日ほど前、可菜子の東京でのただ一人の知己と思われた高谷和也が、新宿、歌舞伎町で深夜、何者かに襲われ、病院のベッドにすでに三ヶ月間昏睡状態のままでいると判明したからであった。

捜査員は岩手に飛び、高谷和也の実家周辺と通っていた農業高校の聞き込みを行なった。

一週間前にようやく探し当てた高谷のアパートはとっくに荷物がまとめられて、部屋の中の内装まで新しい入居者のためにリフォームしてあった。

高谷の荷物の中から、このアパートの住所が記された水道、ガス料金のコンビニの受け取り証が出てきた。そこにサトウカナコとあった。

それを見つけた時、葛西は畑江にむかってちいさな伝票を差し出して言った。

「畑江さん、可菜子の住所のようです」

畑江の目の色が光った。

それから二日続けてアパートの立入り捜査をしている。信じられないことだったが可菜子は入居した時、三ヶ月分の前家賃を家主に渡していたのだ。

バスルームから声がする。

「バスタブの吸込み口を外してみよう。注意してやってくれ」

畑江は卓上のカレンダーに付けられたしるしを手帳にメモしていた。

「草刈、ベッドの下を見てくれ」

畑江が言った。

草刈はベッドの下を覗いた。雑誌が数冊置いてあった。女性月刊誌と美容関係の雑誌だった。もう一冊は鎌倉、湘南、三浦半島の名所を紹介したタウン誌だった。頁のいくつかが折ってあった。

——遊びに行きたい場所だったのかな。

見ると水族館や遊園地の休館日やそこまでのアクセスの電車にアンダーラインしてあった。

——出かけたのかもしれないな。

或る頁をめくると床に何かが落ちた。

一葉の写真であった。可菜子だった。隣りに写っているのは高谷和也である。痩身で流行の髪型をしてVサインをしている。その横で恥じらうように遠慮勝ちに右手を少し上げた可菜子が笑っている。夜の遊園地で写したものらしく二人の背後に観覧車が見えていた。

——幸福そうな顔だな……。

草刈は若洲の埠頭で引き揚げられた時の可菜子の無惨な姿を思い出し、唇を嚙んだ。言いようのない憤りが湧いた……。

タンスの中は綺麗に整理してあり、可菜子の几帳面な性格がうかがわれた。隅から小箱が出てきて中にＪＡの通帳、農業高校の卒業アルバム、専門学校の成績表などが仕舞ってあった。

小箱の中からちいさな貝殻がひとつ出てきた。草刈はそれをつまみ上げた。

「海にでも行った時のものかな……」

草刈がつぶやくと、畑江が
「他に収入があったということか。高谷和也が面倒を見ていたのか……」

と首をかしげた。

高谷和也の事件を捜査している新宿署からの情報によれば、彼は八月四日の未明、歌舞伎町の工事現場近くで発見され、通報で駆けつけた救急隊員の話では血みどろで倒れていたという。全身六ヶ所を骨折し、内臓破裂も起こしていた。何より鈍器のようなもので頭を殴打されたのが昏睡状態の原因だった。全身に及ぶ外傷の状況で複数の相手から危害を加えられているのはあきらかだったが、目撃者がいなかった。

歌舞伎町のホストクラブ〝ブルーエイジ〟に勤めていたことまでは確認できたが、三ヶ月前に店でトラブルを起こして退《や》めていた。その後に勤めたホストクラブも勤務態度が悪くすぐにクビになっていた。医師の話では高谷の左腕に注射の跡が数ヶ所あり、尿検査の結果、薬物の常習使用の反応があった。

佐藤可菜子につながる唯一の人間である高谷和也の状況が判明し、捜査は暗礁に乗り上げてしまった。佐藤可菜子が専門学校を退めてから、どのような生活をしていたかを示す手がかりが何も残っていなかった。アパートのタンスの奥から見つかったＪＡの通帳には佐藤老人からの毎月の送金が記されていたが、昨年末からその金は一円も引き出されていなかった。

7

神楽坂から高谷和也の入院している信濃町の病院に行く草刈に皆川は同行した。

高谷和也の病室を出て来た草刈が大きく首を横に振って皆川を見た。皆川は草刈の溜め息を聞いて、ちいさくうなずいた。

二人は病院を出ると、高架橋を渡り神宮外苑の中に入った。

頭上から名残りの蟬の声が聞こえた。

「まだ蟬がいるんだ。暑かったものな、今年の夏は……」

皆川は言って空を仰いだ。

二人は絵画館の前の階段に腰を下ろした。

「皆川、喉が渇かないか」

「ああ少しな。だけどビールは夕飯の時まで……」

「じゃ買ってこよう」

皆川が夕食のビールまで我慢をしようと言い出そうとした時、草刈はバッティングセンターの脇に見える自動販売機にむかって走り出していた。

何を飲む？　走りながら草刈が声を上げる。何でもいいよ、皆川は返答して、まるで学生時代のように疾走する同僚を笑って見ていた。

——あれで警視庁、捜査一課の刑事かよ。

そうつぶやきながら皆川は自分も草刈も捜査が行き詰っていることへの焦燥を拭いきれないのだと思った。

自動販売機を草刈が両手で揺らしていた。

——オイオイ刑事さん、大丈夫か。

バッティングセンターから人が出てきて草刈に何事かを言っている。草刈がうなずいた。そうして自動販売機の前で両手をバツ印にして白い歯を見せて建物の中に入った。

打球音が聞こえた。前方のグラウンドで草野球に興じる男たちの頭上に白球が舞い上がっていた。捕球しようとして近寄ってきた野手がぶつかりそうになり、逸球した。声援と笑い声が聞こえる。そのグラウンドのむこうに葉色を紅葉させはじめた公孫樹《いちょう》の並木のてっぺんが見える。

——もう秋なんだな……。

そうつぶやいた瞬間、夏の終りに若洲の埠頭で見た佐藤可菜子の白い肌と、それを縛ったロープの無惨な跡がよみがえった。

「よほど清潔な子だったんですね」

神楽坂の可菜子のアパートのバスルームで皆川が洩らした言葉に葛西が珍しく口をきいてきた。

「どうしてそれがわかる？」

皆川は手に取ったネットの中に使い古した石鹼が三個入っているのを葛西に示した。

「このネットの中の石鹼ですよ。ちいさくなって使い辛いのを合わせて網のネットに入れてるじゃないですか。私の実家でも母がこうして古い石鹼を最後まで使ってたんです。それに今の若い女の子は石鹸なんて使わないはずですし、こんなふうにみっつの石鹸がネットに入ってるのはよほど身体をよく洗ったからでしょう」

「面白い見方だな。実感があっていいですね」

皆川は鑑識課に来て、初めて葛西に誉められた気がした。

「ありがとうございます」

皆川が言うと、

「何だね？　その礼は……」

と無愛想に言われた。

——違ってたか……。

葛西の指示でバスタブの排水口を抉《こ》じ開け、管の奥の附着物をピンセットで採取した。

「採取しました」

皆川がバスタブの中から言うと、葛西は皆川にバスタブから出るように告げ、中に入ると指先にガーゼを巻き、その指を奥まで突っこみ排水管の奥をゆっくりと掻き回した。やがて指を抜くと、ガーゼにべっとりと髪の毛が附着していた。

「す、すみません」

皆川が頭を下げると、

「何だね、今の詫びは……」

とまた無愛想に言われた。

見て覚えて欲しい、と最初に葛西から言われた。

「実践だけがその人の身に付きます」

いつか葛西に居酒屋でぽつりと言われたことがあった。

あらかじめやり方を教えてから実践に入るべきだという鑑識課の先輩もいる。しかし基本的なことは警察学校で習っているし、マニュアルも何度も読んでいた。

皆川は葛西のやり方について行こうと決めた。そうしなければ鑑識の仕事の肝心が見えない気がしたからだ。

銀座のビアホールで同じ課の富永景子に言われた。

「もしかして皆川君も、〝鑑識課《シキ》の家具〟になっちゃうとか?」

「ハッハハ、ボクの場合かなり大きな家具になってしまいますね」

皆川は自分の性格がわかっていた。

一度こうしようと決心すると途中でそれをかえることがなかなかできなかった。

剣道もそうである。学生時代、上段で構えて闘う戦法からずっと抜け出せなかった。攻撃が主力の戦い方に監督から注意を受けた。

それに対して草刈の剣道には柔軟性があった。草刈の防御は一見やわらかく見えるが攻めてみると強靭さに驚く。そうして攻めに転じると凄まじい鋭さを見せる。

それでいて今しがたジュースを買いに走り出すと高校生のようなあどけなさを見せる。皆川は草刈が羨《うらや》ましかった。

草刈の剣道を思い返していると、皆川の目の前を老夫婦が通り過ぎた。

秋の陽射しを受けて二人は幸福そうに映った。

あの午後の悲痛な声が耳の底からよみがえった。

佐藤康之がたった一言だけ声に出した言葉だった。

東京駅から湾岸署にむかう車の中でも佐藤老人は沈黙していた。

プラットホームで皆川に深々とお辞儀をし、草刈が自己紹介した時には丁寧に名前を名乗り、お世話になります、と言ったきりだった。

湾岸署に車が着くと正面入口に葛西が立っていた。

ご苦労さまです、と頭を下げた葛西に老人は聞き取れない声量で何事かを返答し、案内された地下の死体安置所にむかった。

部屋に入るとすでに佐藤可菜子の遺体は中央のベッドに載せられていた。

「ご確認下さい」

畑江主任がそう言った瞬間、ほんの一瞬であったが、佐藤老人の表情が変わった。

戸惑う少年のような表情に皆川には見えた。

だが遺体に掛けられたシーツに手がかけられるとその表情はすぐに失せ、冷凍保存により肌の色素が白色化した十九歳の孫娘の目を閉じた顔を凝視していた。

「佐藤可菜子さんでしょうか?」

老人は声こそ発しなかったが、ゆっくりとうなずいた。

老人の手が静かに持ち上がって孫娘の頬に触れた。

冷たいですよ、という声も老人の耳には聞こえていなかった。老人は孫娘の頬を両手で包んで静かに指を動かすと喉の奥から絞り出すような声で言った。

「可菜……さあ、村さ帰ろう」


「どうしたんだ? 目が赤いぞ」

ジュースを買って戻ってきた草刈が皆川の顔を見て訊いた。

「陽射しのせいだろう。これでも繊細な身体をしてるんでね」

ハッハハと草刈が笑った。

二人は喉を鳴らして缶ジュースを飲んだ。

「佐藤可菜子と高谷和也は二人共同じ人間の犯行なんだろうか」

皆川が訊いた。

「犯行の手口はまったく違う。佐藤可菜子と老人の犯行は用意周到に計画されたものだ。主任はこの殺人は初犯じゃないとも言ってたな。ともかく佐藤可菜子と老人の関係がまったくわからないときてる」

「畑江さんも大変だな……」

「いや、主任は何かボクたちとは違うものを見ている気がするんだ」

「違うものって何だよ？」

「わからない。鑑識では何か新しい手がかりは出て来たの」

「佐藤可菜子の爪の間から出た残滓の正体から辿ることは難しそうだ。珪藻土の一種なんだが、今の建築物の壁や床には使用されていない色素が含まれている。爪下《そうか》血腫《けつしゅ》ができるほどの力で引っ掻いているんだから、必死だったんだろうね」

「葛西さんは？」

「このところ毎日、夜遅くまで老人の身元の手がかりを探している。これまでの事件に類似したものはないかをあたっている。迷宮入りの事件も丹念に調べている。休日も返上して課に出ているよ。あの執念はたいしたものだ」

「つき合わないのか」

「申し出たが断わられた。俺は推測でものを考え過ぎるらしい。それにそれをすぐに口にするから雑音になると言われた」

「葛西さんらしいな」

「それでも今週末あたり、本庁に出て陣中見舞いでもしてみようかなと思っていた。明日にでも行ってみるつもりだ」

「ああその方がいいよ。きっと葛西さんは喜ぶと思うよ」

「いや、迷惑がるだろう。それでもかまわないんだ。俺は自分の意志を通す」

「ハッハハ、少し大袈裟《おおげさ》だね」

傾きかけた秋の陽に公孫樹の並木が黄金色にかがやいていた。

「さあ一杯やろうか」

皆川の声に草刈も立ち上がった。

8

その日の朝早く、滝坂由紀子は目覚めると、東の庭に出た。

そこには義祖母が育てたバラの花壇があった。

出雲地方でも素封家の滝坂の家は戦前から当主が欧州留学をする進歩的な家風で、東の庭のバラは義祖父がイギリスからわざわざ苗木を持ち帰って植えたものだった。

由紀子は滝坂の家に嫁いだ時、このバラを以前のように美しいものにしようとバラ栽培を勉強し、ようやく二年前から花壇は由紀子が満足できるものになりはじめていた。由紀子はやわらかな朝の陽射しの中に開花しはじめたバラの花々を眺めた。

早朝にバラを鑑賞するのが愉しみだった。まだ湿気を含んだ空気の中に花びらを開かせようとするバラは自分の子供のように思えた。

花にそっとふれながら由紀子はひとつのバラに顔を近づけた。甘い香りがした。

吸い込んだ朝の空気とバラの香りが身体の中でそっとひろがるように願って、両手でお腹にふれた。

「いい香りでしょう」

由紀子はお腹の中の子供に声をかけた。

昨日、病院に定期健診に行き、母子ともに順調だと言われた。

医師の明るい声と顔は、二回の流産を経験していた由紀子にとって何よりの朗報だった。

由紀子にも以前と違って出産できる力のようなものが身体の奥から湧き出ている気がした。

それでもまだ十分注意をしなくてはいけないと思っていた。

朗報はもうひとつあった。

今日の午後、石津江梨子《いしづえりこ》が出雲にやってくるのだ。

奈良の大学で同級生であり、同じ教授に学んだ親友である。

実家が京都の呉服商をしている江梨子とは妙に気が合い、大学のキャンパスでも講義が終わってからの時間をともに過ごした。京都から大学に通っていた江梨子は大学の後半は奈良に下宿し、それからは由紀子が出雲に帰るまでずっと一緒だった。

滝坂家の屋敷の中で行われた敬二とのお披露目に、友人として江梨子だけが出席してくれた。その時以来の再会であった。

「七年振りに逢えるんです」

昨夜、夫に江梨子の話をした時、

「本当に嬉しそうだね。ボクまでが逢うのが楽しみになったよ」

と言ってくれた。

江梨子が今回出雲にやって来るのは、出雲で開催される考古学の学会に出席するためだった。江梨子はそこで一般向けに開かれるシンポジウムにもパネラーとして出席する。

それを聞いた夫が、

「へえー、江梨子さんって偉いんだね」

と感心していた。

由紀子は江梨子のことを誉められると自分のことのように嬉しかった。

由紀子は江梨子の訪問が近づいてから自分が元気になっていくのがわかった。

祖父の泰治の失踪以来、由紀子は泰治のことを思うとふさぎこんでしまうことが度々あった。夫も義母も、そんな由紀子を見て心配してくれているのがよくわかった。

泰治の行方は依然としてわからなかった。

どこかに旅に出かけたのならとうに戻ってきているはずだった。あれから小高ヤエに連絡を何度か入れたが祖父が家に帰った様子はなかった。

出雲署の刑事が二度ばかりやって来て、泰治に関する有力な情報は寄せられていないと報告に来た。

二度目に刑事がやって来た夕暮れ、義母は待田というその刑事を南の離れ家で持て成していた。

この地方には戦前から警察や消防、役所の仕事をしている者が家を訪ねると歓待する慣わしがあった。

由紀子は待田に好感を抱いていなかった。

由紀子は子どもの頃に待田の姿を目にしたことがあった。彼の他にもう一人刑事がいた。その刑事の顔を由紀子は少女の頃から何度か見ていた。一度見たら忘れないような人相の悪い男だった。その男が刑事だと知ったのは後年のことだった。

刑事が来ると、温厚な祖父が不機嫌になっているのがわかった。由紀子の前では決してそんな顔を見せない祖父が苦々しい表情を浮かべた。ものごころついてから愛情あふれる祖父との二人暮らしの中で、由紀子にとってその刑事の存在だけが嫌な思い出だった。

しかし由紀子が奈良から帰省した頃には刑事たちも姿を見せなくなっていた……。

由紀子は庭のバラの花を何本か切って江梨子に休んでもらう離れの部屋に活けた。

午後になって風が出はじめた。

屋敷の北手にある大きな欅《けやき》の木が海からの風に鳴きはじめた。北西の風が吹きはじめると出雲の天候は荒れてくる。

――あらっ、降らなければいいけど……。

由紀子は海側の空を見上げて美しい瞳をしばたたかせた。

時刻になって由紀子は出雲市駅にむかった。

プラットホームに立つと風がスカートの裾を揺らした。

由紀子は電車のやってくる東の宍道《しんじ》湖の方向に目をやった。やがて特急〝やくも〟が宍道の方からあらわれた。

電車がプラットホームに滑り込んでくると窓から手を振る江梨子の姿があった。

ホームに降り立った江梨子に由紀子は駆け寄り、その手を握った。

「よう来なすった」

由紀子が言うと、江梨子は、

「あら、すっかり出雲の言葉になってるやないの」

と笑った。

江梨子の京都弁が懐かしかった。

由紀子が江梨子の荷物を持とうとすると、

「そんなんしたらあかんでしょう。お腹の赤ちゃんに叱られるわ」

と言った。

「もう何ヶ月になるの？」

「五ヶ月と少し」

「それなら安心やね」

由紀子はうなずいた。

江梨子には以前の流産のことも手紙で打ち明けていた。

「由紀子が元気そうで良かった」

「どうして？」

「三日前の電話の声が何となく元気がなかったから、何かまた体調に変化があったのかなと心配してたの」

江梨子の言葉を聞いて、さすがに勘がいいと思った。

祖父の失踪の話は江梨子にはしていなかった。

学生時代から江梨子は洞察力があった。勘が良かった。そのお蔭で由紀子は何度か助かったことがあった。

「由紀子さん。あの人、ちょっと気い付けなあかんわ」

ゼミナールの後の食事の席で由紀子に、その日のテーマを親切に教えてくれる学生や助教授を見て耳打ちした。

後になって仲間の女子大生が遊ばれたという噂を聞いた。

江梨子の勘の良さが、考古学研究に打ってつけだったのだろうと由紀子は思った。

「本当はもう二、三日ここに滞在したかったんやけどなあ……」

江梨子は大社のある八雲山の方を見て残念そうに言った。

「いればええやん」

由紀子は思わず関西弁を口にした。

「あら由紀子ちゃんのその独特の関西弁、懐かしいわ。フッフフフ」

「そうね、つい出てしまって……」

二人は顔を見合わせて笑い出した。

夕刻、夫の敬二が帰宅して食事がはじまった。

東の庭に面した中広間で江梨子の歓迎をこめて小宴が催された。

「ウァーッ、えらいご馳走ですね。美味《おい》しそう」

江梨子は大皿に盛られた刺身皿から鮪《まぐろ》を口に入れた。

「美味しい」

思わず江梨子が声を上げた。境港に注文しておいた日本海流に乗ってきた本マグロである。

「そりゃよかった。その烏賊《いか》も今朝揚がったもんじゃから。ようけ食べてくんさい」

敬二が出雲産のワインをすすめながら言った。

「よう来てもらえた。由紀子さんのお友だちが見えるのは初めてじゃから嬉しい限りです。それも東京の大学の先生ですから……。できたがおさまりそうで昨日がおびえわぇで。私は嬉しゅうて、嬉しゅうて……」

義母が江梨子に言った。

江梨子が怪訝《けげん》そうな顔で義母と由紀子を見た。

「この地方では妊娠したことをできたって言うのよ。おびえわぇは岩田帯をしたってこと」

由紀子が説明した。

「まあ、できたなんてえらく直接的な言葉なんですね。お義母《かあ》さん」

江梨子が言うと敬二と由紀子が笑い出した。

開け放った庭に面したガラス窓からバラの花壇が照明に浮かんでいた。

「綺麗なバラですね」

江梨子が庭の奥に目をやって言った。

「由紀子さんが丹念にやってくれました。私の義父が戦前にイギリスから持って帰ってきたものも生き返らせてくれました。由紀子さんは三国一の嫁ですけのう」

「あら、由紀子さん、誉められてるわよ」

「いや、母は本心からそう思ってるんです。ボクも同じ気持ちです」

敬二の言葉に由紀子はただ微笑んでいた。

話題が明日の考古学会の話になった。

「それはご主人、出雲はたいした土地です。古代出雲は今、私たちの注目の的です」

「そうらしいですね」

「はい。昭和五十九年から六十年にかけて荒神谷《こうじんだに》遺跡で、銅剣三百五十八本、銅鐸六個、銅矛十六本が出土しました。これが古代出雲のそれまでの歴史観を全面的にかえたんです。それまで出雲には神話はあっても遺跡が発見されなかったんです。さらに平成八年に加茂岩倉遺跡が発見され、三十九個の銅鐸が出土しました。日本でこれだけの数の銅鐸がいっぺんに発見されたことは考古学史上ありません。さらに出雲を中心にして四隅突出型墳丘墓が数多く発見されはじめました……」

考古学の話をはじめると江梨子の声に熱がこもった。

——昔と同じね……。

由紀子は学生時代、何度となく接した江梨子の明晰な説明を懐かしく聞いていた。

「出雲王朝ですか？」

敬二が素頓狂な声を上げた。

「ええ、そうです。天照大神の系譜と別の、須佐之男命《スサノオノミコト》を祖とした王朝があったのではという推論を唱える人も出ています」

「それはすごいことじゃのう。さすが東京の大学の教授さんじゃ」

「教授じゃなくて准教授ですから」

江梨子が言った。

「敬二さん、お客さんは長旅でお疲れじゃからそろそろ寝所へご案内しますよ」

義母の声に宴がお開きになった。


「そう、そんなことが起きてたの……」

江梨子は隣りの蒲団の中で天井を見つめながら言った。

「お祖父さまの行方がわからなくなって二ヶ月以上になるのね」

「ええ……」

由紀子は隣りの蒲団に横になり、同じように天井を見つめてうなずいた。

「実は私……」

江梨子は何かを言いかけて言葉を止めた。

「何なの？　遠慮せずに言って」

「うん、実は私、あなたのお祖父さまに逢って鍛冶《かじ》の仕事のことで訊きたいことがあったの。ほら、由紀子さんが以前、うちに話してくれたやんか。お祖父さまに連れられて山の中に入って上流の砂場で砂鉄を集めるのを見てたって……」

「そんな話をしたかしら」

「したって。うちは一度聞いたことは」

「十年忘れへん、でしょう。たしかに祖父と山の中に入ってせせらぎに立って砂鉄を集めるのを見たことがあったわ」

「この出雲には鉄と銅を扱える文化圏があったのよ。そのことでお祖父さまに訊ねてみたいことがあったの……。でもそんなことより一日も早く戻って来られるといいわね。警察の方は何と言ってるの？」

「何も手がかりはないって」

「警察って事件が起こらないと何もしない体質があるものね。ああいうところ許せへんわ、ほんまに」

「何かあったの？」

「ストーカーに狙われたのよ、一年半前に……。うちが独身やと思うて大胆な奴やったわ。その時でも警察は本気で取り合おうとはしいへんかったもの」

「そう……」

由紀子は警察をそんなふうに考えたことがなかったので江梨子の話に内心驚いていた。

「あの音は何？」

先刻から聞こえる笛の音に似た音のことを江梨子が訊いた。

「欅の木が風に枝を鳴らしている音なの。冬になるとずっと聞こえるんだけど、今夜は風が強いから……」

「何か女の人とか赤ん坊が泣いている声に聞こえるわね」

「そうなのね。私も最初、この家に嫁いできた時、少し気味が悪かったわ。今はもう慣れたけど。大きくて立派な欅なの。初夏に葉をつけはじめると綺麗よ。惚れ惚れするわ」

由紀子は初夏の空に伸びる大欅の新緑をたたえた姿を思い出していた。

「由紀子さん」

江梨子が名前を呼んだ。

由紀子は江梨子が自分を見ている気がして顔を江梨子にむけた。江梨子はこちらをじっと見ていた。

「何?」

「あなた結婚してますます美しくなったわ」

「誉めたって何も出《で》えしませんえ」

由紀子が京都弁で言った。

「お世辞言うてるんとちゃうわ。奈良の大学のキャンパスで初めて逢った時もえらいべっぴんさんやな思うたわ。ほら同じ髪型をしてた時、姉妹に間違えられたやないの。私、あの時、あなたに似てると言われて嬉しかったもの。でも、あなたほど顔が美しくなった女の人、私、初めて見たわ」

「おおきに」

「信じないのね。それにあなたのその大きな瞳。日本人の瞳とは違う……」

「ほならうちはどこの人どすか？」

「あの欅はどこから吹いてくる風に声を出しているのかしら」

「海からどす」

「日本海でしょう。大陸からの風でしょう。あなたのその瞳は大陸系なのよ。中央アジアとかね……」

由紀子は返答せずに枕元の電灯を消した。闇の中で由紀子が言った。

「先生、発表の折に欠伸《あくび》をしますよ」

「発表は大丈夫、まかせて……」

そこまで言ってほどなく江梨子の寝息が聞こえてきた。

——やはり長旅で疲れていたんだわ……。

由紀子は食事の席で義母や夫に気を遣って話してくれた江梨子に感謝した。

目を閉じた。

欅の鳴く音が一段と大きくなった。

すると炎天下のプラットホームに一人立っている祖父の姿があらわれた。

電車を待つ祖父はじっと東の、上りの線路を見つめていた。

「お祖父ちゃん……」

由紀子は胸の中でつぶやいた。


翌日は早朝から雨が降りはじめていた。

出雲警察署の待田刑事はそぼ降る雨で床を濡らした出雲市駅のロビーのベンチに腰を下ろしていた。

いつもなら署内でゆっくりと新聞の将棋欄を眺めている時間だった。

それが早朝の電話で起こされた。

下関の石丸恭二《いしまるきょうじ》からの電話だった。

「始発の電車に乗ったから昼過ぎにはそっちに着くんだ……」

「はあ……、あっ、石丸さん、実は今日、私……」

寝呆けて電話に出たのがいけなかった。

今日は女房に息子の進学のことで高校に行くように言われ、半休を取っていた。

急な捜査が入ったと女房に説明したらえらく不機嫌になられ、逆上して怒鳴りつけた。それもいけなかった。女房はこのところ溜っていた鬱憤《うつぷん》をすべて吐き出した。

石丸には一ヶ月前、佐田木泰治の行方がわからなくなり、家族から捜索願いが出たことを報せていた。

「何？　行方不明……。わかった。すぐにそっちに行くから、いや、今日は無理だから、あとで連絡する」

そう興奮して返答されたものだから、てっきり二、三日中には出雲にあらわれるものだとばかり思っていた。ところがそれっきり電話もなかった。別にこちらから催促することでもないので放っておいた。

それがいきなり今朝の電話だった。

石丸は山口県警下関署の元刑事であった。

電話の話し方は現役刑事の時とかわらず高飛車だった。

隣県のしかも退職した刑事に特別な義理や関係があったわけではなかったが、石丸は待田の恩人とポン友だった。

松永晃司《まつながこうじ》。島根県警の刑事だった叔父が待田が警察官になる道を拓《ひら》いてくれた。女房との仲人でもあった。その松永と石丸は古い事件の捜査で知り合い長くつき合っていた。

「少し破天荒なとこがあるが、わしはああいう男が好きじゃ。捜査の勉強になるところもあるからおまえも親しゅうさせてもらうように頼んだからの」

叔父は破天荒と言ったが、どちらかというと評判の悪い刑事だという噂は待田の耳にまで届いていた。

二度ほど松永に連れられて下関に遊びに行ったことがあった。石丸は羽振りが良かった。松永と待田の宿泊代から飲み喰いもすべて面倒を見てくれた。それだけではなかった。元遊郭のあった場所に二人を案内し、女の世話までしようとした。さすがに断わったが、叔父は石丸のそういうところも気に入っていた。

半年に一度、石丸は出雲にやってきた。表立っては仕事ではなかったが、必ず一人の老人の下を訪ねた。かなり昔に下関であった事件をまだ追っていると叔父は言っていた。石丸がやってくると叔父は石丸をともなって奥出雲に出かけた。

その訪問の相手が佐田木泰治だった。

叔父が癌で呆気なく亡くなり、その後は待田が石丸に同行した。待田は石丸にどんな事件だったのかを尋ねたが、石丸はニヤつくばかりで何も話そうとしなかった。

ところが八年前、石丸が署内で不祥事を起こし懲戒免職になった。ベテラン刑事があとわずかで定年という時に免職させられたのだからよほどのことだったのだろう。

三年後に一度、連絡があり、やはり奥出雲に案内した。

その折、石丸から、老人に何かあったら必ず連絡を欲しい、と頼まれた。

それで今回、行方不明の捜索願いが家族から出されたことを連絡したのだ。その連絡も三日かかった。石丸が待田に書き残した彼の実家の電話はすでに使われておらず、苦労して石丸が雇われているというパチンコ店を探し出し、ようやく連絡がついた。

「何？　行方不明……」

電話での興奮振りで石丸がまだ佐田木泰治に執着しているのがわかった。

待田は石丸が佐田木と話しているところを二度しか見ていない。

「ちょっと外してくれ」

二度ともそう言って石丸は待田を遠去けた。

——いったい何を追ってるんだろうか。

待田はそう思ったことはあったが、石丸とあまり関りたくなかった。

今回も連絡がつかなかった時、よほどそのままにしておこうと思ったが、叔父のことを考えると報告だけはしておくべきだと思った。

待田は初対面の時から石丸を目の前にすると臆してしまう自分に気付いていた。それも石丸に逢うのが嫌な理由だった。

駅のロビーに上りの電車がほどなく到着するアナウンスが流れた。

同時に待田の胸ポケットの中の携帯電話が鳴った。

石丸のくぐもった声がした。

「ああわしだよ。もうすぐ着くよ。悪いなあ、待田君、迷惑かけて……」

石丸にしては珍しく殊勝な言い方をしたのは三時間前に連絡があり、金を忘れて電車に乗ったので電車賃を用意して欲しいと言われていたからだった。

それを聞いた時、待田は大きなタメ息をついた。

これまで石丸はこと金銭については公務員とは思えぬほど羽振りが良かったし、何もかも自分で払おうとした。嫌な予感がした。

待田はベンチから立ち上って改札口にむかった。

高架駅の頭上の方で電車が入る気配がした。待田は改札口で警察手帳を見せて中に入った。

運賃精算窓口の脇に立って降りて来る客たちを見ていた。

――五年振りか……。石丸刑事は、いや刑事じゃないか。何歳になったんだ？

客のあらかたが改札口から出たが石丸の姿はなかった。トイレにでも寄ったのかと待っていた。

待田は思わず声を出しそうになった。

古びたコートを着て少し左足を引きずりながら歩いて来た男が待田を見てちいさく手を上げた。

――これが石丸か……。

髪も手入れをしていないのかぼさぼさで無精髯《ぶしょうひげ》が石丸の顔全体を黒く見せていた。

――まるで浮浪者じゃないか。

「よう」

石丸は言って切符を待田に差し出した。

「ご無沙汰しています」

「おう」

身なりとは逆に態度も話し方も以前と同じだった。

窓口に切符を出すと下関から一駅分の切符だった。

改札口を出ると、

「腹が減ったな」

と石丸は駅舎を見回した。

駅前食堂に入った。

ビールとうどんを注文し、カウンターの上に置いてあった稲荷寿司を待田に持ってくるように言った。

「三刀屋に行かれますか？」

「そのために来たんだ」

待田は手帳を出して、うどんを食べている石丸に佐田木泰治が家を出た日付を話した。

「それはあとでええ。質屋はあるか」

そう言っていきなり腕時計を外しはじめた。

「代官町に一軒ありますね。何ですか、金ですか」

「迷惑をかける訳にはいかんから、これを質屋に持って行って三万円ほど借りてきてくれ。わしは身分証が何もない」

待田はテーブルの上に置いた金メッキの時計を見て、それが三万円どころか一万円にもならないと思った。

「金なら私が取り敢えずお貸ししますよ。他人行儀なことはおっしゃらんで下さい」

待田が言うと、

「そうか」

と言って石丸はその時計をすぐに嵌《は》めなおし右手を差し出した。

待田はあわてて上着の内ポケットから財布を出し、金を石丸に渡した。財布の中には二千円と小銭しか残らなかった。

石丸は立ち上がると、車は近いのか、と言ってさっさと先に店を出た。待田は勘定を払い表に出た。

石丸は煙草を口にくわえて、火はないか、と待田に言った。

煙草をやめたもんで、と待田は言い、食堂に戻ってライターをひとつ貰って戻った。

ライターの火を点けると、近寄ってきた石丸の身体から異臭がした。

待田は車を運転しながら、

「今日、出雲で少し大きな催し物がありまして、警備をせにゃならん者が関西《かみ》から来とるんですわ。ボロ車ですみませんが」

と自分の車を出したことを詫びた。

「何の催し物だ？」

「考古学の学会言うとりました」

「妙なもんをやるんだな」

車は斐伊川《ひい》に出ると堤道を右折し、南にむかって走った。

待田は窓を開けた。石丸の身体が匂った。

「石丸さん、あの佐田木老人をずっと追ってらっしゃいますが、どんな事件《ヤマ》なんですか」

「………」

石丸は返答しなかった。

――また同じくり返しか……。

そう胸の中でつぶやいた時、

「殺人《コロシ》事件だよ」

石丸は言った。

待田は石丸の顔をちらりと見た。

平然とした顔で前方を見つめていた。

「どういうコロシなんですか」

「………」

それっきり石丸は何もしゃべらなかった。

かわりに行方不明になった状況を訊いてきた。待田は詳細を話した。

「孫娘というのは、あの少女だよな」

「そうです。今は嫁いでますが……」

「もうそんなになるか。色の黒い山出しみたいな娘だったがな」

「今はこの辺りでは評判の美人ですよ」

「そうか、わからんもんだな。それでその何かを作ったという痕跡は君も見たのか」

「私は鍛冶屋のことはよくわからんですが、何やら大きな物を引きずったような跡が床にありました。孫娘もそう言っておりましたのと、近所の者が鍛冶小屋の煙突から煙りが出とったのを目撃しとります」

「そうか……」

やがて前方に三刀屋の集落が見えてきた。

待田は車を側道に停車させた。

「駐在の警官を呼びますか」

「いや、いらん」

石丸は佐田木の家の前に立って周囲を見回していた。

鳶《とび》が頭上で鳴いた。

石丸は頭上の鳥影を見て、

「しかしこの辺りは何もかわらんな」

と独り言のように言った。

待田も周囲を見た。雑木林のむこうから農耕の焚き火か一条の白い煙りが昇っていた。

待田は視線を佐田木の鍛冶小屋の方に移し、先刻、石丸が言った殺人事件が以前見た老人の手によるものなのだろうかと想像した。しかし待田には佐田木は好々爺にしか映らなかった。

石丸が鍛冶小屋の方に歩き出していた。待田はあわてて後を追った。

「鍵は持ってるのか」

「いいえ、孫娘か、そうじゃなかったら近所の女性が預ってるのかもしれません」

「どうして預ってないんだ」

石丸は怒ったように言って鎖を巻きつけた鍵を両手で引っ張りはじめた。

「石丸さん、それはまずいでしょう」

待田が言っても石丸は鎖を力まかせに引っ張り続けた。

鈍い音がして、錆びていたのか鎖が外れてバラバラと地面に落ちた。

石丸が扉に手をかけた。

「石丸さん、それはまずいですって」

待田が石丸を制止しようとすると、石丸は待田を振りむいて白い歯を見せて笑った。

小屋の中は埃《ほこり》が舞っていた。

石丸は埃の中に入って行った。待田は外の様子をもう一度、確認してから中に入った。

「初めてだな、この小屋の中に入るのは。さっぱりと片付いているんだな、鍛冶屋の作業場ってとこは……。それでどうして孫娘はここで佐田木が十数年振りに仕事をしたとわかったんだ？」

「そのコークスの残りですよ。私もよくは知らなかったんですが説明されてなるほどと思ったんです」

「それで、何を作ってたのかはわからないのか」

「さあ、それは訊きませんでした」

石丸がじっと待田を見ていた。

「おまえさんはそれで刑事なのか」

「はあっ？」

「松永のオッサンが今頃、呆れてるんと違うか」

待田は叔父の名前を出されてムッとした。

「佐田木が行方不明になった。どこに行ったかわからない。そこにとっくの昔にやめていた鍛冶の仕事をした形跡がある。ならここで作ったものが失踪と何か関わりがあると考えるのが普通だろうよ」

「はあっ……」

「はあっ、じゃないだろう。鍛冶の仕事をしたんなら、当然、刃金《はがね》もいるだろうし、それ以外のもんなら、どこからか材料を集めなきゃならないだろう。そんな材料を売ってる所は、どこにだってあるはずはないだろう。どうしてそこにあたらなかったんだ」

「はあっ」

「はあっ、ておまえ、そこまで頭が回らなかったんじゃないだろうな」

「石丸さん、これは一人の老人が旅に出てしまったか、家出かって話だ。家族も帰りが遅いんで心配してるっていう話だったんですよ。そんな案件に鍛冶小屋で何を作ってたのかって警察がいちいち調べないでしょう」

待田は声を荒らげた。

「ほう、そうか……。出雲あたりじゃ、そう考えるってわけか」

「石丸さん、別に出雲署じゃなくても家出人や徘徊老人のことで警察は時間を割きませんよ」

「佐田木は徘徊するような男じゃねえ！」

石丸の声が険しくなった。

「この仕事場を見てみろ。コークスもきちんと隅に寄せてあるし、第一、他の道具が整理して仕舞ってあるだろう。佐田木って野郎はな、南方戦線で中隊のほぼ全員が戦死した中で生き残って帰ってきたんだ。修羅場を何度もくぐってきた男なんだ。そいつが何の理由もなく家を出て行くってことはあり得ないんだよ」

石丸は声を荒らげて言うと、

「これが、その何かを引きずった跡ってわけだな？」

「そう思ったんですが……」

「たしかにそうらしいな。かなり大きなもんだな。木箱か何かだな」

「木箱？」

「これを見ろ。引きずった跡が三ヶ所に分れてるだろうが。段ボールとか布に包んだもんじゃこうはならない」

「なるほど……」

石丸は作業場の壁をじっと見ていた。

そうして壁の一ヶ所に鼻をつけるようにして爪の先で慎重に何かを引っ掻いていた。そうしてそれを指の先に載せて見つめた。

「何ですか？」

「セロテープの切れ端だ」

「それが何か？」

石丸はまた待田の顔を見た。

「す、すみません。よくわからんもんで。そのテープの端がどうしたんでしょうか？」

「大工だって家を建てる時は図面を見てたしかめるだろう。何をここでこしらえたかはわからんが、このテープは新しい。もしかしてここに作ったものの図面を貼っておいたのかもしれん」

石丸は小屋の中をぐるりと見回し、道具をおさめた棚を開けて中の抽き出しを次から次に引っ張り出した。床にいろんなものが転がった。

「石丸さん、家探しはまずいですよ。不法侵入なんですから」

「ぬるいことを言ってんじゃねえ」

そう言って石丸はめくれた壁板のひとつを両手で剝がした。メリッメリッとベニヤ板が裂ける音がした。中から土管があらわれた。待田はあわててベニヤ板を元に戻そうとしたが、めくれたまま戻らなかった。

「図面はここじゃないな。家の中だな」

石丸は急ぎ足で小屋を出て行った。

「石丸さん、家の中はまずいです」

待田は急いで石丸を追い駆けた。

表に出ると止んでいた雨が降り出していた。

由紀子はシンポジウムでの江梨子の発表に感心していた。

七年という歳月が江梨子をこんなにも素晴らしい研究者にしたことに感動した。

発表の後のパネルディスカッションでも江梨子の話は聴衆を魅了していた。

ステージの上で脚光を浴びているのが自分の親友であることが嬉しかったが、同時に羨ましくも思えた。

会が終了すると何人かの男女が江梨子の下に集まって挨拶したり、名刺交換をしていた。

由紀子は会場の隅でその光景を見ていた。

石津先生、と甲高い声がして一人の小柄な老人が江梨子に近寄ってきた。江梨子も顔見知りらしく相手の手を取って笑っていた。

——もう江梨子は違う世界で生きてるんだわ……。

老人に秘書らしき女性が近づいて来て腕時計を指し示し、老人は名残り惜しそうにして最後に江梨子の耳元で何かを囁《ささや》いていた。

老人が去ると次の関係者が近寄ってきた。

江梨子は相手を手で制して、由紀子の方を見た。そうして、もう少しで終るから、とでも言いたげに両手を合わせた。

由紀子は、大丈夫よ、と小声で言い、笑ってうなずいた。

客席にはすでに人の姿はなく、ガラス張りの壁面に降り出した雨が伝っていた。そのむこうに中庭があり、花壇の中に雨合羽を着た一人の老人がしゃがみ込んで手入れをしているのが見えた。

由紀子は目を細めて老人を見た。

その老人が祖父でないことはわかっていても由紀子はついつい顔をたしかめようとしてしまう。

「どこに行ってしまったの……」

由紀子は消え入りそうな声でつぶやいた。

吐息を零した途端、耳の奥から祖父の声がよみがえった。

『ユキ、三刀屋《みとや》にはとうぶん来るな。やはりここには金屋子の神さまがおるけえ、金目が子を授かるのを邪魔しておるのかもしれん』

そんな迷信を信じた自分がいけなかった。三刀屋でも子供を産んだ女性は何人もいるではないか、と言い返せばよかったのだ。

由紀子の二度の流産が、たとえ些細なことであっても祖父を迷信に縋《すが》らせたのかもしれない。

行方がわからなくなってから、たった一人の身内の自分が姿を見せなくなって祖父はどんなに寂しかっただろうかと思うようになった。

「逢いたい……」

由紀子はまたつぶやいた。

背中を叩かれた。

由紀子は目覚めたように目を瞠《みは》り背筋を伸ばして振りむいた。

「ごめんなさい。待たしちゃって」

江梨子が笑って立っていた。

「どうしたの？」

江梨子の目が顔を覗き込んでいるのを見て、由紀子は自分が泣いているのに気付いた。

「何でもないわ。ちょっと考え事をしてただけ」

「お祖父さまのことね……」

江梨子の手が由紀子の背中をやさしく撫でた。そうしてその手がゆっくりと由紀子を抱擁した。江梨子の胸元に顔を埋めた瞬間、耐え続けていた感情が堰《せき》を切ったようにあふれ出し、由紀子は嗚咽《おえつ》した。

「ごめんなさい。こんな時に……」

「かまへん。泣くだけ泣いたらええわ」


空港の出発ロビーに空席待ちの乗客を呼ぶアナウンスが流れていた。

「なんだか恥ずかしいわ。あんなふうに泣いたりして」

由紀子がティーカップを皿に戻しながら笑って言った。

「かまへんやないの。うちは嬉しかったわ。学生時代に一度も涙を見せへんかった由紀子さんが、うちの腕の中で泣いてくれたなんて感動やな」

江梨子が得意そうに言った。

「嫌だわ。もう頭が上がらないわ」

「そんなん違うて。うちらが本当の友だちやったことの証しや。それで感動してんの」

「ありがとう、江梨子」

「そんな言い方せんといて」

「そうだね」

「出雲に来て良かったわ」

「そう言ってくれると嬉しいわ」

「再会できたこともそうやけど、実はもうひとつ嬉しいことがあるの」

「何？」

フフフッ、と江梨子が笑った。

「何なの？　嫌だ、そういうの……」

「わかった。じゃ、由紀子さんだけに話すわ。実はね。或る学会の賞を受賞しそうなの」

「えっ、本当に？　お目出度《めでと》う。凄いじゃないの」

「まだ三回目の賞なんだけど、今とても注目されてる賞なの」

「良かったわね。でも江梨子なら当然よ。今日の発表を聴いていて私、感動したもの。本当によく研究しているのね」

「ただこの仕事が好きなだけよ」

「少し嫉妬もしたわ」

「どうして？」

「だって自分の好きな分野であんなに立派な発表ができるんですもの」

「それを言うならうちの方です」

「何が？」

「敬二さん。あんなに愛されていて、正直、羨ましかった。うちも結婚したくなったわ。あんないい人どこかにいいへんかな」

「江梨子ならたくさん申し込みがあるでしょう」

「それがぜんぜん。神谷《かみや》さんが見合いさせようって言ってくれはるんやけど、ああ、神谷さんってさっきの賞を主催している考古学研究会という団体の事務局長。好々爺って言うか、いいオジイサンなの。今日もわざわざ東京から来てくれて」

「ああ、さっきあなたに挨拶しに来た人？」

「そうそう。見てた？」

「ええ」

「あっ、ちょっと待って」

江梨子は言ってバッグからバインダーを出し、中から一枚の写真を見せた。

「これがその神谷さん。中央にいるのが私のライバルの△△女子大の准教授。前回のその賞の受賞者。去年の写真よ。ほら、うちは隅でいかにも口惜しそうにしてるでしょう」

「フフフッ、そうね」

「神谷さんの隣りにいる人が、考古学研究会の顧問の筒見《つつみ》真也《しんや》さん。この賞って副賞に研究費が出るんだけど、そのスポンサーなの。ちなみに前回の受賞者の私のライバルは今、その副賞でシルクロードに研究の旅に出てるわ」

「へぇー、素晴らしい賞なのね」

「そう。この顧問の寄附。そして熱心な事務局長のお蔭よ」

由紀子はもう一度、神谷という小柄な老人とその隣りでやわらかな表情をしている長身の老人のスナップを見た。

——奇特な人たちがいるのね……。

「由紀子さん、ダーリンのお出ましよ」

江梨子の声に顔を上げると、駐車場に車を停めて来た敬二がエスカレーターを昇ってくるのが見えた。

由紀子は敬二の姿を見て微笑んだ。

「憎たらしいわ」

江梨子が耳元で囁いた。

二人は雨の中を江梨子を乗せて飛んで行く飛行機を見送って空港を後にした。

9

皆川満津夫は日曜日の午前中、東京駅の八重洲口にあるデパート地下の食品売り場に行った。

皆川は昨夜、鑑識課の先輩、富永景子に電話を入れ、休日出勤している葛西に陣中見舞いを届ける旨を告げ、彼女から葛西の好みの弁当がそのデパートの地下にあるのを聞き出していた。

皆川は売り場に立って、これほどの種類の弁当が売られているのに驚いた。五千円もする高価な弁当もあった。しかし教えられた弁当は八百円のばってら弁当だった。皆川は自分の分も買って桜田門にむかった。

地下鉄の階段を登り、通用門にむかって歩いていると、そこから葛西があらわれた。皆川は驚いて街路樹の陰に隠れた。

葛西は通用門を出ると、皇居の方に歩き出した。

——今の時間にどこに行くのだろうか。

十一時を過ぎたばかりだった。

皆川は声を掛けるタイミングを失ない、そのまま葛西の跡を歩く格好になった。

――どこに行くのか見てみよう。

半分うしろめたさも感じながら晴海通りを銀座方向に歩く葛西を追った。葛西の歩調は速かった。葛西は有楽町駅に入り切符を買い、山手線の上野、秋葉原方面行きのプラットホームに立った。電車はすぐに入ってきた。皆川も隣りの車輌に飛び込んだ。

葛西は上野駅で下車し、上野駅公園口の改札を出た。

――どこに行くんだろう？

皆川はこれ以上葛西に対してこんな行為をするのはまずいと思った。

葛西は上野公園に真っ直ぐ入り、国立西洋美術館の前に立った。そこで上着のポケットから封筒を出し中からチケットらしきものを握り、館の中に入った。

皆川は正面入口に掛かった美術展のタイトルを見た。〝プラド美術館の至宝展〟とあった。

――葛西さんに美術鑑賞の趣味があったかな……。

皆川は首をひねりながら、絵画を鑑賞する葛西の顔を見たくなった。

チケット売り場に三十分並んでようやく中に入った。館内はひどく混み合っていた。これでもまだ昼前だからましな方なのだろう。葛西が急ぎ足でここに来た理由がわかった。

これだけの数の人の中で葛西を見つけるのは無理に思えた。皆川はあきらめて何点かの絵画を見て回った。〝裸のマハ〟の前はえらく人だかりがしていた。頭越しに作品を見ていると、葛西の姿が目に入った。葛西は右手の部屋に入った。あわてて追い駆けた。

そこは今回、日本で公開できなかったプラド美術館の作品の複製が展示してある特設会場だった。

皆川は部屋に入った。照明が暗かった。

〝黒い絵シリーズ〟とタイトルがあった。葛西の姿はなかった。奥の部屋に入った。そこは照明も明るく数多くの複製絵画が展示してあった。しかし複製というだけでこれほど人の数が減るものかと皆川は苦笑した。

葛西は回覧の矢印にそって作品を見ていた。その鑑賞のしかたは少しぞんざいに映った。

——葛西さんも複製はダメなんだ……。

皆川はそう思いながら葛西の背中を見た。

やがて自分も葛西の年齢になる時が来るのだろう。そうなった時、葛西のように尊敬される警察官でありたいと思った。

葛西が急に立ち止まった。

やわらかく見えた背中がふくらんでいるように見えた。

——どうしたんだろう……。

葛西は一点の絵画の前でじっと動かなくなった。様子がおかしかった。

凝視していた作品から目を離すと、何かを考え込んでいるかのように足元を見た。そうしてゆっくり顔を上げると作品のタイトルが記された額縁の下に顔を近づけ、いきなり走るように出口にむかった。

皆川は驚いてその作品の前に立った。

上半身裸の四人の男が左端の赤い着布の若者を見つめている絵画だった。

——この絵がどうかしたのか？

皆川は葛西が最後に目を凝らして確かめるようにしていた作品のタイトルを読んだ。

『ウルカヌスの鍛冶場、ディエゴ・ベラスケス』

皆川は訳がわからなかった。彼は急いで葛西の跡を追い駆けた。


草刈は月曜日の朝の捜査会議で、いきなり畑江が言い出したことに面喰らった。

「現存している鍛冶屋、鍛冶職人のいる地域の警察をあたって、そこで被害者《ガイシャ》とおぼしき者に捜索願いが出ていないかを至急確認してみてくれ」

——これはいったいどういうことなんだ？

草刈は中四国地域を担当した。

中国地方には刀鍛冶がいたと聞いたことがあった。

草刈はパソコンの前に座り、丹念にひとつひとつの署に照会していった。現在、ほとんどの署の管轄地域に鍛冶屋は存在していなかった。

「こりゃ、可能性はないな……」

他の地域を担当している捜査員の声が聞こえた。

草刈も同じ気持ちだった。

四国四県を午前中に終え、岡山、鳥取、広島、山口にも該当するものはなかった。

夕刻、島根の各署に連絡をはじめた。

草刈は欠伸をこらえながら出雲署に連絡を入れた。

まずは捜索願いが出ている項目からパソコンをクリックした。

佐田木泰治　八十五歳
――珍しい名前だな……。八十五歳か。

佐田木泰治　八十五歳　雲南市三刀屋町××　職業、鍛冶職人
草刈の指が止まった。

草刈は指に力を込めて、附随する参照資料の欄をクリックした。写真とあったところを次にクリックした。

パソコンの画面に一人の老人の顔があらわれた。

草刈は指を握りしめて、手元に置いた被害者の写真と照らし合わせた。

「主、主……」

声がすぐに出なかった。

「主、主、主任」

喉から飛び出した声はいきなり捜査本部の全員をこちらへ振りむかせるほどの大声になっていた。

「主任」

草刈はもう一度大声で畑江を呼んだ。

次の言葉が出ずに、草刈はパソコンの画面を震える指でさし続けた。


葛西のデスクの上にビニール袋に入れられた一本の金色の糸のようなものが置いてあった。それを前にして皆川が報告をはじめた。

「こういう極細《ごくぼそ》の塩化ビニールは洋服などに使われるケースもあるらしいんですが、佐藤可菜子が着ていたジャージのアップリケを縫いつけたものとは違っていました」

それは佐藤可菜子の神楽坂のアパートのバスタブの排水口から出てきたものだった。皆川が見落としそうになっていたものを葛西が排水口に鼻をつけるようにして覗き込み、指先をこれ以上入らないほど突っ込み抉《えぐ》り出した指先の付着物から出て来た糸クズのようなものが、塩化ビニールの繊維だと判明したのだ。残る人毛は可菜子のものだった。

「それで考えたんですが……」

「考えた？　推測かね」

「いや、あっ、そうです」

葛西は物証に対して必要以上の推測を加えることを嫌った。〝物証はそこに存在するという以外に歪曲して見つめれば肝心なものを見失う〟というのが葛西の考えだった。可菜子のアパートから発見されたものの中に、彼女が上京し、専門学校を退めてから何をしていたのかという疑問に繋がるものは何ひとつ出てこなかった。

捜査本部は彼女の暮し振り、さらに言えば生活を支えていた収入源を捜していた。

「話してみたまえ」

「初めは子供用品とかアクセサリーに使用するものかと考えたんです。原宿や青山に子供用品を専門に扱う店があるじゃありませんか」

「×××ランドとかかね」

皆川は葛西の口から子供用品の専門店の名前がすんなり出たので驚いた。

「そ、そうです。ご存知なんですか、あの手の店を」

皆川の言葉に葛西が一瞬、ムッとした表情になった。

「その子供用品なんかには今は塩化ビニールは使用されてないんです。ダイオキシン、環境ホルモンの影響で使用制限ができてるんです。ただ優れた耐水性、耐酸性に加えて難燃性、空気絶縁であり、値段が安い点で依然として使用用途は広く、壁紙、衣料、インテリアのクッション、防音材、そしてロープ、水道パイプ、フィギュア……」

葛西は黙って聞いていた。

「そしてフィギュアで、自分は考えたんです」

「ほう、あのガンダムとか」

「えっ」

皆川はまた目を剝いた。

「いいから続けて下さい」

「フィギュアからコスプレを発想したんです」

そこまで言って皆川は葛西を見た。

葛西は笑ってうなずいていた。

「秋葉原でも渋谷でもわかっているつもりだ。どうぞ続けたまえ」

その言葉を聞いて皆川がタメ息をついた。

「それでそのコスプレの衣装や、こちらの方が可能性があるんですが、あの塩化ビニールはカツラの毛髪の一本じゃないかと……」

葛西が皆川をじっと見ていた。

「どうでしょうか」

葛西がうなずいた。

その時、デスクの電話が鳴った。

表示された番号を見て葛西が、ちょっと済まない、と断わって受話器を取った。

「ハイ葛西です。ああどうも。ハイ。ハイ。エー、ソウデスカ、ハイ……。ホゥー、イズモ……。ハイ」

葛西の目が光りはじめたのを皆川は見逃さなかった。

「実はその件で、こちらでも報告したいことがいくつかあります。鑑識の若手が今しがたいい提案をしてくれています。そうですか、ではお待ちしています」

受話器を置いて葛西は時計を見た。

皆川は葛西の顔をじっと見つめて次の言葉を待った。

「湾岸署の捜査本部からだ。もう一人の被害者《ガイシャ》の身元が判明した」

「えっ、そうなんですか」

ウムッ、と葛西は言い、唇に力を込めた。

「どういう人だったんでしょうか」

「その報告も兼ねて、畑江さんが担当とこちらにやってくるそうだ。さあ続きを話して下さい」

葛西が言った。

「はい。それでカツラというのが秋葉原などのコスプレ専門店で販売されています。このコスプレ用を含めてカツラの製造に塩化ビニールを卸している会社が二社ありまして……」

葛西は熱心に話す皆川をじっと見ていた。

畑江と草刈を乗せ湾岸署を出た車は晴海通りを警視庁にむかって走っていた。

草刈は車窓にひろがる東京の空を見ていた。鰯雲《いわしぐも》が夕陽に黄金色に染まっていた。

あの陽が沈む方角に中国地方はあり、そこに出雲の町があるのだろう。

——なぜまた出雲なんだろう……。

「出雲か……」

「うん」

畑江がちいさく声を上げて草刈を見た。

「何か言ったか」

「いいえ、何も……いや主任、なぜ鍛冶職人だったんですか」

「被害者《ガイシャ》の肌にコークスの塵滓《じんし》が残っていたと報告があったろう。あの粒を追跡していたらしい」

「鑑識課がですか」

「そうだ」

「葛西さんですね。でもどうしてそれで鍛冶職人とわかったんでしょうね」

「何か絵画を見たと言っていた」

「絵ですか？　葛西さん、そんな趣味があったんですか」

「そこまでは知らん」

畑江が素っ気なく言った。

「遠い処ですね。出雲は……」

「飛行機なら二時間もありゃ行くだろう」

「しかしなぜ出雲なんですかね」

「それはこれからわかるさ」

やがて右方に皇居が見えて、警視庁のグレーの建物が夕陽に黒い影となっていた。


「いろいろ……」

畑江は打合せ室のテーブルに座って待っていた葛西にそれだけを言った。

被害者の身元の判明の糸口を見つけた葛西にそれだけの言葉で充分に足りるのを見て、皆川も草刈も二人の先輩の信頼関係をあらためて知った。

葛西は目元を少しゆるめて畑江の顔を見て言った。

「お疲れにならないように……」

「はい。どうもこの頃、上の連中は性急になっていますから……」

畑江の言葉の端に、捜査の進展状況を上層部に報告し、絞られた様子がうかがえた。

「事件《ヤマ》の大きさがまだ見えていないんでしょう」

葛西がさりげなく言った。

葛西の言葉に皆川と草刈がすぐに反応した。二人は鑑識の大ベテランの顔を見直し、お互いの視線に気付いて一瞬目を合わせた。

葛西が静かに言った。

「高谷和也の方はどうですか？」

「今日の午前中の時点でまだ意識は戻ってません」

草刈が答えた。

「そうですか。今日は先日の佐藤可菜子の神楽坂のアパートにあった物からの報告です。皆川君から説明してもらいます」

葛西が皆川をちらりと見ると、皆川がテーブルの上にビニール袋に保管したちいさな糸のようなものを出した。

「これは佐藤可菜子のアパートのバスタブの排水口に引っかかっていたものです」

畑江がビニール袋の中を覗き込んだ。

皆川がファイルケースの中から、その糸のようなものの拡大写真を畑江の前に差し出した。

「塩化ビニールの極細の繊維に似たものです。彼女の部屋の中にあった衣類やその他の身の回りの物、絨緞《じゆうたん》、ベッドからはこれと同じ繊維は見つかりませんでした」

「何か特別のものに使われているものかね？」

畑江が訊いた。

「塩化ビニールの加工技術は世界の中で日本が一番進んでいます。しかもこれだけの極細の加工だとその用途は一部に限られます。工業製品を除いては特殊な衣装とか、あとはカツラです」

「カツラ？」

畑江が皆川の顔を見た。

「はい。特殊な衣装と言ったこととも関連しますが、舞台や、あとはコスプレで使う衣装かカツラです」

「コスプレ？」

畑江が言った。

「秋葉原や渋谷に集まるマニアが身に付けているものです」

「セーラームーンとか」

畑江の口からその言葉が出て皆川と草刈は主任の顔を見返した。

「被害者《ガイシャ》にそういう趣味があったということかね」

「遺留品の中にはそのような類いの衣装もカツラもありませんでした」

草刈が言った。

「そういう衣装、カツラは多く出回っているものかね」

畑江が訊いた。

「大量販売はしていませんが、人気キャラクターの衣装はかなり出回っています。他に特別発注の商品もあって、店頭販売の商品も通常より高いのですが、特注のものは倍以上の値段になります。それにカツラや靴、装飾品を加えると普通の若者には買える金額ではなくなります。その他にレア物もあって、こちらは何十万円もするものもあります」

草刈がすらすらと答えたので、三人は思わず草刈の顔を見た。畑江がさらに訊いた。

「それをどこで着るんだね」

「秋葉原や渋谷の歩行者天国で歩いたり、マニア同士が集まる店で着飾ってくつろいだりする者もいます」

「マニアの年齢は若いのかね」

「いや、四十代、五十代もいます。コスプレの対象アニメの流行した時代によるんです。古いものほど高価になります。しかし……」

そこで草刈は言葉を止めた。

「しかし何だね？」

「佐藤可菜子にはコスプレの趣味はなかったと思います」

「どうしてだね。金回りも、あの年齢の子にしては良かったんだろう」

「もしそうなら神楽坂のアパートにその痕跡があったはずです。同人誌やＤＶＤ、キャラクターグッズなどの趣味に関連したものは身の回りに大切に仕舞っておくはずです」

そこで四人は沈黙した。

「皆川君、他にその件で報告はないのかね」

葛西が言った。

「仮にそれが当人の趣味ではないとしたら、風俗関係や秘密クラブなんかの線もあるのではないでしょうか」

畑江と草刈が皆川を見返した。

「そういう風俗店は多いのかね？」

「一般にはイメージクラブと呼ばれてますが、風俗でコスプレが流行したのはもうかなり前です。今はほとんどありません。あるとすれば一部の特殊なクラブの集まりか、個人的にそういう趣味の客を取っていたか」

草刈が言った。草刈にむかって畑江が言った。

「わかった。まずその販売ルートをあたってみよう。皆川君、ご苦労さん」

「いいえ、お役に立てれば」

皆川が真剣な目をして返答した。

「私からの報告は……」

葛西がファイルを開いて中から二人の被害者の発見時の写真と手足を縛ったロープを大写し

にした写真がテーブルに置かれた。

「このロープの結び方なんですが、少し気になって調べ直しました。この結び方は船乗りもしくは船員としての経験があり、しかもその訓練を受けたのが名古屋以西で昭和五十年以前のものです」

畑江と草刈の目の色が変わった。

「どういうことかね？」

葛西は袋からロープの切れ端と一冊の小冊子を出しテーブルの上に置いた。

「これは海洋訓練所のテキストです」

葛西はゆっくりと話し出した……。


畑江と葛西は少し話があるというので、草刈と皆川は打合せ室を先に出た。

「草刈、捜査の方はどうなんだ」

「孫娘が一人だけ出雲にいた。明日か、明後日には上京する」

「佐藤可菜子との関係は何かあったのか？」

「今の所、まったくわからない」

「そうか、岩手と島根だものな。葛西さんの勘は当たってるのかもしれないな」

「勘って？」

「ほらさっき〝事件の大きさが見えていないんでしょう〟と言ってたろう」

「ああ、あれか。ボクも正直驚いたよ。何か見えてんのかな。主任と葛西さんには……」

「その孫娘っていくつなんだよ」

「三十五歳だったかな。妊娠してるらしい」

「じゃ被害者は曾孫を見ることができなかったってことか。岩手が孫娘で、島根は祖父か……」

「そうなるな」

「草刈、おまえやけにコスプレのこと詳しかったな。そんな趣味があったのか」

「まさか。捜査一課に配属された時、最初の事件の犯人《ホシ》がコスプレマニアだったんだ。それでいろいろ調べた」

「そういうことか、じゃ安心した。いやもっともそうでも俺はかまわないが」

「それ、どういう意味だよ」

草刈が真顔で皆川を見た。

「ハッハハハ、冗談だよ」

皆川が笑って階段を下りて行った。

10

新幹線のデッキの窓から流れる風景を見ていた。

電車が新横浜に近づく頃になると、車窓の風景がガラリと変わった。

それまでの中都市の街並、住宅地の様相とは違っていた。

濃厚な人間の気配が風景の底にある。線路があきらかに密集する人間の家屋の中を通っているのがわかった。

傾きかけた秋の陽差しに屋根の上のソーラーシステムが反射している。その先にさえ人の気配がする。

十年振りの東京にむかっていた。

トイレがまだ空かなかった。男子用のトイレに故障中の札がぶら下がっていた。

手にした缶ビールがカラになっている。

ポケットから煙草を取り出してくわえた。

「あっ、ここって禁煙ですよ」

背後で声がした。振りむくと若い女がデッキの壁に背をもたせかけてゲームをしながらこちらを見ていた。

「ここ禁煙でしょう」

若い女が念を押すように言った。

「吸っちゃいないだろうが。くわえてるだけだろうが。何を因縁つけてんだ、この野郎」

石丸は相手を睨みつけて言った。

その声に相手は驚いて、デッキを離れて車輛に戻ろうとした。自動ドアが開いた瞬間、若い女が、クソオヤジ、と口走った。

「何だとこの野郎、もういっぺん言ってみろ。かっくらわすぞ」

石丸がドンと音を立てて相手を追い駆ける振りをすると、キャーッと声を上げて相手は車輛の中を走り去った。

「チェッ、ナマ言いやがって」

石丸はくわえ煙草で舌打ちした。

その時、トイレのドアが開いて子供を連れた母親が出てきた。母親はビール缶を片手にくわえ煙草で立っているよれよれのコートを着た男を見て目を剝き、あわてて子供を抱き寄せ、逃げるように車輛の中に消えた。

石丸は乱暴にドアを閉めると、便座に腰をかけて大きくタメ息をついた。そうしてくわえた煙草に火を点けた。彼は目を閉じてゆっくりと煙りを吐き出した。

すると瞼の裏に、地元新聞の老記者から取り寄せた二ヶ月前の新聞記事の見出しが浮かんだ。

〝東京湾で二名の死体発見。猟奇殺人か〟〝東京湾殺人事件、一名の身元判明。元専門学校生〟〝謎深まる殺人事件の行方〟……。記事には東京湾沿いにあるゴルフコースでプレーをしていたゴルファーが波打際に浮かんでいたビニール袋に包まれた遺体を発見し、その遺体にもう一体の遺体が繋がっていたとあった。

大胆な犯行である。

石丸もその事件の記事は新聞で読んだ記憶があったが、さして気に止めていなかった。

それが一本の電話で一変した。

島根、出雲署の待田刑事からの電話だった。

「石丸さん、待田です。佐田木の行方がわかりました」

「おう、どこへおったか？」

「東京です。東京湾に二ヶ月前に死体で揚がっていたそうです」

「何？　もういっぺん言うてみい」

「ですから、十月の二日に東京湾にホトケになって揚がってきたそうです」

「殺人か？」

「おそらく。ビニール袋に包まれて遺体もロープで縛られとったそうです」

「ロープで……佐田木が……」

「石丸さん、聞いてますか。それともうひとつ佐田木の他にもう一体の遺体が繋がっとったそうですわ。石丸さん、石丸さん、聞いてますか」

それ以上、詳しいことは待田にもわからず東京湾岸警察署に捜査本部が置かれ、警視庁の捜査員が明日の朝にも出雲にやって来ると言った。

石丸は地元の新聞社にいる老記者に連絡を取り、その事件の記事を取り寄せてもらった。

新聞社の支局の隅で、その記事を読んだ。

「どうしました石丸さん？」

老記者が笑って訊いた。

石丸の形相が変わっていた。

「おい、明日の朝一番の上りの新幹線は何時発じゃ？」

「たしか博多を六時四分という『ひかり』があったが、それは新下関には停車せんから小倉まで行かにゃならんと思うたな。『こだま』なら六時四十分じゃったろう。石丸さん、何か面白い仕事でもあったかのう」

老記者は目脂《めやに》のついた目で笑った。

石丸はこの記者に貸しがあった。

「おい、金を貸せ」

途端に相手の顔付きが変わった。

「あんた春先の三万円もまだ返してもろうとらんし、去年の八万円と合わせて十一万円がまだなのを忘れとるんか。馬鹿も休み休みに言ってくれんか」

「おい、誰のお蔭で今ものうのうと記者がやれとんのじゃ。こっちが懲戒免職になったんは誰のせいや」

「あんた。ええ加減にしてくれんか。そげな昔の話をまたぶり返すんか。それじゃ言わせてもらうが、わしが本社に戻れんのは……」

相手の目がうるんでいた。

「前からわしはあんたに言いたかった。今日こそ言わせてもらう」

相手が生唾を飲み込んで息をついた時、石丸は壁に掛かっていた木製のハンガーを取り相手の頭を思いっ切り殴りつけた。呻き声を上げて相手がうずくまった。

石丸はその足で十五年前に離別した妻が住む、赤間神宮近くの家に行った。

古いモルタル二階建てのアパートの隣りに妻の家はあった。そのアパートも家も元はと言えば彼の実家のものだった。周囲に更地になったままの土地もそうだ。石丸は一代で父から譲り受けた財産の大半を喰いつぶした。

家灯りは点いていた。娘二人は嫁いでいたから家の中は再婚した亭主と二人のはずだ。

いつの間にか雨が降り出していた。石丸は呼鈴は押さずに門を開け、家のドアを叩いた。ほどなく中から声がした。元妻の声だった。

「わしだ。開けろ」

「嫌よ。帰って。帰らないと警察を呼ぶわよ」

「おまえ誰にむかって警察を呼ぶ言うとるんじゃ。開けんとドアを蹴り破るぞ」

石丸はドアを蹴った。

「何の用なの？　本当に警察を呼ぶわよ」

そう言ってからドアのむこうで話し声がした。どうやら携帯電話で亭主を呼んでいるようだった。

「明日、この街を離れる。最後にお前に言うときたいことがある」

「そんな嘘に騙されないわ」

「本当だ。明日の一番で東京《カミ》へ行く」

「………」

相手が黙った。

ドアの鍵が開く音がした。

石丸はすぐに隠れた。

「どこにいるのよ。隠れてるんでしょう」

運良く家のそばを車が発進して行った。

ドアから相手が顔を出した時、石丸は首根っ子をつかまえて中に入った。あとはアパートの権利書を水屋の中から奪い取るだけだった。すがりつく元妻を蹴り上げ、

「全部を取ろうってんじゃねぇ。どうしても片付けなくちゃならんことがある。三十年、この時を待っとったんじゃ。××組の△△の所に行け。手切れ金だ」

そのまま石丸は唐戸町にある××組の傘下の金融会社に行き、アパートの権利書を担保に金を借り受け、仮眠をとった。夜が明けると元妻への伝言を頼んで駅舎にむかった。


石丸は東京駅から浅草にむかった。

浅草は石丸がただひとつ東京で土地勘がある場所だった。

石丸は新幹線の中から長塚《ながつか》という男に電話を入れておいた。長塚は十五年前まで警視庁の捜査一課にいた刑事だった。今は定年退職してパチンコ店の顧問をしていた。夕刻、長塚と逢う約束を取りつけていた。

彼は浅草の地下鉄の階段を上り、周囲を見回し、街の様子が変わっているのに驚いた。

以前、石丸が宿泊した観音裏の木賃宿はすでに跡形もなくなっていた。近くにあった旅館に泊ることにした。

長塚との待ち合わせまで二時間余りあったので石丸は部屋で休むことにした。

胸部が締めつけられるような感覚がしていた。三年前、一度心臓発作を起こして救急車で運ばれたことがあった。医師は心臓の弁に問題があるようだから精密検査を受けるようにすすめたが、数日したらすぐに元の身体に戻り、彼は医師が止めるのを無視して病室を出た。以来、何も身体に変調はなかった。

——生きてりゃ、どこか身体の具合いが悪くなるのは当り前のことだ。迎えが来りゃ、勝手に来ればいい。

彼はそういう考えを平気で持てる男だった。

昨夕、待田から電話を受けて、石丸は自分が異様に興奮してしまっているのを承知していた。

秋の初め、出雲署の待田から佐田木泰治の行方がわからなくなっていると報せを受けて三刀屋町に出かけ、佐田木の鍛冶小屋を見てから、彼は身体の奥の方からフツフツと何かが湧き上がる音のようなものを感じはじめていた。

それは石丸の身体の中にある沼のような泥のたっぷり溜まった底から、ひとつまたひとつと湧き出てくる気泡に似たものに思えた。それが表面に浮かび上がり、音を立てて膜を破るたびに、彼の身体から異様な臭気を発した。その臭気の根源、沼の底で何十年も眠むっていたものが、どこかでうごめきはじめた気がしてならなかった。

——あいつは生きている。どこかで平然と生きているはずだ……。

三十数年前、石丸はその確信があったが、長い歳月は、石丸の天職ともいえた刑事という仕事を彼から奪い、家庭も、生活もすべて狂わせてしまった。元々そんなものに執着する性格ではなかったが、以前より暮らしにくくなったのはたしかだった。

それもこれも一人の男を取り逃がしたことがはじまりだった。

石丸はあきらめなかった。それが彼の刑事という立場を失なわせた。たわいない事件に巻き込まれた。なかば嵌められたような失態だった。署内の人事に絡んで定年前のヤサグレ刑事が暴力団への情報提供で彼等から金を脅し取っていたとされた。そんな金の授与はこれまでもあったし、石丸一人が甘い汁を吸っていたわけではなかった。多かれ少なかれ警察という組織が長年かかえていた問題であり、石丸自身、そんなことで自分が標的にされるとは思ってもみなかった。同僚や後輩たちの動きに注意をしていればよかっただけのことだったが、石丸の嗅覚を狂わせたのは、彼が追い続けている男に似た人物の写真をひょんなきっかけで目にしたことだった。

当時、九州、中国地方で流行しはじめたアジアへの旅行でツアー客の一人が旅先で写した記念写真の中に、その人物に似た男が写っていたのだ。

スナックのカウンターでその写真をなにげなく見ていて石丸は驚愕した。

——あいつだ。

記念写真の背後に二人の男が写っており、その一人の横顔が瓜ふたつだった。

目元も、鼻のかたちも、何より写っている男の雰囲気がそのままだった。

服装からして旅行客ではなさそうだった。

「これはどこで写した写真だ？」

石丸は血相を変えてスナックの客に訊ねた。

台湾の桃園《タオユアン》という街だった。

——台湾だと？

こんな所に逃げてやがったのか。

場所が台湾と聞いて男との奇妙な縁を感じた。石丸の母親は、彼の父が後添いに家に引き入れた台湾出身の女性だった。

すぐに現地に飛びたかった。

石丸は当時の署内の状況をもう少し把握しておけばよかったが、二十数年振りに見た男の面影に彼は逆上していた。台湾旅行に出た暴力団組長たちと同行してしまった。地方紙の記者も一緒だった。内偵捜査という名目で加わった旅で、木乃伊《ミイラ》取りが木乃伊になった。

写真の男を探し出すことはできなかった。

おまけに組員と買春行為をしている写真までが署内に回った。あとはいい恥晒しであった。人を嵌めることはあっても自分がそうなるとは思ってもみなかった。免職を逃がれる可能性はあった。彼はこれまでの署内の裏で行われたことをすべて知っていた。それを売るという脅しをかけた。決着はつきそうであったが、それを自ら拒絶し、替りに彼は署内の裏金を引き出し手に入れた。刑事としての経歴より金を選択した。それが署内だけでなく、これまでの人脈すべてを敵に回した。

金は一年半で消えた。

元来、金に執着はなかった。

その間も、出雲に出かけ、佐田木の様子をうかがった。

佐田木は男に繋がるただ一人の人物だった。

石丸の中に次第に闇がひろがり、その闇の底にひろがる沼の気配だけが彼の身体に残っていた。

その佐田木が失踪した。

連絡を受け出雲に出かけ、佐田木の鍛冶小屋を見た時、彼は確信した。

——あいつは生きている……。

初めて足を踏み入れた佐田木の鍛冶小屋のきちんと整頓された仕事場を見て、そこに差す陽差しに異様な緊張感が伝わってきた。

長い間、ここに立つことがなかった佐田木が、封印していた何かを解かなくてはならなかった理由は、あの男の存在でしかないはずだ。

——やはり生きているのだ。

その佐田木が東京湾で遺体となって発見された。しかももう一体、若い女性とロープで繋がれていた。この大胆な犯行を知って石丸の身体の中の沼がざわめき出した。

フツフツと音を立てて浮上しはじめた異臭は、あの男の匂い以外のなにものでもない。

石丸は闇がひろがりはじめた天井を見ていた。

その目には闇の沼の上に平然と立つ一人の男の黒い影が見えていた。

カサッと何かが動く気配がした。

見ると一匹の守宮《やもり》が天井と壁のぶつかる暗がりをゆっくりと這っていた。

石丸はそれを見て静かに言った。

「やはり生きてやがった」


六区の一角にあるその焼肉店は以前とはまったく違う店構えになっていた。

長塚はすでに店に来て、肉を食っていた。

石丸は自分と歳のかわらない長塚がまだ血色も良く、脂がたぎる肌艶をしていることに少し驚いた。

「よう先にやってるよ」

長塚は石丸の姿を見つけるとビールジョッキを軽くかかげて言った。

「どうもひさしぶりで……」

石丸は長塚の前に座った。

「長塚さん、元気そうで」

「おう、少し身体にガタは来とるが、まだまだやれる。石丸さん、あんた少し老けたな」

「そうですね」

石丸は自嘲するように笑った。

テーブルの上には五人前はあろう肉の入った皿が置いてあった。

長塚が店員にビールのお替りを注文し、

「あんたもビールでいいかね」

と肉を頬張りながら言った。

「いや、わしは電車の中でさんざ飲んで来たんで」

石丸は店員に焼酎を持ってくるように言った。

「長塚さん、お嬢さんは元気でやっとられますかね」

石丸は長塚が後添いに産ませた一人娘を異様に可愛がっているのを知っていた。

娘の話題が出ると長塚は相好をくずして、

「ああ、ようやく嫁いでくれて、その上……」

長塚がむせて胸を叩き目を剝くようにしてから、

「孫がもうすぐできるよ。祖父《じい》さんになる」

と嬉しそうに言った。

「そりゃ良かった。お目出度うございます」

「孫ができるといろいろ準備に金がいる。恥かしい思いを娘にさせるわけにはいかんだろう。相手の男は法務省の役人で少し歳を取っとるが娘が選んだ男だからな」

「ほう役人なら固いですのう」

「そういうことだ。法務省と言っても入国管理局だ。たいして出世はしないだろう。まあ娘を大事にしてくれればいい」

石丸は一度、この娘に逢ったことがある。

その時は、後添いと娘を連れて温泉に遊びに行っている長塚を熱海のホテルにまで訪ね、情報を手に入れた。ホテル代まで払わされたが長塚の情報はたしかなものであった。高くはつくが金で片がつく分だけ石丸は長塚を信用していた。

食事があらかた終り、フルーツを食べている長塚に石丸は新聞記事のコピーを出した。

長塚の目の色がかわった。

「おう、この事件か。厄介らしい。若い女の方は身元が判ったんだったな」

「男の方もわかった」

石丸の言葉に長塚が顔を上げた。

「相変らずたいした耳だな。それで何が知りたいんだ？」

「この事件《ヤマ》の情報を全部ですわ」

「どうしてまたこの事件を探る？」

「例の男が絡んどるかもしれん」

「まだあの男を追いかけとるのか」

石丸はうなずいた。

「この事件はたしか東京湾岸警察署に捜査本部を置いてるはずだ。あそこの所轄は新しい者が多くてやり辛いな」

「けど主導は警視庁の捜査一課でしょうが」

「たしかにそうだが……。いろいろ手配が難しい」

石丸はコートのポケットから封筒を出し、テーブルの上に置いた。

それを長塚がちらりと見た。

「どこまで知りたいのかね」

「全部ですわ。こまかいところまで全部。担当捜査員の名前もお願いします」

「そりゃ大変だな」

長塚がもう一度封筒を見た。

「ちょっと小便に行ってきますわ」

石丸はトイレに立った。封筒の中には三十万円を入れてある。これまでの倍の金額だ。

トイレで石丸は用を済ませ、ポケットの中の封筒から十万円を出した。それを片手に握りしめて席に戻った。

テーブルの上の封筒はすでになかった。

石丸はテーブルを指で叩いていた長塚の手を取って言った。

「長塚さん、これ、裸の剝き出しで失礼とは思うんじゃが、娘さんの結婚祝いとお孫さんの祝いに」

「おう、そんなことをしてもらうと恐縮してしまいます」

長塚は瞬間に金の額を察知し、笑いながらそれをポケットに入れた。

「これからカラオケに行くがつき合うかね」

「いや、わしはまだやることがありますけえのう」

「そうか、じゃ受け渡しの日は明日にでもあんたの携帯に入れよう」

長塚は立ち上がった。

石丸は煙草をくわえた。

「石丸さん」

名前を呼ばれて振りむくと長塚が戻ってきていた。長塚がガムを嚙みながら言った。

「石丸さん、あんた東京で動き回るなら、もう少し身綺麗にした方がいい。それじゃ相手が話す話もしないぞ」

「はあ……」

石丸は自分のコートを見た。

翌日、石丸は昼前に目覚めた。

さすがに疲れが出た。長塚に言われたわけではないが、風呂に入った。風呂で下着を洗ったがあまりの汚なさに自分でも鼻をつまんだ。これまで下着は穿き捨てていた。

石丸は石鹸で下着を洗いながら奇妙なこころ持ちになった。

――こんなことをするのは何年振りだろうか……。

それまで誰が自分の下着を洗っていたのかと思ったが浮かんでくる顔はなかった。

コンビニで下着を買い、バッタ屋でシャツを買い、公園のトイレで着換え、彼は若洲ゴルフリンクスにむかった。

事件現場を見ておきたかった。

駅から目的地まで歩くと東京湾から吹き寄せる風が耳元に音を立てて抜けた。風はすでに晩秋から冬の気配にかわろうとしている。ゴルフコースの脇から海の突端に出るとちいさな公園があり、そこで花壇の整理をしている老婆が数人いた。

「この夏の終りに、ここら辺りで死体が上がったと聞いたんじゃが、どこかわかるかね」

「そこに線香の残りが空缶にあるでしょう。その先ですよ」

見るとたむけた花の跡と線香の残った空缶があった。

石丸は海の突端まで下りて、岩の上に立った。周囲を見ると対岸にちいさな栈橋がある。おそらくここまで車で死体を運んだのだろう。ふたりの死体を運んで海に投棄する作業がいかに大変か石丸は承知していた。

——あいつは今年何歳になっている？

「六十一歳か……」

石丸は声を出した。

昔ならいい年寄りである。六十一歳の老人と呼ばれてもいい男が二人の死体を運べるものだろうか。誰か共犯者がいるのではないか。

「いや、あいつなら一人でやりきる」

石丸ははっきりと言った。

海風が肌に当たる。コートの裾が音を立てる。

石丸は、この場所に立って海を見つめている男の姿を想像した。

その時、上空でうなり声を上げたようにジェット機のエンジン音がして、巨大な鳥影のような機体が頭上に迫った。

機影は対岸の建物を覆うようにして羽田の方に沈んで行った。


機内のアナウンスが搭乗機が着陸態勢に入ったことを告げた。

滝坂由紀子は眼下にひろがる東京湾を見つめたがすぐにその目を逸らした。

出雲署の待田の言葉がよみがえった。

「遺体は東京湾で発見されたそうですわ」

「どんなふうにですか？」

「……」

待田はその質問には答えなかった。

その沈黙が由紀子の気持ちをやるせなくした。

出雲署から報せが入った時、電話のむこうの待田のくぐもった声に、嫌な予感がした。しかしまさかと思った。

「佐田木さんに似た遺体を東京湾岸署で安置しているそうです。たしかなことはわかりませんが送られてきた資料がありますので、そちらにうかがうか、署に来ていただいてもかまわないのですが……」

由紀子は出雲署に出向くことを告げた。

自分に関ることで滝坂の家に警察官を入れたくなかった。

夫の敬二に電話を入れた。同行してくれるという。二人して出雲署に行き、東京から送られてきた写真を見せられた。

祖父であった。遺留物は衣服だけであったが、シャツを見て、それが自分が贈ったものであるのが由紀子にはわかった。途端に嗚咽した。夫の手が抱きかかえてくれていたが、その場で身体が崩れ落ちそうだった。

——なぜ？

泣きながら由紀子はつぶやいた。

由紀子に待田が訊いた。

「佐田木さんの身体で何か特徴はありませんか。たしか左足に戦地で負った傷があるんでしたよね」

待田の声が遠くで聞こえていた。

「刑事さん、今はちょっと……。妻は身重なものですから」

「ああ、そうですか」

待田の受け応えはぞんざいだった。

「引き揚げていいですか」

「いや、佐田木さんでほぼ間違いないのなら身元確認に行ってもらわないと……、捜査にも協力してもらう必要があります」

「ですから妻は今、身重で大事な時期なんです。署長さんと話しましょう」

夫の声が険しくなった。

「左足の太股に戦争で被弾した疵痕《きずあと》があります」

由紀子が涙を拭いながら言った。

「左足の太股ですね。こちらに届いている資料にもありますが、被弾の痕ということを連絡しておきます。それで身元確認ですが……」

家に戻ってからも興奮がおさまらなかった。

義母が心配そうに付き添ってくれた。

「なしてこんなことが起ったんじゃろうかね……」

義母の言葉を聞きながら、祖父はこの世でたった一人だけの身内で、自分は祖父に守られながら生きてきたことをあらためて思った。

幼い頃、自分を抱いて山の中を歩いていた祖父の腕のぬくもりと杉木立の木洩れ陽に照らし出された祖父のやさしい横顔が浮かぶと、由紀子はまた涙があふれてきた。


翌日、由紀子は夫に言った。

「東京へは私一人で行ってきます」

「いや、ボクも一緒に行こう」

「いいえ、私一人で行かせて下さい。羽田まで江梨子さんに迎えに来てもらいます。お願いです。このとおりです」

由紀子は初めて夫に深々と頭を下げた。

「しかし……」

「今回だけ私の言うことを聞いて下さい。身元を確認したらすぐに帰ってきます」

「……」

夫は返事をしなかった。

それでも強引に一人で上京することを承知してもらったのには訳があった。

今日の昼過ぎ、義母の部屋の前を通ると卓袱台の上に置いてあった二枚の紙が窓を開け放ったせいか風に吹かれて足元に飛んできた。

由紀子はそれを拾い、卓袱台に返そうとした。なにげなく見ると、それは新聞のコピーであった。

〝東京湾で二名の死体発見。猟奇殺人か〟〝東京湾殺人事件、一名の身元判明。元専門学校生〟〝謎深まる殺人事件の行方〟。

家の誰かが取り寄せたものなのだろう。由紀子は記事の内容もショックだったが、すぐに祖父の死の真相を知ろうとした義母たちの行動に動揺した。

東京の江梨子に電話を入れた。

事情を話すと江梨子は驚いて、一瞬、絶句したがすぐに気丈に空港まで迎えに行くと言ってくれた。

「身元確認も一緒に行くわ。まだお祖父さんと決ったわけではないでしょう」

「ええ……」

「東京までは一人で大丈夫よね」

「大丈夫」

電話を切って、江梨子はああいうふうに言ったが、資料の写真とシャツを見た瞬間、由紀子はそれが祖父だと確信していた。

昨夜、蒲団に入ってから、由紀子は、八月に三刀屋町に行き、祖父の鍛冶小屋に入った時に感じた、あの得体の知れない恐怖を抱いた感覚がよみがえった。

思わず悪寒がした。あの言いようのない恐怖がよみがえると眠むれなくなった。

「大丈夫か、眠むれないのか……」

隣りで夫の声がした。

「大丈夫です。あなた、私のことでこんな迷惑をかけてすみません」

「つまらないことを言うな。皆、君のことを心配している。ここは君の家だ」

夫の手が伸びてきて、それを由紀子は握った。手を握ってみると自分の身体が小刻みに震えているのがわかった。

11

その日の早朝、草刈は湾岸署に出勤する前に信濃町の救急病院に行った。

高谷和也の様子を見るのと、医師に高谷の容態を訊くためだった。

病院は忙しく、医師に詳しい話を聞くのは八時前に彼等をつかまえなくてはならなかった。

病室に入り、管に繋がれて目を閉じたままの高谷の顔を見た。

――彼が話をできれば捜査は進展するのだが……。

看護師に訊くと岩手から家族がやってきて、その日に帰って行ったという。

――可菜子はこの若者が好きだったのだろうか……。

草刈は、これまで何度も眺めたどこかの遊園地で嬉しそうに写真に写っている和也と可菜子の表情を思い出していた。

佐藤老人の話では、可菜子は農業高校に通っていた時代から和也のことを信頼していたという。

――可菜子の初恋の相手なのだろうか。

新宿、歌舞伎町のホストクラブに聞き込みに回ると、和也の評判は決していいものではなかった。

『あの野郎を許せないと思ってるホストは結構いるんじゃないの』

『客を平気で横取りするからな。ルールがわかんねえんだよ。田舎者は……』

同じように地方出身者だと思える若者が派手なスーツを着て、日焼けした顔に化粧もしていた。

草刈はホストがどんな日々を送っているのかは知らないが、人を平気で貶《けな》す類いの連中の気持ちがわからなかった。

――あのまとまった金はこの若者が可菜子に与えたのだろうか。

そうであればいいと思うが、畑江主任は、

「その線はまずない」

と断言した。

捜査本部での雑談が耳の奥に聞こえた。

『あの高谷じゃなくて、誰かパトロンがいたんじゃないのか』

『そうだな。金の成る木と、仕事をしていたのかもしれんな。今の若い子は大胆だからな』

草刈は写真の可菜子を何度も見ていたから可菜子が愛人になったり、身体を売るようなことをしていたとは思えなかった。

『草刈、君は事件に私情を入れてしまう』

畑江から言われたことがあった。

三年前の老婆が殺された事件で、草刈は老婆が孫に宛てて書きかけていた手紙を読んでいた。孫を思いやった手紙だった。草刈には老婆が誰かに恨みを買うような人物とは思えず、通り魔説を主張した。

ところが老婆は三十年近く違法で高利の金貸しをして取り立てにヤクザまで使っていた。犯人は取り立てを一度した男だった。

『草刈、人間はな。当人にもわからない部分を持っているんだ。表と裏があると言ってるんじゃない。もっと厄介なんだよ。人間は』

草刈はあらたな事件にむかう度に人間の怖さを思い知ることがある。

「うーん、なかなか先が見えませんね」

声に振りむくと病室に高谷の担当医が立っていた。

「一ヶ月とか二ヶ月とか見込みは出ませんか」

「出ませんね。脳の障害ですからね。他は、身体は丈夫なんですけどね」

「そうですか。よろしくお願いします」

草刈は病院を出ると駅にむかった。

足が少し重かった。

昨日は一日、渋谷と秋葉原のコスプレショップや喫茶店を聞き込みに回った。

成果はなかった。コスプレはいっときほどのブームは過ぎていた。秋葉原には日曜日に出直すことにした。歩行者天国が再開され、全国からマニアが集まると聞いた。

半日歩いたくらいで足が重いようではどうしようもないなと思った。

駅の改札に向かおうとした時、携帯電話が鳴った。

表に引き返し電話を取った。

「はい、草刈です」

捜査本部の捜査員からだった。

「今、どこだ？」

「信濃町です」

「佐藤可菜子名義の別の預金通帳が入っている紙袋が神楽坂の地下鉄のコインロッカーから発見された。すぐに現場にむかってくれ。鑑識《シキ》もそっちにむかっている。駅は……」

「わ、わかりました」

草刈は電話を仕舞うと駆け足で階段を下りた。


通勤客が混み合う神楽坂の駅の片隅に牛込署の警官が二人立ち、囲いのテープが張られていた。

皆川はすでに到着していた。

草刈の顔を見て皆川がうなずいた。

「待ってくれていたのか」

「そうだ」

皆川がビニール手袋を草刈に渡した。

署員とロッカーの管理会社の者が説明した。ロッカーは月極めのレンタルロッカーだった。

まず中身をチェックする作業が行なわれた。

一番上に衣服、下着と思われるものを入れた袋があった。それを出すといくつかの袋があった。ひとつめの袋の中身は通帳、カード、名刺などがある。これが可菜子名義の通帳だろう。

ふたつめの袋には金髪の人形がハンカチで包んで仕舞ってあり、もうひとつのハンカチには貝殻がひとつ入っていた。

「これって神楽坂のアパートにもあったな……」

草刈は言って、次の袋を手にした。ごわごわしている。皆川が中を開けた。ナイロン袋に入れた金色の繊維の塊が見えた。それを皆川が取り出した。

イエローに近い、金色のカツラだった。

「あった」

草刈が声を上げた。

同じ袋に黒い髪のカツラが丁寧に束ねて仕舞ってあった。

皆川と草刈は互いの目を合わせてうなずき合った。

「ほら立ち止まらないで進んで……」

囲いのむこうから覗いていた通勤客にむかって署員が声を上げた。

草刈は皆川が紙袋に戻そうとしている金髪のカツラをじっと見ていた。

湾岸署の一室に畑江主任以下、捜査本部の捜査員と鑑識課員数人が集まっていた。

地下鉄の駅のロッカーから発見された佐藤可菜子のものと思われる遺留物から、特に注目されたのは預金通帳の金の出入りだった。今年一月から週に一回のペースで十万円の入金があり、ほぼ毎月一度三十万円の金が引き下ろされていた。

「可菜子の年齢でこの金額は大き過ぎる。しかも七月だけで二回、三十万円ずつ引き下ろしている。収入源はやはり、その名刺にある店か」

畑江が預金通帳を手にテーブルの上の名刺を見た。

ドアが開いて捜査員が入ってきた。

「主任、やはり風俗店ですね。今、防犯の方にも照会してますが、新宿区に届け出があります。今年の三月に一度、摘発されて二ヶ月の営業停止をくらってます。経営者は早川寿美江《はやかわすみえ》、五十一歳です」

「ほう、女性が経営者か……摘発の罪状は？」

「それがクスリです。従業員の女が違法の向精神薬を常習していたらしく、それを客にも流していたようです」

「……わかった」

畑江の声を聞きながら草刈大毅はテーブルの上の名刺の名前を見ていた。

オスカー商会

ミッチー

電話〇三－××××－××××

ピンク色のややちいさめの名刺には住所は記されていなかった。

「妙な店名だな」

畑江が言った。

草刈が静かに話した。

「風俗店とわかるのを避けてるんでしょう。店名が大事なわけではありませんから。でも女性に名刺を持たせる店は今は少ないはずですが」

草刈の言葉に他の遺留品を調べていた皆川満津夫が顔を上げ、パソコンの前に座っている同期の表情を見た。

「そういうことか……」

うなずく畑江に草刈がさらに言った。

「この店、普通の風俗店とは違うかもしれませんね」

「どういうことだ？」

「今も言いましたように最近の風俗店はほとんどの店が女性に名刺など持たせませんし、女性も持ちたがりません。働いている女性の大半がソープランドと違って何かの指導を受けたりしていない素人だからです。店の客に女性を紹介するだけで手数料を取るかたちが主流です。店は事務扱いだけをして、女性たちが屯《たむ》ろしてることもありません。部屋を持つ必要がないので、そのスペース分だけ無駄なんです。客のほとんどが一見《いちげん》ということもあります。店に名刺があり、それを女性が持っているということは個人指名をするリピーターの客が多いことを意味します。客と女性との関係がかなり濃いというか、リピーター、常連客をかかえていると思われます。これは想像ですが、女性たちが客の要望にかなり柔軟に対応しているのではないでしょうか。それがこの金髪のカツラなのでは……」

「コスプレ専門の風俗店ということか」

「いいえ、コスプレに限らず、ＳＭプレーとか客のかなりの要求に応えられる女を持っている高級店なのではないでしょうか」

「なるほど」

畑江は草刈を見返した。他の捜査員も草刈を見ていた。

草刈はじっとテーブルの上のカツラを見つめている。

「草刈、おまえずいぶんと風俗店に詳しいな」

草刈の先輩の捜査員が口元に笑みを浮かべて言った。

「最初に担当した事件で彼女たちが絡んでいたので勉強させられました」

草刈は表情ひとつ変えずに応えた。

畑江がその捜査員にむかって、大塚のホテルの××××の事件だ、と三年前の殺人事件の名前を言った。捜査員は思い出したようにうなずいた。

「それでこの預金通帳の入金だが、平均すると月に五十万円近くあるし、あと不定期な収入が数件あるが、この金額を若い可菜子が稼げるのか」

「若いということが収入の高さにつながっているのでしょうが、今の風俗店の女性の収入は以前のように月に百万円も稼ぐ女性はほとんどいません。詳しいことはわかりませんが、平均で言うとＯＬの月収とかわりません。いやそれ以下かもしれません。せいぜい月に二十万から二十五万だと言われています」

「じゃ可菜子の収入は特別ってわけか」

「風俗店で働く女性としては最高クラスじゃないでしょうか。それはこれから店の実態を調べればわかるはずです」

「そのカードは何だ？」

畑江が名刺の隣りにあるカードを指さした。

「ポイントカードだと思います」

「ポイントカード？」

「はい。リピーターで利用してもらえると店の方で三回目で料金を安くするとか、六十分のプレーを九十分にしてサービスするんです。ホテル代を持つ場合もあるようです。おそらく客のポイントカードを彼女が預っていたのだと思われます。ここに名前が書いてあります」

草刈が手袋をした手で慎重にカードをつまみ上げた。

「そのカードは大丈夫だ。指紋はなかった」

少し離れた椅子に座った葛西隆司が言った。

草刈がカードを持ち上げると捜査員たちが名前の欄を見た。

〝ジュリー〟と記してあった。

「偽名でしょう。本名を書く客などいませんから……。判子が五回押してあります」

捜査員たちがカードから目を離した。

「その人形みたいなゴム印がそうか」

「アカデミー賞のオスカーのトロフィーを真似たんでしょう」

草刈は平然と言った。

「それでオスカー商会か……。なるほどな」

畑江がタメ息をついてから訊いた。

「預金通帳の入金日を見ると月曜日が多いが、週給で金を受け取っているのか」

「いいえ、ほとんどがその日に精算して現金で女性に渡します」

「そうか、不払いがあっちゃいかんからな」

「それもありますが風俗店で働く女性たちのほとんどが金に困っている人だからです。その日に金を持って帰らなければいけない事情を彼女たちがかかえているのです」

「金の引き出しが金曜日が多いのはどうしてだ？」

「たぶん、週末に金が必要だったからじゃないでしょうか」

「ということはあの男に貢いでいたということか」

「………」

草刈は何も言わなかった。

「じゃまず、このオスカー商会からあたってくれ。化粧品店のカード、病院の診察券の方は……」

畑江が捜査員に指示をはじめた。

「葛西さん、そっちの黒いカツラには特別何かありませんでしたか」

「これは金髪のカツラとはまるで違うものです。塩化ビニールではなく本物の人の髪です」

「本物の髪ですか？」

「そうです。近頃、これほどの見事な黒髪は珍しいんです」

「道理で見た時に妙な感じがしたのか。いや何というか、重いというか、カツラにしてはどこか違うように思ったんです」

「やはりわかりますか」

「ええ何となく違う感じが」

「これだけのものだとかなり高価なものでしょう」

「そういうもんですか」

「ええ」

葛西がちいさくうなずくと、皆川も同時にうなずいた。

「草刈」

畑江が草刈を呼んだ。

はい、と草刈は返答し三人のそばにやって来た。

「立石が出雲から帰ってきている。彼と一緒にオスカー商会の捜査を担当してくれ」

「わかりました」

「葛西さん、昼食は？」

「ご一緒しましょうか」

畑江が草刈を見て、葛西が皆川を見た。

草刈は懸命にパソコンを叩いていた。

「あの自分は草刈君に黒いカツラの件で少し話しておきたいことがありますんで、弁当でも買ってきて、ここで食べますから、どうぞお二人で」

二人が部屋を出て行くと、皆川は立ち上がって大きく伸びをした。

「いや、草刈、おまえたいしたもんだ」

「何がだい？」

草刈はキーを叩く指を止めずに言った。

「さっきの風俗の講義だよ」

「知っていることを話しただけだ」

「じゃ大変な博識だ」

「からかわないでくれ」

「弁当を買ってくるが、何でもいいか」

「ああ……。ちょっと待ってくれ」

草刈が立ち上がって壁にかけた上着の方に行こうとした。

「金はあとでいいよ」

その時、一人の捜査員が入ってきた。出雲から帰って来た立石だった。

「草刈、主任は？」

「ああ先輩、お帰りなさい。どうでしたか出雲は？」

「三刀屋はひどい田舎だった。出雲大社に寄って縁が解けないように頼んで来ようと思ったが、時間がなかった。主任は？」

「今、鑑識課の葛西さんと昼食へ行かれました。たぶん下の食堂じゃないでしょうか。先輩の縁はバッチリですよ」

来春、結婚する先輩刑事に草刈は言った。

「そうだといいがな……」

立石は少し照れたような顔をした。立石がようやく結婚する気になったことを一課の者は喜んでいた。立石は畑江の班のエースだった。事件の捜査がはじまると、彼は休むことがなかった。犯人にむかって行く時の執拗な捜査は草刈も見習う所が多くあった。本件で捜査本部が縮小された時、彼の身内に不幸があり、九州の実家に帰っていた。畑江は老人の身元が判明すると、立石に九州から直接、出雲に行くように命じた。

「何か特別ありましたか」

「うん、あったような、ないような。これは主任に預けてみる話だな」

立石は言って部屋を出て行った。

「何だ、今の話は……。主任に預けてみる話って？」

皆川が言った。

草刈が笑った。

「預けるんだよ、主任に」

「だから何を預けるんだ？」

「聞き込みに回ったり、データを調べたりして妙なものにでくわしたり、引っかかることがあったら、こっちで判断しないで畑江主任に預けるんだ。そこからボクたちには想像もつかないことを主任は見つけることがあるんだ」

草刈はキーを叩きながら話した。

「ほう、それは面白い話だな。一課のエースの畑江さんにはそういう得意技があるんだ。俺も昨日、面白い話を聞いた。ほれ、被害者《ガイシャ》の身元を割るきっかけになった例の絵のことだよ。べラスケスの『ウルカヌスの鍛冶場』のこと。葛西さんは絵のタイトルで鍛冶職人だとひらめいたんじゃないんだとさ」

草刈がキーを叩く指をとめて皆川を見た。

「あれは実は、あの絵の中の人物たちを見てひらめいたんだって」

「どういうことだ？」

「ほら例のコークスが被害者の肩や胸元の皮膚に附着していただろう。今時、上半身裸で仕事をする人間はいない。あの絵の人物は鍛冶場にやってきた若い神アポロン以外は全員が上半身裸で仕事をしているんだ」

草刈は納得したように二度、三度うなずいて言った。

「スゴイな……葛西さんは」

皆川は言って感心したように首を左右に振りながら部屋を出て行った。

「本当だよな」

草刈は滝坂由紀子を見た時、不謹慎だが、初めてこのように美しい女性を目にした気がした。

だがその気持ちは彼女が遺体を見て泣き崩れた瞬間に失せた。付添いの女性に抱きかかえられるようにして祖父を見つめる彼女の目からとめどなく涙が流れていた。

「佐田木泰治さんに間違いありませんか」

畑江の声が安置所に響いた。

はい、とかすかな声がしてまた嗚咽《おえつ》した。

念のために畑江は係員に言って左大腿部の傷跡を由紀子に見せた。彼女はそれを覗いて一、二度うなずいた。

「滝坂さん、少しだけお聞きしたいことがあるので別室でお話を聞かせてもらっていいでしょうか」

畑江が言うと付添っていた女性が言った。

「すみません。彼女、今大切な身体なんで……」

「わかってます。長い時間は取らせません。簡単なお話を二、三うかがうだけです」

由紀子が妊娠中だという話は畑江たちも聞いていた。

「後日ではいけませんか」

付添いの女性ははっきりした声で言った。

「はるばるご足労いただいたわけですし、できれば今日お話をうかがえれば助かるんですが」

畑江の声にも妥協がなかった。

「いいわ、江梨子、大丈夫よ」

かすれた声がして由紀子がうなずいた。

草刈は由紀子たちに近づくと、どうぞ二階の部屋にご案内します、と告げた。

その時、由紀子が草刈を見返した。黒い蜜のような眸《ひとみ》に見つめられた瞬間、草刈は胸がどぎまぎした。人の胸の内を見透かすような強いまなざしだと思った。その時、草刈は由紀子がどことなく可菜子に似ている気がした。

部屋に入った由紀子は少し冷静さを取り戻していた。

テーブルをはさんで由紀子と付添いの石津江梨子が畑江と立石を前にして座った。

「滝坂さん、この度はご愁傷さまでした。あらためてご挨拶しますが私、捜査本部の主任をしております、畑江正夫です。佐田木泰治さんのことで少しおうかがいします」

畑江は丁寧な口調で話し出し、直接の質問は立石がはじめた。東京の滞在予定と滞在場所を確認し、簡単な祖父と由紀子の関係などから質問は続いた。

「最後に佐田木さんにお逢いになったのはいつですか？」

「去年のお正月です」

「ずいぶんとお逢いになっていないんですね」

「は、はい。実は……」

由紀子は彼女が身籠ったことと、これまで流産を二度くり返していたので佐田木の方から実家に来ないように言われた旨を話した。

「かなやごさまですか？」

畑江は聞き慣れない言葉に由紀子の顔を見返した。付添いの江梨子が説明した。

「金屋子神社のことです。中国地方の出雲一帯にある鉄をつかさどる神を祀《まつ》った神社です。彼女のお祖父《じい》さまは鍛冶職人でしたから」

「お詳しいですね」

「はい、私が長年やっている研究が古代の銅鐸や鏡なので……。刑事さん、もうこのくらいにしてもらっていいですか」

「では最後に、ひとつだけお願いします。佐田木さんが東京にむかわれる一ヶ月前くらいから、しばらく休んでおられた鍛冶の仕事をなさったのではという話は滝坂さんもご存知ですね。鍛冶小屋の煙突から煙りが上がるのを目撃した人も数人います。近所に住む小高さんと鍛冶小屋にあなたは入られましたよね。その時、何がそこで作られたかおわかりになりますか？」

「………」

由紀子は返答しなかった。

彼女の顔が見る見る蒼白になった。

「何か気付かれたことがありますか？」

「何も、何も気付きませんでした」

「些細なことでもいいですが」

「祖父は仕事をやめて十四、五年が過ぎていましたし、あの高齢で何かを作ることはできないと思います」

「鑑識や医師の見解では佐田木さんの身体は八十五歳とは思えないほど屈強だったという話ですが……」

「刑事さん」

江梨子が声を荒らげた。

「これは取調べなんですか。もういい加減にしてくれませんか。由紀子は今しがたたった一人の身内の不幸に立ち合ったばかりなんですよ」

立石が畑江の顔を見た。畑江がうなずいた。

「いや気分を害されたのならこのとおりお詫びします。私たちも犯人を捕まえようと懸命なんです」

畑江が二人に頭を下げた。

由紀子が数日東京に滞在するので、あらためて捜査員が話を聞きに行くということで了解してもらった。

畑江にうながされて草刈は二人を玄関まで送った。

「いったいなんやの？　あの人たちは……。まるで由紀子が事件に関り合いがあるような言い方をして。被害者の人権を無視してるってこういうことなんやね。許せへんわ。あなたたちなんなのよ」

江梨子が草刈を振りむいて関西訛りで甲高い声を上げた。草刈は頭を下げた。

玄関口に待たせておいた車に乗り込もうとする二人に草刈は言った。

「私たちも佐田木さんをあんな酷い目に遭わせた犯人を逮捕しようと必死なんです。どうか、その気持ちだけは理解して下さい」

草刈の言葉に由紀子が足を止めた。

「すみません。祖父が発見された場所はどのあたりなのでしょうか」

由紀子の言葉に草刈は数歩前に出て、東京湾の方角を指さした。

「今、丁度、飛行機が降りようとしていますね。あの真下辺りです。若洲三丁目という場所です。必要ならそこの住所を書きましょうか」

草刈が言うと由紀子は少し躊躇《ためら》ったが、江梨子が、そうしてもらいなさい、とうなずいたので、彼は地番を手帳に書き、その頁を破いて渡した。

「出雲へは一度、学生の時に行きました」

草刈が言った。

「そうですか。ご旅行で？」

「いいえ、剣道の大会が出雲であったんです。とても美しい町でした。今日は有難うございました」


草刈が由紀子を見た。

「迷惑をかけていたらすみません」

「いいえ、十分対応していただきました。ボク、いや私、捜査本部の草刈と言います」

「由紀子、もう行くわよ」

江梨子の声がした。

車に乗り込んだ由紀子は窓ガラス越しに草刈にちいさく会釈した。

草刈は車が見えなくなるまで見送った。

――美しい人だ。あの人を哀しませた犯人を必ず逮捕してやる……。

草刈は胸の中でつぶやいた。


その日の夕刻、畑江は警視庁の捜査一課長に呼ばれた。

十二月に入って二度目だった。

捜査の進展状況の報告であったが、課長から下されたのは、年内に捜査本部をさらに縮小するという決定だった。

畑江は前回と同様、被害者の身元が確認でき、佐藤可菜子に関する有力な手がかりが出てきたことを訴えたが、

「畑江君、三ヶ月になろうとしているのに容疑者の一人も捜査線上に上がっておらんのだよ」

と一蹴された。

畑江が険しい顔をして湾岸署に戻ろうと駐車場にむかっている時、午後から降っていた雨が霙《みぞれ》にかわった。

その霙がネオンを濡らす新宿、歌舞伎町を草刈は立石と二人で歩いていた。

彼らもまた先刻まで警視庁にいた。

今二人で逢おうとしている早川寿美江の情報を得るためだった。

「あの女はひと筋縄ではいかんぞ」

彼女を取調べたことのある防犯のベテラン刑事が言った。

「その辺りの男よりよほど性根が据わってるよ。みかじめ料のことでヤクザと平気でやり合う女だ。元々は渋谷のソープランドで働いていたらしい。ともかくあの女が言うことにいちいち振り回されんことだ。そりゃご苦労だな……」

立石は軽く吐息を洩らしていた。

「あのビルですね」

草刈が左方のビルを指でさした。

それは中堅の不動産会社が建てた住居用のマンションだった。

「こんなビルに入ってるのか」

「ここは一月の摘発の後に引っ越した場所です。電話の受け応えだけでしょうから、案外自宅にしてるのかもしれません」

「風俗もずいぶんかわったな」

ガラスの自動扉を入って一階の郵便受けを確認した。

早川という名前と並んで〝オスカー商会〟とある。

インターフォンで部屋番号を押した。少し時間を置いて中から女の声が返ってきた。草刈たちを確認していたのだろう。あらかじめ連絡をしておいたから当人は草刈たちがやってくるのはわかっている。

エレベーターを六階のフロアーで降りて〝オスカー商会〟と紙が貼ってあるだけの部屋のチャイムを鳴らすと、ドアが開いて女があらわれた。

黒のワンピースに髪をうしろで束ねた女には風俗店を経営している印象はまるでなく、ごく普通の女性に思われた。

――若いんだ……。

草刈は想像とまるで違う女の姿を意外に思った。

警察手帳を見せて名乗っても少しも動じるところがない。それどころか口元に笑みが浮かんでいるようにさえ映った。

「少し時間がかかりますが、ここでいいですか?」

立石が言った。

「今、マネージャーが出かけてるのよね。外に出るわけに行かないから……。どのくらいかかるの？」

「一時間もあれば」

「そんなにかかるの？……じゃどうぞ」

通された部屋にはまったく風俗店の気配はなかった。どこかの夕景と朝景を撮ったカレンダーが一枚きり貼ってある壁に面した場所に、小机があり、そこにテディベアーのぬいぐるみが置いてあった。

草刈たちは籐製の間仕切りのむこうのソファーに腰を下ろした。

「風俗店の事務所とは思えない部屋ですな」

「私は電話でお客さまと女の子たちを取り次いでいるだけだから」

「いい商売ですな」

「ちっとも良くないわ。この不景気で商売にならないもの。自分がどうにか暮らしていける分だけを細々とやってるだけですから」

「それにしては佐藤可菜子さんの収入はたいしたものでしたが」

「誰？　その人？」

「佐藤可菜子さんですよ。おたくの店で働いていた」

「そんな名前の子は知らないわ」

「そんなことはないでしょう。佐藤さんは店の名刺を持っていましたよ」

「だからそんな名前の子は知らないって」

「ああ、そうですね。たしか店での名前が〝ミッチー〟と名刺にはありました」

「ああ、ミッチーね。あの子がどうかしたの？」

「殺害されました」

「えっ、本当に？」

寿美江の顔色が変わった。

「はい。遺体が東京湾で発見されたのは十月二日のことです」

「どうしてあの子がそんな目に遭ったの……」

「最後に彼女に逢われたのはいつですか？」

立石が訊いた。

「ちょっと待って下さい」

寿美江は椅子から立ち上がると入口の方にむかいドアを開けた。

水を流す音がした。

草刈たちはもう一度部屋を見回した。

水屋の上に置いた卓上カレンダーの何ヶ所かに印が付けてあった。

寿美江は洗面所から出て来ると、ぬいぐるみを置いた小机の前の壁に貼ったカレンダーをめくっていた。そうしてハンドバッグの中から手帳を出して見ていた。

寿美江は草刈たちに近づきながら、

「八月のお盆前から何の連絡もなくなってるわ。こちらから彼女の携帯にも連絡したけど応答がなかった。それ以降、何度か連絡してみたけどダメだったわ」

「携帯はどんな返答でしたか？」

草刈が訊いた。

「返答って？」

「ですから、例えば電源が切ってあるとか、現在使われていませんとか」

「さあどうだったかしら……」

「よろしかったら佐藤さんの携帯番号を教えていただけませんでしょうか」

草刈が言うと、寿美江はかすかに口元に笑みを浮かべた。

「そんな個人情報をあなたたちに教えられるわけないでしょう」

寿美江は平然と言った。

「私が知っていることはそれだけよ。もしこれ以上何かを知りたければ令状を持ってきなさい。さあ帰ってちょうだい」

「すみません。もう少しうかがいたいことがありますので……」

「私はあなたたちに話す話は何もないわ。さあ忙しいの、帰って、帰って」

寿美江は立ち上がると、軽く手を叩いて犬でも追い出すような仕種をした。

草刈は下唇を嚙んだ。

「早川さん」

立石の口調が変わった。

見ると立石はソファーに座ったまま開いた手帳を鉛筆を持った手で叩いていた。

「麻薬取締部の捜査官に△△という男がいます。こちらにうかがう前に、その捜査官に今年の三月の、あなたの店の従業員、津村《つむら》アケミと客が使用したと思われる違法薬剤の件について話を聞いてきました」

「その件は終わってるはずでしょう」

「ええ一応はですね。あの事件で手配になった客がいたでしょう。先月、岐阜で逮捕されたんですよ。××という名前の客ですが、ご存知ですよね」

寿美江の顔色があきらかに変わった。

「逮捕された××が、ホテルにクスリを運んできたのは津村アケミだと言ってるんですよ。あの向精神薬、実は××組が扱ってるドラッグなんですよ。その件でいずれ早川さん、あなたに逢いたいと言ってます。その麻薬取締部の捜査官の△△、私の同期なんですよ。私はその捜査官にね、こっちは殺しですから私の方がちゃんと片付くまでは手を出すなと言ってきました。

××も逮捕できてるんだし、ドラッグなんて誰が運んで来ようがいいんですよ。△△も笑ってそう言ってました」

寿美江が椅子に座り直した。

「まずどういう経緯で佐藤可菜子がおたくで働くようになったかをお聞かせいただけますか?」

「そ、それは、たしか……」

寿美江が少しずつ可菜子のことについて話しはじめた。

可菜子を〝オスカー商会〟に紹介したのは歌舞伎町で古くから周旋屋をしている男で、〝オスカー商会〟がどんな商売をしているかも承知して可菜子はやって来たという。

「彼女が初めてこの仕事をするかどうかなんて私はわからないわ。素人って言ったたって、この頃の風俗に玄人《くろうと》なんて一人もいやしませんよ。その辺りにいる主婦だって平気でやって来るわ。現に彼女は最初のお客さんから上手くやってくれたもの。彼女の年齢? それは彼女が二十歳を越えているというんだもの。こんなところに身分証明を持って働きに来る子がいると思ってるの?」

寿美江は時に苛立《いらだ》ちながら、それでも質問には応えていった。草刈は寿美江の受け応えを見ていて、頭のいい女だと思った。

「お客さん? こんな店に来るのにお客さんがいちいち名前を言うと思ってるの? その時か

ぎりの悦楽のために来てるのよ」

「おたくは特別な店だと聞きましたがね」

「特別って何ですか」

「客のいろんな要求にも応えて、一見の客は取らずにすべて予約制だと聞いていますが」

そう言って彼はポケットの中から二枚の写真を出した。

「これは佐藤可菜子が荷物を預けておいたレンタルロッカーの中から出てきたものです。ひとつはおたくの店のポイントカードで、客の名前の欄には〝ジュリー〟とありましたが、勿論、今、おっしゃったように偽名でしょう。こっちの写真は彼女が仕事で使用していたと思われる下着なんかと一緒にあったカツラです。それも金髪のカツラです。コスプレ趣味って言うんですか？　これ、そうだよね、草刈君」

立石が草刈の名前を呼んだ。

「彼、風俗については捜査本部で一番詳しいんですよ」

「そんなこと私が知るわけないでしょう」

と寿美江が素っ気なく言った。

「早川さん、別にあなたがそんな趣味のことを知らなくたっていいんです。私たちが知りたいのは佐藤可菜子の客に、それも常連客と思える者の中に、こういう趣味の者がいるのなら、その男の情報を知りたいだけなんです。そうして彼女が大事に持っていたポイントカードの持ち主の情報を教えてもらいたいんです」

「………」

寿美江は黙っていた。

「どうなんです？　ジュリーってのはどこの誰なんですか」

追い詰めるような言葉に、

「お客さんはその度に名前を変える方もいらっしゃいますし、お客さんと女の子がどんなデートしてるのか、私にはわかりません。そんなの当り前でしょう」

と寿美江が声を荒らげた時、

「早川さん、この事件《ヤマ》は殺しなんですよ。このコスプレ趣味の男が犯人なら、早川さん、あなた犯人隠避の罪でぶちこまれますよ」

寿美江は顔が蒼白になっていたが、それでも客のことは言おうとしなかった。

草刈は寿美江を見た。寿美江の指先が異様に白くなっていた。膝の上で握りしめた指に血が回っていないのだろう。かすかに拳が震えている。指の震えを立石も見ていた。

立石は名刺を出し、そこに何かを記していた。そうしてそれをテーブルの上に置いた。

「ここに私の携帯の電話を書いておきました。私たちはこれから一時間ほどこの近くで調べることがあります。その間にこの写真の〝ジュリー〟という者のこととカツラのことで何かを思い出されたら電話を下さいませんか。ガセネタならすぐにわかりますから、その時はあなたの話をここととは別の場所で聞くことになりますから。早川さん、あなたにご迷惑はおかけしません。△△捜査官の件も私が責任を持って片付けます」

そう言って立石は立ち上がった。

寿美江が立ち上がろうとすると、立石は、見送りは結構です、と言って草刈に目配せした。マンションのエレベーターの中で立石は上着のポケットの中から携帯電話を出し、電源の確認をした。

外に出ると霙は雪にかわっていた。

「おう雪か……。草刈、ラーメンでも食うか」

立石は赤提灯の見える方にむかって走り出した。

は、はい、と草刈は返答し立石のあとを追いかけた。


二人の刑事が去った後、早川寿美江はソファーの背に凭《もた》れるようにして大きく息を吐いた。

——あの子が殺された……。

寿美江は胸の中でつぶやき、目を閉じた。

八月に入ってまったく連絡が取れなくなっていた。女の子の中には突然、連絡が取れなくなり、それっきり店を退める子もいたが、彼女はそうならないと思っていた。他に移っても寿美江の店より好条件の店はないはずだった。他に移るとすればソープランドに勤める場合しかな

い。その可能性は考えられた。彼女をそれに連れていくとすれば、

——あのホストクラブの若者だ。

たしかカズヤとか言った。

刑事たちには歌舞伎町の周旋屋の紹介と言ったが、彼女を連れて来たのは津村アケミだった。

三丁目の喫茶店で逢った。

若い男と一緒だった。一目見て、この子なら客がつくと感じた。印象的な目をしていた。歳は二十二歳と言っていたが、それより若いのは肌の艶でわかった。

アケミが支度金の話をしたので、店が支度金を出さないことをきちんと告げた。その時若い男が舌打ちした。簡単に仕事の説明をして、その日は別れた。

翌日、彼女は一人で同じ店にやって来た。あらためて面立ち、身体付きを見ると、思わぬよい子に当たったと思った。

「名前はどうしようか?」

「……………」

返答しなかった。

「本当の名前じゃなくていいのよ。何か好きなものでもいいのよ」

「……ミッキーマウス」

ちいさな声で言った。

「それはあんまりね。そうね、ミッキーじゃ何だし、ミッチーではどう？」

寿美江の言葉に一瞬笑った。美しい笑顔だった。

仕事の内容をもう一度説明した。

「店はほとんどが指名制になっているから一生懸命やればお客さんもつくはずよ」

「はい」

寿美江が予期していたとおり、一ヶ月で指名の客が三人になった。

アパートを借りるというので保証人になった。喫茶店で待ち合わせ、書類に捺印した。アケミと連れ立って来ていたので、彼女が客のところに出かけた後で注意した。

「店の女の子同士であまり一緒にいない方がいいわ」

寿美江の忠告に戸惑っていた。

アケミが薬に手をつけていることを寿美江は知っていた。それをアケミに問いただし、薬を客とやっていることがわかればすぐに店を退めてもらうと厳しく言った。アケミは否定した。

「この仕事はきちんとしてさえいればそれなりの収入は得られるし、良いお客さんだけ選ぶことができるようになるから。いいこと、最初に言ったように、ふたつのことは守るのよ。店を通さずにお客さんには絶対に逢わない。薬に手をつけない」

「はい」

素直な性格をした子だと思った。

「最初に一緒に来た男の子は彼氏？」

「はい」

その時だけ、寿美江の目を真っ直ぐに見て、はっきりとした声で言った。

——惚れているのだ……。

アケミが逮捕され、それまでアケミの指名だった客がミッチーについた。

指名客は順調に増え、稼ぎ頭になった。

——どうして殺されたの？

寿美江は目を開けて部屋の時計を見た。電話が鳴った。机に座り、相手の指名を聞き、女の子に連絡し手配を終えた。

受話器を置くと、またタメ息が零れた。

壁のカレンダーをぼんやり見ていると、ミッチーの声が突然よみがえった。

「あっ、これって石川県、輪島の白米《シラヨネ》ですよね。こっちは佐賀県、玄海町の浜野浦でしょう」

カレンダーの写真に写っている棚田を見て嬉しそうな声を上げた。

「あなた輪島に行ったことがあるの？」

「いいえ」

寿美江は驚いて言い返した。

そのカレンダーは寿美江の田舎の妹が送ってきたものだった。彼女の故郷の輪島の浜辺にある棚田を写したものだった。白米と書いてシラヨネと読む。そう読める者は東京にはまずいなかった。

「シラヨネってよく読めたわね」

「有名です」

彼女は笑っていた。

——そんなはずはない。

「何が有名なの？」

「この棚田です。石垣で堰を築いた海岸型の棚田なんです」

「詳しいわね」

「私、農業高校に通ってましたから。実家が農家で、祖父ちゃんしかいませんが、やはりちいさい棚田でやってるんです。東北は石組みをせずに土盛りで堰を作るんです」

「そうなの……」

寿美江は思わぬことを聞いて、自分と同じ農家の出身の彼女に親しみを持つようになった。

梅雨の最中、一度、食事をした。気になることがあったからだ。アケミの指名客が彼女に移ってからしばらくして、その客がまったく店を利用しなくなった。そんなに頻繁に利用してくれる客ではなかったが一ヶ月に一度は必ず利用していた。彼女に限ってそういうことはないと思ったが、それとなく問いただそうと思った。

ステーキハウスに行った。前持って彼氏も呼んでかまわないと連絡しておいた。

「一人なの？」

「あとで、ちょっと顔を出すって」

彼氏の顔をすると顔が明るくなった。

酒は一滴も飲めないようだった。

初めて、出身地と本名を聞いた。彼氏の名前も話してくれた。

「お店ではタクヤとか言ってるけど本当は和也なんです」

その彼氏があらわれた。

「洒落てるとこじゃん」

和也という若者は寿美江を小馬鹿にしているのがわかった。寿美江は和也が来てからほとんど口をきかなかった。

「海にいづ連れて行ってぐれるの？」

「いつでも連れていぐさ」

「来週は？」

「来週はダメさ」

二人の会話は東北訛りが出ていた。

和也は肉だけを食べて、じゃ待ち合わせがあっから、と立ち上がった。彼女は驚いて、「もう行ぐの」と淋しい目をした。和也は彼女に目配せし、寿美江に挨拶もせず店を出た。和也を追いかけて外に出た彼女がガラス越しに見えた。ハンドバックから封筒を出して和也に渡していた。

戻ってきた彼女の顔には落胆の色が出ていた。

「身体の大きい彼氏ね」

「ラグビーしてたから。高校の先輩です」

一瞬、笑ったがすぐに目を伏せた。

デザートが出るのを見計らって、例の客のことを訊いた。フルーツのフォークを持つ手が震えていた。

——やはりやっていたんだわ。

寿美江は今ここで可菜子を追及することはしなかった。彼女は話題をかえて、自分も農家の生まれだと笑って話し出した。目を丸くして寿美江を見つめた黒蜜のような眸が印象的だった。

その夜、彼女と別れた後、寿美江はやるせない光景を目にした。それはコンビニエンスストアーから腕を組んで出て来たアケミと和也の姿だった。アケミはしなだれかかるように和也によりそっていた。

畑江は警視庁から湾岸署の捜査本部に戻ると、出雲から戻った立石の報告書を読みはじめた。

畑江は立石の結婚の仲人を頼まれていた。年が明けてすぐ結納し、来春に挙式をする予定になっていた。婚約者にも一度逢って妻と四人で食事をした。

楚楚とした女性で刑事の妻としてふさわしい女性に畑江には見えた。

食事を終え、二人と別れた後の帰りの電車の中で妻に言われた。

「気の強そうな娘さんだから、せめて婚約中くらいは逢う機会を作ってあげて下さいよ。昔のような刑事さんのやり方ではきっと刑事の妻が嫌になってしまいますからね」

妻に自分の印象とはまったく反対のことを言われて、畑江は首をひねった。

その後も家に居る時、何かにつけてそのことを言われた。

ただ優秀な刑事であったから、どうしても優先的に捜査の大事な所をまかせてしまう。

今日も出張から帰ったばかりなのにオスカー商会への聞き込みに行かせてしまった。

畑江は立石の刑事としての能力を高く評価していた。何よりも立石には揺るぎない正義への信奉があった。新米刑事の時からそれは変わることがなかった。それが立石の捜査への妥協を許さない姿勢となり、仕事一辺倒の生活をさせていた。しかし四十歳間際での独身者は警察内での評価が厳しかった。畑江は立石に早く身を固めさせ、警部補への昇任試験を受けさせてやりたかった。

報告書を読もうとして畑江は自分の中指がひどく汚れているのに気付いた。黒い粉のようなものが附着していた。

——どこで汚したんだ？
彼は洗面所に立った。
廊下を歩いていると、突き当たりの部屋から光が零《こぼ》れていた。
——こんな時間まで残っている連中がいるのか。
見ると鑑識課だった。
気になって曇りガラス越しに覗くと二人の影が見えた。
——葛西さん、まだ居るのか……。
手を洗い、部屋に戻って報告書を読みはじめた。
二行目にいきなり誤字があった。
畑江は鉛筆立てから鉛筆を抜き、その文字に印を付け、余白に正字を書いた。

十二月×日、出雲署にて待田刑事と面談。捜索願いを受理し、滝坂由紀子（孫娘）と三刀屋町にある佐田木泰治の家を探索した担当刑事。佐田木と面識アリ。待田刑事の案内で三刀屋町○○番地、佐田木泰治の自宅を捜査。佐田木失踪後、家に空き巣らしき侵入者の形跡アリ。その捜査は出雲署で行ない、家の中は近所の唯一親しくしていた知人、小高ヤエの手で片付けてあった。捜査時の写真を見る限り抽き出しの開け方など空き巣にしては乱雑な点アリ。そのことを待田刑事に訊くが、これと似た手口の空き巣が春先、出雲近辺であったと説明さる。同じく鍛冶小屋を見るも、こちらは壁板がめくられ、乱暴な手口で何かを物色した形跡アリ。小高ヤエに失踪前の佐田木の様子を聞く。特別に変わった所なく、ただ失踪の一ヶ月半前から鍛冶小屋で佐田木が仕事をしていたと証言。鍛冶小屋の煙突から煙りが上がっていたのを小高ヤエ他近所の数人が目撃。近所での聞き込みで三月と六月、二度にわたって三十歳前後と思われる若い男が佐田木を訪ねてきたと証言。小高ヤエはこの二度とも親戚の家に出かけており、若い男とは会わず。近所の人の証言から東京より来たと男が言った旨。若い男が同一人物と思われるのは男の容姿の特徴として頭髪が肩口まで長く、サングラスをかけていたことが共通。佐田木の自宅より男が出てきた目撃者アリ。二度ともタクシーを待たせていたことも確認。タクシー会社に照会。運転手判明。三刀屋近辺に旅館等の宿泊施設がないため市内に戻り、ホテル等を聞き込むが三月、六月にそれらしき人物の宿泊した形跡ナシ。出雲駅にて佐田木がみどりの窓口で七月二十九日の東京行き指定券を購入していたことを確認。

十二月×日、滝坂由紀子、出雲空港より午前中の便にて上京する旨を聞き、面談を申し出るが叶わず、電話にて上京後、面談の旨を伝える。午後、滝坂家にて滝坂由紀子の夫敬二、義母スミ子に面談。由紀子妊娠中につき両人とも由紀子の身体を心配しており、その旨を強く要請される。午後より、出雲空港のタクシー会社にて三月、六月の乗車記録を確認。若い男を乗せた二人の運転手より、両月とも半日余り貸切っての乗車と確認。三月は出雲大社、須佐神社、荒神谷遺跡、加茂岩倉遺跡、八俣《やまた》の大蛇《おろち》公園などの出雲神話の名所を見学後、奥出雲の金屋子神社を見学。三刀屋町にて停車し、一人の老人（佐田木と思われる）と逢い、三十分余り歓談後、出雲空港に戻る。最終便にて東京に戻ったと思われる。この間、男はハンディビデオにて撮影しながらマイクに録音。当人の口からスサノオ、オオクニヌシを君づけで呼んでいたと運転手証言。六月は三刀屋町に直行し、佐田木家に入る。滞在三時間余り。その後、出雲大社、遺跡等を見学し、前回同様、男はビデオ撮影。その後、空港より帰京。三月、六月とも運転手はタクシー料金の領収書を渡す（三月五万八千円。六月四万二千円、貸切料金）。領収書の宛名、セダクション企画、セダク企画、両運転手とも正確に記憶しておらず。その際、二名ともに男より空領収書を欲しいと要求される。会社の規定で渡さず。両運転手に男の人相、特徴を訊くもサングラスをかけており、顔ははっきり記憶せず。頭髪が異様に長い点だけは共通した印象。同一人物と思われる。当夜、待田刑事と面談。空き巣の件の捜査報告を聞くも犯人は判明せずの旨。待田刑事は若い男についての情報は知らず。三月、六月の様子を伝えると、最近、若い人たちの出雲の神話をテーマにした観光ツアーがあり、その若い男もその一人ではないかとの見解。

そこまでが捜査の報告であった。

次の一枚に私見が綴ってあり、それに畑江は目を通した。

佐田木は近所の人の話では小高ヤエ以外ほとんどつき合いはなく、十四、五年前に鍛冶の仕事を退めてからは独り暮らしで、孫娘の由紀子が帰省してしばらく二人暮らしであったが、孫娘が嫁に行ってからはまた独り暮らしであった。特別、偏屈な性格ではなくむしろ温和な性格で静かな生活を送っていたと思われる。その佐田木の行動に変化が起こるのは、若い男が三刀屋にやってきてからのことで、東京から来たと思われる若い長髪の男が佐田木と以前より面識があったかは不明だが、上京したことも、鍛冶の仕事を再開したのも、その男と何らかの関わりがあると思われる。もう一点気になったのは出雲署の待田刑事のことで、捜査には協力的なのだが、空き巣の捜査報告、佐田木への待田刑事の印象を聞くと素っ気ない上に、何かを隠しているのではと思われる。

次に由紀子の嫁ぎ先の滝坂家の義母スミ子の、嫁に対する対応がひどく冷淡に思えた。この印象から佐田木泰治と滝坂由紀子の地元での評判を今一度聞き込む必要がアリ。私も初めて行った土地なので出雲の因習、風習は理解しておらず、祖父と孫娘の戸籍謄本を取り寄せて貰うように手配しており、それを見て検討の必要ありと思われる。

畑江は報告の後記まで読んで大きくタメ息をついた。

事件発生以来、初めて被害者に関わりのある者があらわれた。読んでいて畑江も冷静でいられないところがあった。

二日余りの独りの出張捜査でよくここまでやってくれている。

畑江は若い部下の仕事振りを目にする度に自分が同じ歳の頃はそこまで仕事はできなかったと感心する。捜査の基本は昔と変わらないものの、畑江が若い頃と比べると、ひとつの事件から発生する情報量は何倍にも増えているし、分析能力が向上した分だけ選択肢がひろがり追跡の方向を見失いがちになる。今回の事件のように目に見えない大きな壁が立ちはだかっている時、この報告書のごとく事件解決の糸口になるかもしれないものを持ち帰ってくれる彼等の能力に敬服してしまう。

畑江は報告書を抽き出しに仕舞った。そうして捜査員のいなくなった捜査本部の中を見回した。そこに感じる残影は彼等の熱気以外のなにものでもない。

畑江は冷静になろうとしていた。

出雲から持ち帰られたものが明日からの捜査を強く牽引してくれるものであればよいが、それはまだ何ひとつ見えなかった。

事件発生から初動捜査に誤りはないと確信しているし、いつまた動きはじめるかもわからない事件にこれまで以上の慎重さが必要だと思った。

——何か得体の知れないものが闇の底に沈んでいる……。

それは畑江が当初から感じていたものだった。長い間の経験が、数多くの失敗がそう感じさせるのだ。

畑江は窓辺に寄った。

雪が舞っていた。

「いつから雪になったんだ？」

畑江が声を出した時、背後で足音がした。

振りむくと盆に茶を載せた署員が立っていた。大柄な身体と笑顔を見て畑江は言った。

「まだ居たのかね、皆川君」

「はい。葛西さんが畑江主任にお茶を持って行くようにと……」

「葛西さんもまだ居るのかね。何かあったのか？」

「ええ、ちょっと……」

「苦労をかけるね」

「いいえ、ちっとも苦労とは思っていません」

「……」

畑江は黙ってお茶を口にした。

「美味いよ」

「そうですか。ありがとうございます」

「葛西さんはいい部下を持ってしあわせだな」

「いいえ、叱られてばかりです」

「そうか……」

「よく降りますね。十二月の週末の雪は何だかロマンチックですね」

畑江は皆川を見た。

「君は独身かね？」

「はい。残念ながら」

「たしか一課《うち》の草刈と同期だったよね。あれもまだ独りのようだな」

「自分たちはまだ若いですから」

「そうだな……。若いか……。ところでこの雪はいつから降っているのだね？」

「夜の七時過ぎからでしょうか」

「そんなうちからか」

畑江はちいさく笑った。雪の降っていることさえ目に入っていなかった自分を自嘲した。

「では失礼します。自分たちはこれで引き上げますんで」

「ああ、ご馳走さま」


皆川は捜査本部を出ると廊下を鑑識課にむかって歩いた。

畑江主任に喉の先まで出そうになる報告があったが、葛西の指示でそれを抑えていた。

皆川は葛西とともに午後から神楽坂の地下鉄のロッカーから発見された佐藤可菜子の遺留品

の再検査をはじめた。

可菜子以外の指紋はどこにも見つからなかった。紙袋をロッカーから発見した地下鉄職員と牛込署の署員の指紋は確認してあった。遺留品が可菜子の持ち物なのだから当り前のことではあったが、それでもかなりの数におよぶ紙袋の中の物品にはどこかに本人以外の指紋が残っているものだった。

カツラ二点。下着が六点。それらを入れたビニール袋と布袋。化粧品八点。それを入れたメッシュの袋。脂取り紙とその袋。預金通帳。病院の診察券。化粧品店のサービスカード。店の名刺。ポイントカード。ミニタオル二枚。風邪薬。口臭消し薬瓶。携帯のストラップとそれに使用していたミニ人形。少女のキャラクター人形三点……。それらをテーブルの上に出し、ひとつひとつを見直していった。

「綺麗好きだったんですね、彼女」

皆川が言った。

「どうしてだい？」

「このプラスチックのキャラクター人形にほとんど彼女の指紋がないじゃないですか。彼女、これをミニタオルでいつも拭いていたんじゃないですかね。きっと大事にしていたんです。古くて価値のある〝レアー〟ものかもしれません」

皆川が拳の半分くらいの大きさの人形をテーブルに立てて鼻先をつけるようにして眺めた。

「あれっ」

皆川が声を出した。

「この人形よく見ると金髪じゃないっすか」

皆川の言葉に葛西が人形を見た。

「そうですよ。こっちの布製の人形がそうですもの。こっちは古いから金色の塗料が剝げ落ちてるんですよ」

皆川はプラスチックの人形をテーブルに置き直した。

その時、奇妙な音がした。

ジィーッ、と機械音に似た音だった。

「皆川君、そのままにして」

葛西が声を潜めて言って、その人形をそっと指先で取り上げた。葛西の指先が人形の足元で慎重に動いた。

ジィーッ、とまた音がした。

「ミニモーターが入っていますね」

「そのようですね」

葛西が人形をひっくり返して少女の着ているエプロンの背中の結び目になっている部分を爪先で持った。

「この結び目がスイッチです」

葛西はさらに爪先を動かした。

窓が開くように背中の一部が開いて、中からモーター部と乾電池が見えた。

「皆川君、ピンセットを」

「は、はい」

葛西が慎重に乾電池を取り出した。その目が異様に光っていた。

「指紋採取です」

「は、はい」

やがてはっきりと親指と思われる指紋があらわれた。

「出てきましたね、葛西さん」

皆川の声に葛西がちいさくうなずいた。

「肉眼で見る限り可菜子のものでも高谷和也のものでもありませんね」

皆川は神楽坂のアパートの捜査以来、二人の指紋をもう何度となく目にしていた。

「事件の手がかりになるといいですね」

皆川が興奮して言った。

「さあ、それはまだわかりません。明日、照会をしましょう」

皆川は自分がひどく興奮しているのに葛西が冷静なのに驚いていた。

どこで見たのか、畑江主任が捜査本部にいるのでお茶を持って行くように言われた。

「皆川君、この指紋のことは畑江さんにはまだ話さないようにね」

「えっ、は、はい」

皆川はそう告げた葛西の意図がわからなかった。ともかく葛西の言ったとおりにすべきだと思った。

鑑識課にむかうとドアが開いて、中から葛西が皆川のリュックを持って出てきた。

「畑江さんはいましたか」

「ええ、喜んでいらっしゃいました。葛西さんによろしくとおっしゃってました。挨拶して行かれますか」

「いや、いいでしょう」

葛西が皆川のリュックを差し出した。

「あっ、どうもすみません」

皆川が礼を言うと葛西は目の前の階段を降りはじめていた。

皆川はあとに続こうとして、一度捜査本部のある方を振りむいた。

葛西の靴音と重なって電話の鳴る音がしている気がした。

空耳かと思い、皆川は階段を降りた。

畑江は自分のデスクの電話が鳴りはじめたので、ロッカーのハンガーから外そうとしたコートをそのままにしてデスクに戻り電話を取った。

「はい。捜査本部」

「主任ですか。立石です」

「おう、立石君か。どうした？」

「実は佐藤可菜子の〝オスカー商会〟での常連客の一人が判明しました。ジュリーと名乗っている男です……」

畑江は立石のやや興奮気味の声を黙って聞いていた。

「……それで、その男、女のように長髪らしいんです……」

畑江は立石の言葉に数度目をまたたいた。

12

冬の陽はすでに関東平野の彼方に落ちて、薄闇が由紀子の手元を陰にしていた。

窓辺のサイドテーブルの上のティーカップはとうに冷めて、カップの縁がかすかにきらめいているのは眼下にひろがるまたたきはじめた東京の夜景が映っているせいだ。

由紀子はもう窓辺の椅子に一時間余り座っていた。

「ねぇ、由紀子、今の時刻に部屋に戻れば西の方の窓辺に立ちなさい。今日の天気なら夕陽が絶景よ」

講演の会場から先に部屋に戻る由紀子に江梨子が言った。

「わかったわ。愉しみだわ」

「暖房はリビングのテーブルの上にリモコンがあるから。バスルームは……」

江梨子は部屋の説明をまたはじめた。

「もう三度も聞いてるわ。わかってるから心配しないで」

「ごめんなさいね、一人にして。関係者の人たちとどうしても食事をせなあかんの」

「それも朝から三度目。それに私は子供じゃないわ」

「そうやね。そう言えばさっき考古学研究会の人たちが由紀子の話をしてたわ。あんな美しい人を見るのは初めてだって、私も鼻高々だったわ。私、その男たちに言ったの。彼女には素敵なハズバンドがいて、もうすぐママにもなるのよって」

江梨子の言葉に由紀子は力なく笑った。

「DVDを見るなら操作のしかたはテレビのそばに書いておいたから、ニューヨークが舞台の恋愛映画でも見たら。あれ、何というタイトルやったかな……」

「ほら皆がお待ちよ」

由紀子は江梨子の背後を指さした。

「あっ、今、行きます」

江梨子が大声で言った。

男たちの声が返ってきた。

「どうぞご一緒に……」

「ほらごらんなさい。目的は私じゃなくてあなたなのよ」

「何を言ってるの。主役は石津江梨子先生。今日の江梨子はまぶしいくらい綺麗だったわ。私も嬉しかった。じゃ」

「玄関まで送るわ」

「子供じゃないって言ったでしょう」

由紀子は江梨子の背中を押して皆の待つ会場に戻した。

江梨子がすすめてくれた、その夕陽も見ていなかった。

ちいさな吐息が洩れた。

消え入りそうな声を発した。

「どうしてお祖父さんなの？」

この二日間何度も胸の中でくり返してきた言葉である。

安置室で初めて遺体と対面した時も、茶毘《だび》に付す時も、骨の入ったちいさな箱を手にした時も、この言葉がくり返し出て来る。

出雲署から祖父が東京で遺体で発見されているかもしれないと報せを受けてからも、由紀子はそれが現実だと思えなかったし、思いたくなかった。

行方知れずになってはいるものの、あの祖父のことだからどこかで生きていて、拠無《よんどころな》い事情で帰れずにいるのだと思っていた。

あの祖父が災難に遭ったり、どこかで倒れたりする姿は由紀子には想像できなかった。どんな時にでも祖父は平然としていた。少女の時、怖い夢を見て泣いて目を覚ました由紀子に祖父は、何か怖い夢でも見たのか、由紀子。わしがおるから、もう大丈夫だ、鬼でもオロチでも皆追っ払ってやるからの、とハッハハと笑った。楽しそうに笑う祖父の揺れる胸元に頬を寄せると、あたたかくてくすぐったかった。

どんな時も祖父の顔を見れば由紀子は安堵した。その祖父が血の気のない顔で目を閉じているのを見て由紀子は身体が崩れ落ちる気がした。

――これは何かの間違いでしょう。

そう言い聞かせても現実は残酷に由紀子の目の前から、この世の中でたった一人の身内を連れ去ってしまった。

――どうしてお祖父さんが……。

また胸の中に同じ言葉がくり返された。

キィーンと金属音に似た音がした。

由紀子はその音のする方角に顔を上げた。

音の正体はわからなかったが、知らぬ間に東京は光の海のようにかわっていた。

由紀子は美しい瞳を見開いた。

まばゆい光景なのだが、由紀子の目にはそれがひどく無機質なものに映った。人の気配も街の喧騒もすべて光におおわれて密閉されているように思えた。

学生時代、奈良から東京に来たことはあったが、こんな高層マンションの上から東京の街を眺めたのは初めてだった。

眼下に蛇行して流れる隅田川が見えた。橋を渡る車のヘッドライトだけが人の気配を見せていた。

耳の奥で男の声がした。

『何者かに殺害されたと考えて間違いありません』

湾岸署で逢った刑事の声だった。

由紀子はまばゆい光の海を見ながら、祖父が誰かに殺害されたのなら、この光のどこかに犯罪者が潜んでいるのだろうかと思った。そう思った途端、あの日、鍛冶小屋で感じた不気味な感覚がよみがえった。

由紀子は首を横に振り、その記憶を消そうとした。

『どうして祖父がそんな目に』

『それを捜査しています。佐田木さんに東京でのお知り合いはどなたかいらっしゃいましたか』

『いいえ、東京に知り合いがいるとは聞いたことがありません』

『兵隊に行っておられた時の戦友とかはいらっしゃいませんでしたか』

『時折、葉書が来る方が何人かいらっしゃいましたが、皆さんもうお亡くなりになって、時々、祖父は墓参りに行っていたと思います』

『他には？』

『いないと思います』

『どうして佐田木さんが上京されたか、その理由にこころあたりはありませんか』

『ありません』

湾岸署でのやりとりがよみがえると、由紀子は自分が祖父のことを何ひとつ知らないことに気付いた。

それどころか、自分が赤児の時に亡くなった母親のことも、祖父に訊いても答えてくれなかった父親のことさえ何も知らなかった。

毎年、十二月になると斐川町にある佐田木家の墓に由紀子は祖父に連れられて墓参に行った。祖母も母も十二月が命日だった。その日は帰りに斐川町の和菓子屋で五色の落雁を買ってもらった。それが由紀子には嬉しくてしかたなかった。

父のことを一度だけ祖父に尋ねたことがあった。小学校の時のことで、父親参観日があり、父のない由紀子は同級生の男の子にからかわれた。口惜しくて、家に帰って祖父に、自分にはどうして父親がいないのかと訊いた。

「わしにもおまえの父親のことはわからん」

と祖父は言い、今まで見たことのない暗い表情をした。祖父の表情を見て、由紀子は幼なごころにやさしい祖父を哀しませてしまったのだと思った。以来、父親のことを祖父の前で口にすることはなかった。

父の面影など湧くはずもなかったが、由紀子は母の面影も持っていなかった。

そのことを淋しいとか、切ないと思わなかったのは、由紀子の生来の性格がそうしたのかもしれない。祖父もそうだが、由紀子も自分の身の上に起きていることを受け入れてしまう性格だった。

由紀子は身体が少し冷えているのに気付いた。彼女はあわてて下腹部に手を当てた。

――自分のことばかりを考えて……。

由紀子は立ち上がって暖房のスイッチを入れ、バスルームに行ってバスタブにお湯を注いだ。

バスタブのそばに座り、流れる湯を見つめていた。

水面に剣の刃のようなものが揺れていた。

――何かしら？

流れる湯面の上で剣も揺れていた。

顔を上げるとバスルームの壁に白い額縁が掛けてあり、その中に剣の刃のようなものがおさまっていた。写真のようだった。

銅鐸だった。

銅鐸の表面に美しい文様が刻まれてあった。

昨日も、一昨日もシャワーだけ浴びて済ませたのでこの銅鐸に気付かなかった。

江梨子の声が耳の奥から聞こえた。

『日本の銅鐸は出雲で生まれたという説があるの。荒神谷遺跡で一度に六個の銅鐸が発見されたでしょう。続いて加茂岩倉遺跡から三十九個の銅鐸が出たのよ。あの発見は考古学の大発見と言われているの』

由紀子もその発見を小学生の時と奈良の大学にいる時に聞いて、自分の故郷でそんな大発見があったのだと興奮したのを覚えている。

湯が満たされたので由紀子は衣服を脱いでバスタブの中に裸身をうずめた。

女性の独り住まいにしては大きくて贅沢なバスタブだった。

由紀子は目を閉じた。

やがて手や足の指先から何かが少しずつ流れ出して行く気がした。由紀子はあわてて下腹を両手でおさえた。

かすかに鼓動を感じる。由紀子はまた目を閉じて両手から伝わる鼓動を全身で受け止めようとした。耳の底からやわらかな声のような何かの音色に似た音がした。鈴の音のような音だった。

由紀子は先に休むことにした。

リビングのテーブルの椅子に座り、江梨子への礼の手紙を書いた。明日の午後の便で出雲に帰る。

江梨子がいなかったら由紀子はきっと取り乱すばかりで体調もおかしくなっていたろうと思った。

江梨子さんへ。

明日の朝、また逢えるのだけど、貴方へのお礼をあらためて言っておきます。今回は本当に有難う。貴方がいなかったら、私、どうなっていたかわからないわ。今日の記者会見もとても素晴らしかったわ。あんなにまぶしい江梨子を見て、私は嬉しかった。貴方は私の誇りです……。

そこまで書いて、由紀子は今日の江梨子の考古学研究会賞受賞の記者会見と、それに続く講演のことを思い出した。

講演が終った時、会場を割れんばかりの拍手が包み、その中央に嬉しそうに笑っている江梨子がいた。

由紀子が控え室に行くと、江梨子は片手でVサインをして興奮気味に言った。

「やったわ。これで階段をひとつ登ったわ。内定していてもどうなるかわからないのが、この賞だったの。もう感激やわ」

由紀子はこんなに興奮している江梨子を見たのは初めてだった。よほど嬉しかったのだろうと思った。

その時、控え室のドアがノックされた。

「石津先生、神谷です。よろしいですか」

甲高い声がした。

「はい、どうぞ」

小柄な老人が入って来た。

「いや素晴らしい講演でした。私どもも先生に受賞していただいたことは本当に名誉です」

由紀子は老人を出雲で見かけたことを思い出した。

老人は由紀子を見て会釈し、

「たしか出雲でのシンポジウムにいらした方ですね。いやお美しいと評判でした」

と笑い、失礼しますと名刺を差し出した。

「研究会の事務局長をしています。神谷富雄《とみお》と申します。今日はわざわざ出雲から」

「あなたが出雲の人だと神谷さんにお話ししたの。あの美人はどなたですかと執拗に聞かれたのよ。ごめんなさい」

「いいえ、初めまして滝坂由紀子です」

「こんな美しい親友をお持ちなんて石津先生が羨ましい。出雲から駆けつけて下さるなんて」

「そうじゃなくて、由紀子は用事があって上京したんですよ」

「あっ、そうだ。肝心なことを言い忘れてました。筒見顧問が見えるそうなんです。できればご挨拶を」

「えっ、そうなの。はい、ぜひ私もご挨拶したいわ」

「じゃほどなくご連絡します。どうですか、会食もご一緒に」

神谷が由紀子に会食をどうかと誘った。

江梨子が由紀子を見た。

「ごめんなさい。私、少し疲れて……」

「神谷さん、彼女、お腹に大切な赤ちゃんがいるんです。それに少し疲れてるようで、またの機会に」

「それはかまいません。いや皆が残念がるな」

「残念なのは神谷さんじゃなくて」

ハッハハ、これは見破られたか、と神谷が頭を叩いた。

神谷が出て行くと由紀子は先に帰ることを詫びた。

「いいのよ。あなたが今一番大変なんだから。気分転換にと思って連れてきたけどかえって疲れさせてしまったかしら」

「いいえ、来て良かったわ」

「ならいいんだけど……。この前も話したと思うけど、筒見顧問ってとてもいい方なの。若いときから苦労されて事業で成功をなさったと聞いたわ。考古学研究会の大半の運営費は顧問が出していらっしゃるの。でも控え目な方で、いつも目立たない場所にいらっしゃる。今回の私の受賞も顧問が強力に推して下さったのよ」

ドアがノックされ、顧問が着かれました、と女性の声がした。

「今、挨拶だけしてすぐ戻るわ」

「私のことは気にしないで」

江梨子が出た後、由紀子は部屋の中を片付けて控え室を出た。

その時、二十メートルくらい先で江梨子が男の人と立ち話をして相手に握手を求められていた。大柄な人で江梨子がちいさく見えた。江梨子の背中に手を回し、祝福していた。

二人はそのまま開いたドアの中に消えた。一瞬、江梨子が頬を赤らめているように見えた。

――江梨子は階段をひとつずつ上がってる……。

由紀子は午後のことを思い出しながら手紙の続きを書き終えて寝室にむかった。

一面の大きなガラス窓に東京の夜景が、先刻よりいっそうあざやかにきらめいていた。最終便だろうか、空港に降り立とうとする飛行機の影が視界の中を横切ろうとしていた。その真下に東京湾が黒く光っていた。由紀子は思わず目を逸らして、寝室に入った。

13

駒形橋の欄干《らんかん》に一人の男が立っていた。コートのポケットに両手を突っ込み煙草をくわえたまま川面をじっと見つめている。

かれこれ彼は一時間近くそこにじっと立っていた。

男の背後から吹き寄せる川風がコートの裾を揺らしていた。

まだ正午前というのに隅田川一帯は夕暮れ時のように薄暗かった。

低く垂れ込めた濃灰色の雲は雨か霙《みぞれ》の気配を漂わせていた。

男の背後を通り過ぎる人たちも寒さに背中を丸めて足早に去って行く。時折、下町に住むいかにも人の善さそうな女が男の様子をいぶかしがって、通り過ぎてからも一度、二度と振りむいて男の様子をうかがっていた。

男はコートの中の手を出し腕時計を見た。

その時、ブレーキ音がして、一人の若い警察官の乗った自転車が男のすぐそばに停った。男は警察官の存在にも気付かないのか、じっと川面に目を落していた。

「ちょっと……」

警察官が男に声をかけた。

その声が聞こえないのか、男はじっと動かない。

「ちょっと、君」

警察官の声に男はようやく顔を上げた。

そうして警察官を一瞥すると、また視線を川面にむけた。

「ちょっと、君、君に言ってるんだ」

甲高い声で警察官が言った。

男は面倒臭そうに警察官を見た。

「そこで何をしてるんだね」

「……」

男は返答しない。

「君、そこで何をしているんだね」

「見ればわかるじゃろう。川を見とるんだ」

男は煙草をくわえたまま言った。

警察官は男の対応に眉間にシワを寄せて言った。

「君、もう一時間近くそこにいるようだが何かあるのですか」

「………」

男は何も言わず、また川の方をむいた。

「こら、ちょっと答えなさい」

警察官が甲高い声で言った。

男はゆっくり警察官の方をむき、相手の足元から頭の上までを見直して言った。

「おまえ、どこの所轄だ」

男の言葉に一瞬、警察官はたじろいだが、すぐに下唇を嚙み、駒形の方を指さした。

「君、ちょっと、あそこの派出所まで来たまえ」

「何の理由でわしを派出所に連れて行く？　そういう職務権限があるのか」

「そ、そうではありません。君が、あなたがそこでじっと立っているのを目撃した人が心配して通報してきたから本官は訊いているんです」

「待ち合わせの時間つぶしじゃ。橋の上に立っとっては悪いのか？　それともわしが身投げでもすると思うたのか」

「そ、そうじゃありません」

男はもう一度時計を見て、警察官の方に近づいた。警察官はあとずさるように上半身を反らした。

男は警察官のそばを通り過ぎる時、ご苦労、と言った。

橋を早足に渡りはじめた男を警察官は呆然として見ていた。


三十分後、石丸は国際通りの角にある牛鍋屋のビルの前に立っていた。

日曜日の昼時、店には人が次から次に入って行った。

「よおぅー」

国際通りを浅草寺の方からハンチング帽を被った恰幅のいい男が鞄を手に笑って近づいてきた。

「少し待たせたか」

長塚は石丸に言って、そのまま店の暖簾を潜った。そうして受付け係の男に、

「長塚だ。部屋を予約してあるだろう」

とぶっきら棒に言った。

エレベーターに乗り込んだ長塚が石丸に言った。

「今日はこざっぱりしとるな。その方がいい。けどそのコートはどうにかならんのか」

長塚に言われて石丸は自分のコートを見直した。

二階でエレベーターのドアが開くと、長塚さまで、二名さまでしたね、いつもご利用ありがとうございます、と男がいい、奥にむかって、長塚さま、紅葉の間にご案内と大声を上げた。

個室に入るとすぐに着物の女がやって来て、丁寧に頭を下げた。

「挨拶はいいから生ビールを持って来い。それとワインだ。一番いいのをな」

「ワインは赤でしょうか、白でしょうか」

「肉だから赤に決まっとるだろう」

「は、はい。それとお料理ですが」

「電話で伝えといただろうが」

「極上霜降りすき焼き懐石を二名さまですね」

「いちいちいいから早くビールを持って来い」

——少し機嫌が悪いようだな……。

石丸は席に座り、掘り炬燵に足を伸ばした。

「出がけに女房が急に実家に行って親を連れて来ると言い出しやがった。芝居見物の切符の手配に手間取った。嫁の親というのも長生きし過ぎるのは迷惑なもんだ。あんた親御さんは元気なのか」

「いや」

「亡くなったのか」

「ずいぶんと前の話ですわ。忘れてしまいましたの」

「そのくらいがいい」

ビールが来て、さまざまな器に入った突き出しやら肉の刺身が出て、すき焼きになった。

長塚は相変わらずよく飲み、よく食べた。

「おい霜降りをもう二皿持って来い。早くしろよ」

三十分食べ続けてようやく腹がおさまったのか、長塚が話しはじめた。

「この頃は所轄によって生意気なことを平気で言う。誰のお蔭で今の椅子に座っていられるのかと怒鳴りたくなる。思ったより厄介になっとる」

「捜査の方がですかの」

「違う、情報を引き出すのがだ。このワイン安物じゃないか」

長塚はテーブルの上の呼びボタンを押した。

すぐに女が部屋に来た。

「おい、これはどういうワインだ」

女が怪訝そうな顔をした。

「メニューを持って来い」

「ワインリストですか？」

「何でもいい」

女が消えると石丸が訊いた。

「捜査の方はどんな塩梅《あんばい》ですかの」

「捜査の方も厄介だったらしい。ここに来てようやく容疑者があらわれた」

「ほ、ほんとうですか？　その容疑者というのはどんな奴……」

石丸が話していると障子戸が開いて店の女があらわれた。

「そのお出ししているのが一番上等なんですが何か変でしょうか」

「苦い。苦過ぎる。なあ君、そのワイン苦いと思わんか」

石丸は口をつけていなかったワインを飲んだ。そうして首をかしげた。

「わしはワインはわかりませんから。おい、甘いの持って来い。一番いい奴でなくていいから甘いのを早く持って来い」

石丸が声を荒らげた。

「は、はい」

女はあわてて出て行った。

「どうした？　何を怒っとるんだ」

「いや何でもありません。それで、その容疑者はどんな奴なんです」

石丸が身を乗り出して訊いた。

「詳しくはわからんが、ゲームのクリーター？　違うな。フリーター……じゃない。クリエイター、そうクリエイターとか言ってたな」

「何ですか、それは？」

「よくわからんな。そういう職業らしい。ほれ、若い者がゲームをやるだろう。あれを作る奴らしい」

「容疑者の年齢は？」

「三十歳なかば、とか言っとったな」

「三十歳なかば？」

石丸が素頓狂《すっとんきょう》な声を上げた。

その声に驚いて長塚が石丸の顔を見返した。

「そいつは違う。犯人じゃない」

「だから容疑者と言っただろう」

「何をやっとるんじゃ、その捜査本部は……」

石丸が舌打ちすると長塚が、

「あんた、この事件の何か情報を持っているのかね？」

石丸は長塚の真剣な目を見てあわてて首を横に振った。

「いや、そうじゃありませんが……」

石丸が否定すると長塚は目を細めて石丸の顔をまじまじと見直した。

「それで容疑者は引っ張ったんですかの」

「いや、まだらしい。しかし時間はかからんと言ってたな。まあ話が出たから……」

長塚はバッグの中から封筒を出してテーブルの隅に置き、石丸の方に押し出した。

石丸がそれを受け取ろうとすると、長塚はその手を制するようにして言った。

「くれぐれもこれをあんた以外の者に見せるなよ。それを約束してくれ」

「はい、約束しますけ」

「年が明けたら、そこにある捜査員は半分になるかもしれない。その容疑者が捕まり、落ちたら別だが。それと……」

長塚が言葉を止めた。

「何でしょうか？」

「今回は思ったより大変だった。何人かに金も渡したから、この間と同じ金をくれ」

石丸は顔を曇らせた。

「でなきゃ渡すことはできんな」

石丸は封筒に置いた手を離すと座卓に背を戻し、ポケットから煙草を取り出し火を点けた。

そうして部屋をぐるりと見回した。

女の声がしてワインが運ばれてきた。

その間も石丸は長塚の顔や身体付きをじっと見つめていた。石丸が何を考えているのか、そ

の視線で気付いているはずの長塚だったが、

「おう、これでいい。これは美味い」

と満足そうにうなずいた。

石丸は煙草の煙りを天井にむかって大きく吐き出すと、

「わかりました。そのかわり捜査の進展状況と、その容疑者の情報を教えてくれますかのう」

「わかった」

長塚は封筒を石丸の方に突き出した。

石丸は素早く封筒をポケットに仕舞った。

「ちょっと小便に行ってきますわ」

「逃げるなよ」

長塚の言葉に石丸が笑って部屋を出た。

石丸はトイレの中で封筒の中身を確認した。五枚のレポート紙にワープロで打った捜査情報と捜査員の名前等が記してあった。彼は上着のポケットから茶封筒を出し、金を数えはじめた。

そうしてトイレから出ると鏡の前に立って自分の顔を見つめ、気が付いたように、

「共犯者か……」

とその顔に問いかけた。

14

「鈴木淳一《すずきじゅんいち》、三十四歳、静岡県沼津市出身、職業、ゲームクリエイター、現住所、神奈川県川崎市麻生区百合丘×××－××、△△マンション302号……」

捜査本部に立石刑事の声が響いていた。

どの捜査員も興奮しているのがそれぞれの顔にありありと出ていた。

「本年三月十八日、鈴木は出雲を訪ね、被害者、佐田木泰治と逢い、さらに六月二十一日出雲を再訪し、佐田木の自宅を訪ねて三時間余り話し込んでいます。一方、本年一月十六日、新宿歌舞伎町の風俗店、オスカー商会に勤めていた佐藤可菜子と逢い、歌舞伎町のホテルで関係を持っています。その後、一週間の間に三度、可菜子を指名し、同じホテルで逢っています。レンタルロッカーから見つかった可菜子の遺留品の中に鈴木がかつて制作したゲームソフト〝不思議の国ジュリー〟のキャラクター商品がありました。鈴木は現在、ゲームソフト制作会社〝セダクション企画〟より依頼を受けてゲームソフトを制作中で自宅マンションには二ヶ月近く戻っていません。鈴木の足取りは本年九月十日、歌舞伎町オスカー商会の女性とホテルにて逢ったものが最後であります。今から配るのが鈴木の顔写真です」

顔写真が各捜査員に配られると皆から驚きの声が出た。

「ホウーッ、えらい髪型だな」

二枚の写真に写った鈴木の近影は女性のように肩口まで伸びた長髪が異彩を放っていた。

「サングラスをかけた写真。それが通常鈴木が外出する際の容姿と思われます。なお鈴木が犯行におよんでいるなら、その髪は切っている可能性もありますが、九月十日のオスカー商会の女性と逢った折はまだ長髪のままだったということです。以上……」

立石が席に座ると畑江が立ち上がった。

「この参考人は事件に対してかなり有力な手がかりを持っていると考えていい。まずは鈴木を見つけることが最優先だ。これから各班の捜索場所を伝える。××、××は百合ヶ丘のマンションョン、××、××は四谷のセダクション企画、××、××は……」

次々に各班の捜査員の名前が呼ばれた。

「立石、草刈班は」

「はい」

草刈が返答した。

「君たちは歌舞伎町オスカー商会を張れ」

「わかりました」

草刈は立石の顔を見た。

立石が唇を真一文字にしてうなずいた。

夕暮れの歌舞伎町にクリスマスソングが流れている。

草刈はコンビニエンスストアーのレジに並んでいた。三、四人の列の作業服を着た若者の前に、ピンクのフード付きの半コートからあざやかな茶色の髪がのぞいている女の子がいた。手に化粧品か何かを持っている。年齢、背丈から見て、佐藤可菜子と同じくらいだ。彼女もこの子と同じように、この店で買い物をしていたのかもしれない。草刈は神楽坂の可菜子のアパートで見た彼女のスナップ写真を思い出した。どこかの遊園地で高谷和也とともにカメラにむかって笑っていた。あどけない、しあわせそうな笑顔だった。

その笑顔に、深い苦悩の皺を寄せた老人の顔が重なった。可菜子の祖父、佐藤康之が湾岸署の遺体安置室で見せた表情だった。

「俺は犯人を許せん」

耳の奥で声がした。喉の奥から絞り出すような皆川の声だった。

――生きていれば、この女の子が可菜子だったかもしれない……。

皆川が憤怒《ふんぬ》の声を出した気持ちが草刈にはよくわかる。

支払いを終えた女の子が振りむき、草刈の視線に気付いて、訝《いぶか》しそうな表情をした。彼はあわてて視線を逸らした。

草刈はレジのテーブルに缶ジュースとお握り、パンを置き、ポケットから立石に渡されたしわくちゃの煙草の空箱を出し、この煙草を下さい、と言った。店員は空箱をひろげキャスター・マイルドですね。四百十円です、と言った。

——高いんだな……。パンと一緒か。

支払いをして外に出ると、ぽつぽつと雨が落ちはじめていた。

——やっぱり降ってきたか。

草刈は空を一瞬、仰いでから走り出した。

「すみません、遅くなって。はい、釣りです。それとこれが自分の分です」

車の助手席に座って草刈が金を出すと、いいよ、と立石は言ってビニール袋から煙草を取り出し、煙草をくわえて火を点けた。

「煙草って高くなってるんですね」

「君は吸わないか」

「ええ」

「そうだろうな。俺もやめようかと思うこともあるが機会がない。窓を開けていいぞ」

「平気です」

立石は黙って窓の開閉スイッチを押した。

「降り出したな。俺は雨が嫌いでね。ガキの頃、野球に夢中で雨が降るとうらめしくなった。けど刑事《デカ》になってからは捜査の肝心な時に雨が降ることが多い」

「肝心って何でしょうか？」

「張り込んでいて犯人《ホシ》があらわれたり、重要参考人が急に動き出したりな……」

「ジンクスですか？」

「いや経験値だ」

立石の冷静で、執拗な捜査姿勢に草刈は学ぶことが多かった。

張り込みは二日目に入っていた。車のフロントガラスのむこうに見える〝オスカー商会〟の入っているマンションが雨にかすかににじんでいる。

今朝、捜査本部を出る前に、畑江主任から、参考人は自宅にいっさい戻っていない状況から見て逃亡しているフシがある。捜査が自分にむけられていることに気付いているかどうかは不明だが、慎重な行動を取っていることはたしかだ。髪も切って、これまでの印象を変えていることも十分考えられる。手配の写真にこだわらぬように、と告げられた。

「立石先輩、参考人はこちらの動きに気付いてるんですかね」

「どうかな。しかし百合ヶ丘の自宅にも、その何とかという四谷の企画会社にもいっさい姿を見せんというのは何かを警戒してるんだろうな」

「でも九月十日には店の女の子と遊んでるんですよね。それから三ヶ月半はあらわれてないとのことですが、早川寿美江が参考人を隠してるってことはあるんですかね」

「あの女なら可能性はあるが、そうだとしたら、あの女もこの事件《コロシ》と関係があることになる」

「ああ、そうですね」

「草刈君、妙に推測しすぎない方がいい。いずれにしても参考人は動く。それが人間というもんだ」

「はあ……」

立石と草刈は今日の午後一番に早川寿美江とマンション近くの喫茶店で逢っていた。

相変らずふてぶてしい態度の寿美江に立石はつとめて冷静な口調で言った。

「鈴木淳一のことで指の先ほどのことでも隠しだてをしたら、一発でおまえをしょっぴくから」

「何の容疑でそんなこと私がされなきゃいけないのよ」

「容疑がどうのこうのって段階じゃない。二人の人間が殺されてるんだ。店も、おまえも二度と立ち上がれなくなる。鈴木から連絡が来たらすぐに報せるんだ。おかしなことをしたら、おまえの身がおかしくなるからな。連絡があったらいつも通りに応対して女を用意してやるんだ。そうしてすぐに報せるんだ」

寿美江の表情がかわった。

そこまで寿美江に言い切った立石を見て、草刈は彼が寿美江はこの事件と無関係と読んでいるのだと思った。

たしかに事件に寿美江が何らかの関係を持っているなら、三日前、初めて二人で寿美江に逢い、佐藤可菜子の話をした時に、何か反応があったはずだ。草刈には寿美江が可菜子の死に本気で驚いているように見えた。事件に関っていて、あの態度が取れたなら、寿美江はたいした女である。

午後八時三十分過ぎ、立石が三本目の煙草に火を点けた時、立石の携帯電話が鳴った。

着信番号を見た立石の目が光った。

草刈をちらっと見て、うなずいた。

――早川寿美江からだ。

草刈は立石の応対を息を飲んで聞いた。

「五分前だな。たしかだな。それで……。秋葉原のホテル？　それで断わったのか。じゃ、すぐに女を送ると言うんだ。店の方針？　バカを言ってるな。こっちが送って行ってやるから安心しろ。何をぐだぐだ言ってんだ。早くやれ。いいか言われたとおりにしろ、そうでないとおまえ……」

立石は電話を切った。

「鈴木から連絡があったんですか」

立石はうなずいて言った。

「そっちの電話で捜査本部に電話しろ。主任に替わってくれ」

「わかりました」

すぐに畑江が出た。立石と替わった。

「立石です。今しがた参考人から連絡が入りました。秋葉原のホテルに女を呼べと言ってました。ええ、それで、女を送り込むように言えと伝えました。はい。大丈夫です。わかり次第すぐに折り返します。たぶんタクシーでむかうでしょう」

草刈は立石の言葉に口の中の唾を飲み込んだ。


立石からの報告を受けて、捜査本部は色めき立った。

立石から二度目の電話が入り、捜査員が一斉に地図を見た。

「本部からは×××と××、それに百合ヶ丘も、四谷もすぐにそっちにむかわせろ……。ホテルは秋葉原の駅裏の『D・イン』……」

捜査員たちが次から次に部屋を出て行った。

畑江は現場にむかおうとする捜査員と話していた。

「身柄を確保したら、すぐに連行しますか」

「いや、少し様子を見てからだ」

「わかりました」

「くれぐれも慎重にな。参考人は秋葉原に土地勘があると思われる。きちんと網を張れ」

「逮捕状《フダ》は出ませんか」

「状況を考えろ。逸《はや》るなよ。こっちは何ひとつ決め手はないんだからな。ああ、それと参考人の指紋が採れればやってくれ」

「わかりました」

本部を出て行く捜査員の足音を聞きながら畑江はテーブルの上の地図に目をやった。歌舞伎町から秋葉原の距離を見直した。

畑江は壁の時計を見た。

立石から、〝オスカー商会〟の女性がタクシーに乗り秋葉原にむかったという連絡があったのは五分前である。すでに秋葉原で聞き込みをしていた捜査員二名は、そのホテルに到着している。


九時二十分過ぎ、立石刑事の前を走る女性を乗せたタクシーが水道橋の交差点を通過し坂道を登りはじめた。

立石は車の中から草刈に電話を入れた。

「そっちは動きはないか」

草刈は〝オスカー商会〟の入ったマンションを見張っていた。

「ありません」

「早川寿美江は動いてないな。よし、そのまま続けてくれ」

「了解です」

草刈は電話を切ってマンションの〝オスカー商会〟のある階を見上げた。

彼は立石と主任の会話を聞いてててっきり自分も現場に行くものと思っていた。

喫茶店に待機していた〝オスカー商会〟の女性が表に出た時に立石が言った。

「草刈、おまえはここに残れ」

「えっ？」

草刈は、どうしてと思った。

「これが早川のガセだったらどうする？」

「あっ？」

草刈は思わず声を上げた。


女性を乗せたタクシーがお茶の水橋を過ぎ、聖橋《ひじりばし》の下を通過した所で道路脇に停車した。

――何をしてるんだ？

立石は少し離れて車を停車させた。

後部座席で女性が電話をしていた。

――どうしたんだ？

女性が何事かを懸命に話していた。女性が携帯を切ると、すぐに立石の携帯が鳴った。

早川寿美江だった。

「待ち合わせ場所を変えて欲しいと言ってきたわ。こういうケースだと、店では女の子を帰すんだけど」

「いい加減なことを言うな。相手は上得意だろうが。そこに女を行かせろ」

「……………」

寿美江は返答しない。

「早川」

立石が呼んでも寿美江は応えない。

「……刑事さん、あの男、まさかおかしくなってるんじゃないわよね。なんか気付かれてるんじゃないの、刑事さん？」

「気付かれてるって、何がだ？」

「あの男、おかしなことがあっちゃいけないんで用心のために女の子を見たいって言うの。こんなこと初めてだわ。危険なことはないわよね」

「それはない」

「……わかったわ。秋葉原の本通りからひと筋神田寄りに入った道に『WJ』という喫茶店があるそうよ。そこで逢いたいと言ってるんだけど。ただし女の子が拒否したら、引き返させるから……」

そう言って寿美江は電話を切った。

立石は祈るような気持ちで前方のタクシーの中で電話をする女性を見ていた。

女が携帯電話を切るとタクシーが動き出した。

携帯が鳴った。

「行くそうよ」

「わかった。その店の特徴は？」

「店の前に大きなリボンをしてピンクのスカートを穿いた金髪の人形があるの。それが目印だって」

立石はすぐに携帯電話で連絡を入れた。

立石は待ち合わせ場所が変わった件と、その店の場所と名前を告げた。

「路地を一本神田寄りの喫茶店『ＷＪ』だな。立石、何があったのか？」

「たぶん、女を品定めしたいんでしょう」

「それだけか？」

「もしかして奴はこっちのことに勘付いているかもしれません」

「わかった。すぐにそこに行かせる。草刈は？」

「〝オスカー商会〟に残しました。あの早川という女、もしかしてと思いましたから」

「わかった」

「主任、鈴木の身柄をおさえていいですか？」

「今はダメだ」

「暴れ出したりすればかまいませんよね」

「……………」

畑江は返答しなかったが、最後に、

「参考人だということを忘れるな。立石、逸るな」

「……………」

今度は立石が黙った。

クリスマスのせいか、その路地は通行人であふれていた。タクシーも立石の車も減速した。

タクシーが停車した。

立石は窓を開け、通行人にむかって、オイ、そこをどけ、と怒鳴り、シャッターが閉じた工芸店の前に車をつけた。

タクシーを降りた女性も周囲をキョロキョロしていた。

店を見つけたのか、女性が歩き出した。

女性の向から前方に大きなリボンを付けた金髪の人形が見えた。

——あの店だ。

女性が店のドアを開けた。

立石はガラスのドア越しに女性の様子を見た。

女性が店の中を見回した。相手を見つけたのか軽く手を上げた。そのむこうに帽子を被ったサングラスの若者がいた。

――鈴木か……。やはり髪を切ってやがる。

立石は上着を素早く脱ぎ店に入った。

「すみません。お客さん、お待ち合わせですか。それなら今、店内は一杯なんです。お待ちになりますか」

「ああ待とう」

立石はそう言ってレジの横からテーブルの二人を見た。

若者は帽子を目深《まぶか》に被っているせいか、顔がはっきり見えない。

相手がレジの方を見た。彼はすぐに店員から渡されたメニューに目を落とした。

――何をキョロキョロしてる？　もしかして気付いているのか。

「デートコースのメニューならすぐにお席はご用意できますよ」

女店員がいきなり言った。

見ると目の前に店前の人形と同じようなドレスを着て金髪のカツラに大きなリボンを付けた女の子が立っていた。

「いや、待ち合わせだ」

席が空いて立石は窓際の席についた。

二人は笑って話をしていた。

笑った若者の顔がちらりと見えた。資料写真に似ていた。

――奴だ。間違いない。

交渉をしているのか。これからホテルにむかうのだろうか。先刻まで苛立《いらだ》っていたように見えた若者が女性の話に笑っている。女性も口元をおさえて笑った。

窓ガラスを叩く音がした。見ると捜査員が二人立石を見つけて合図をした。立石は奥に目配せして参考人がいることを告げた。そうして一人だけが入ってくるように指で示した。野球帽にブルゾンを着た捜査員が入ってきた。

その時、若者が立ち上がった。立石は相手の動きを見た。左奥のトイレに相手はむかった。トイレの前に立っている。使用中なのだろう。相手が店の中を見回した。立石は目を伏せ、むかいに座った捜査員に手にした携帯電話を見せた。

顔を上げると、小太りの鞄を肩にした若者がすれ違うように出てきて、相手はトイレに入った。テーブルの女性の様子を見るとジュースを飲んでいた。

――そろそろホテルに入るのか……。

五分が過ぎた。

「おい、トイレを見てきてくれ」

立石が捜査員に言った。

捜査員が立ち上がってトイレにむかった。

ドアをノックする音がしたかと思うと捜査員が血相をかえて出てきた。

立石は立ち上がり、トイレにむかった。

「いません」

捜査員とトイレにむかう通路の突き当りにあるカーテンを開けた。そこは店の厨房につながっていた。

「いかん、逃げた」

立石は厨房に飛び込み、今、ここに帽子の男が入ってきただろう、どこに行った、とコックに訊いた。

ああ、ジュンさんなら、そっちから出て行きましたよ、と言った。

二人は通りに出て右と左に分れた。

細い路地に人があふれていた。

立石はあふれる人混みの中を探した。それらしき人物はいなかった。表通りに出た。

すぐに捜査員が二人追い駆けてきた。

「中央通りと蔵前橋通りに他の捜査員をむかわせろ。黒いキャップに黒いシャツとズボン、髪は切っている。それにサングラスだ」

捜査員が携帯電話をかけながら通りに出て行った。

「何、逃げられた」

捜査員の声がした。

畑江は捜査員を見て、電話を替わった。畑江は立石の電話に静かにうなずいている。

「参考人だったか……。わかった。続けて捜索してくれ」

六時間後、捜査員たちが本部に戻ってきた。


翌日の午前中、畑江は立石と草刈を部屋に呼んで話をしていた。

「風俗の客と女で、話をするだけで満足して別れるなんていうケースもあるのか……」

畑江が言った。

「すみません。自分のミスです。あの店が鈴木の馴染みの店というのもわかりませんでした」

『WJ』という店名は鈴木淳一が制作したゲーム〝不思議の国《ワンダーランド》ジュリー〟の略称だった。十年以上前に話題になったゲームで鈴木の唯一のヒット商品である。彼はそのゲームのタイトルやキャラクターの権利をこの店の経営者に売ったという。

「それで相手は参考人だったんだな」

「帽子を目深に被っていましたが、間違いありません」

立石の言葉には彼の無念さが感じられた。

「それでその風俗店の女経営者は、近々参考人が連絡してくるというんだな」

「はい」

草刈が返答した。

「近々というより、今日中にまた連絡をしてくると言いました」

草刈は立石から参考人が逃亡したという報せを受け、すぐに〝オスカー商会〟に乗り込んだ。

草刈は寿美江に、秋葉原に行った女性に少し事情を聞いていると話した。

「店の子を留置しようって言うの？」

「いいえ、簡単に話を聞けばそれで終ります。署員がここまで同行しますから」

「女の子は無事なんでしょう。すぐにここに電話をかけさせて。いいわ、私がするわ」

寿美江は、ジーンズのポケットから携帯電話を出し、店の女に連絡を取ろうとした。相手は出なかった。ひどく苛立っていた。煙草をくわえて火を点けた。

「冗談じゃないわ。捜査に協力して欲しいというからしただけでしょう。何の権利があって店の子から話を聞くのよ。すぐに電話をかけさせて」

寿美江がヒステリックな声を上げた。

「私が言ってることが聞こえないの。すぐに電話をかけさせなさいよ」

「すみません。話が終ればすぐにここにお送りしますから」

「店の子とすぐに話をさせて」

寿美江は草刈にむかって火の点いた煙草を投げつけた。

煙草は草刈の足元の絨毯《じゅうたん》の上に落ちた。

草刈はその煙草を拾い上げると寿美江に差し出した。

「あの男がミッチーを殺したの？」

「……」

草刈は黙って煙草を差し出していた。

「私が何もわからないと思ったら大間違いよ。二人の人間を殺してるんでしょ？　そんな男に店の女の子を出せると思ってるの」

草刈は黙ったまま寿美江を見ていた。煙草を持つ指先が熱を感じはじめた。

爪の先が熱くなった。

草刈は煙草を手の中で握りつぶした。

それを寿美江が見ていた。

「何をしてるの。捨てなさい」

草刈は握りしめた手を動かさなかった。

その時、リビングのテーブルの上の寿美江の携帯電話が鳴った。

寿美江は動かなかった。

「すみません、出てもらえませんか」

「嫌よ」

「店の方の電話ですよね」

「そんなことあなたに関係ないでしょう」

「お願いです。相手が鈴木だったら話して欲しいんです。今、あの男が捜査の数少ない手がかりなんです。このとおりです。お願いします」

寿美江が奥のソファーに座り、電話を取った。

「あっ、そう。どうでした？　好みじゃありませんか。ジュリーさん、相変らず難しいわね。うーん、いないことはないけど……。じゃ、こちらから連絡します？　だってできないでしょう。ジュリーさんの着信番号が表示されてないもの。あっ、そちらからね。そうね、午後の三時にはどうにかなると思うわ。じゃ……」

寿美江の言葉で相手が鈴木だと草刈は確信した。


草刈の報告を聞いて畑江が首をかしげた。

「けど奇妙だな。参考人はこちらの動きをひどく警戒している様子だったんだろう。それが易々《やすやす》とまた連絡をしてくるかね？」

畑江と同じような表情を立石もしていた。

「警察とは別の誰か違う相手を警戒してるんじゃないでしょうか」

草刈が言った。

畑江と立石が草刈を見た。

「鈴木の電話を受けた早川寿美江の応対を聞いていたんですが、警察の捜査の対象になっている重要参考人が話しているような様子には思えませんでした」

「どういうことだ？　草刈君」

畑江が訊いた。

「あの『ＷＪ』が鈴木の知人の店というのは少しゲームをした者なら誰でもわかるはずです。『ジュリー』は鈴木が制作したゲームで唯一ヒットした商品です。言わば鈴木の過去の栄光というか、たぶん『ジュリー』の実績で彼は今も制作者としてどうにか生き延びているんです。そういう店を女との待ち合わせに利用している時点で、彼が本気で身を隠しているとは思えません。出雲に出かけたのは新しい作品の制作のためでしょうが、その制作費用を出した〝セダクション企画〟もいっこうに制作が進行していないので訴えると言ってます。鈴木はそんなふうにあちこちで迷惑をかけてるんじゃないでしょうか。そういう相手から逃げてるだけではないでしょうか」

畑江は草刈の話を聞き、腕組みをして天井を見上げた。

「じゃ、もう一度、参考人は網の中に入ってくるってことだな。わかった。君たちは張り込みを続けてくれ」

畑江が立ち上がった。

「主任、ちょっと」

立石が畑江を呼び、草刈を振りむいて先に行くように目配せした。

草刈は廊下に出た。

皆川満津夫がファイルケースを手に立っていた。

「よう、大変だったな……」

どうやら皆川は参考人を取り逃がした件をすでに知っているらしい。

「ああ」

草刈は落胆したようにうなずいた。

皆川が草刈ににじり寄ってきて周囲をうかがいながら耳元でささやいた。

「たいしたものが見つかったぞ」

草刈は皆川の顔を見返した。

皆川はファイルケースを指先で叩き小声で言った。

「佐藤可菜子の遺留品の中から出てきた指紋と、昨夜、秋葉原の喫茶店で参考人が使ったコップにあった指紋が一致した」

草刈は目を見開いて皆川を見た。

「本、本当か？」

皆川が大きくうなずいた。

「主任には？」

「これからだ」

ドアが開いて畑江と立石が出てきた。

草刈と皆川はすぐに目を逸らして、それぞれ別の方に歩き出した。

「皆川君、それでどうでしたか？」

背中で畑江の声がした。

「は、はい」

皆川が大声で返答した。


鑑識課が佐藤可菜子の遺留品から採取した指紋と、昨夜、秋葉原の喫茶店にあらわれた鈴木淳一と思われる人物がテーブルに残したコップから採取した指紋が一致したことは、鈴木が可菜子と接触していたことの有力な証拠となった。

同時に四谷のセダクション企画の経理から提出された鈴木の出雲出張の経費精算の書類の中から、佐田木泰治の筆跡と思われる領収書が確認された。

捜査本部が二点の証拠を入手したことで、鈴木淳一が二人の被害者と接触していたことが判明し、鈴木は事件の容疑者として大きく浮かび上がった。

捜査本部には複雑な緊張感が漂っていた。

捜査開始から三ヶ月になろうとする時期にようやく事件の容疑者らしき人物があらわれたこと、昨夜、八名の捜査員を配置したにも拘《かか》わらず現場から鈴木を取り逃がしてしまったことが暗黙の焦燥となって捜査員の気持ちを動揺させていた。

畑江はデスクに腰を下ろし、目を閉じていた。

早朝から捜査員を増員させて秋葉原一帯の聞き込み捜査が続いていた。

潜伏者は土地勘のある場所に潜り込むことが多い。ましてやその土地に家族、知人がいればなおさらである。

喫茶店『ＷＪ』の経営者と従業員の聞き込みを行なったが、鈴木が潜伏しそうな場所の手がかりはなかった。

畑江は目を開け、壁の時計を見た。

午後二時を過ぎたところだった。


同時刻、立石と草刈は新宿歌舞伎町のマンションにある〝オスカー商会〟のリビングにいた。

正午前に新宿に着いた立石と草刈はすぐに〝オスカー商会〟に入った。

最初は立石が入り、草刈は外で待つように言われた。

草刈は自分に聞かれてはマズい何かを立石が早川寿美江に話しているのだと思った。それはおそらく捜査本部の別室での、主任とのミーティングの後で立石が草刈に席を外すように言った件と関係があると草刈は思った。

草刈が部屋に入り寿美江に会釈すると、初めて寿美江がちいさく会釈を返した。

立石も草刈も黙って座っていた。

草刈はすでに二時間余り、黙って立石の横にいた。先刻、寿美江が話した会話を思い出していた。

「あなたたちも大変な仕事ね。あの男から連絡がなければとんだ骨折り損だものね」

寿美江はそう言って口先にかすかな笑みを浮かべた。

「でもあの男は連絡をしてくるわ。私にはわかるの。男たちの中にはいったん性欲が湧き起こると、それを制御できない男たちがいるのよ。性欲がおさまるまでその男たちはどんな方法を取っても目的を果たそうとするわ。ましてやあの男のように金髪の女にしか興奮できない趣味の男はオナニーで発散できないから決してあきらめない。こういう話を聞くと刑事さんたちは彼等が異常者のように聞こえるでしょう。でもそれは違う。男も女も一度、性の虜《とりこ》になると、それ以外のことは優先しなくなるの。オルガスムスを得るために何だってする男と女は世間にはごまんといるのよ」

寿美江はそう言って笑い、草刈をじっと見つめた。

寿美江の妖しい視線に草刈は目をしばたたかせた。草刈の表情を見て、また寿美江が微笑んだ。

寿美江の目は草刈の包帯をした右手を見つけ、また笑い出した。

立石は沈黙を続けていた。

草刈には立石の沈黙の辛さがわかる気がした。あれだけの捜査員で鈴木を追いつめていながら取り逃がしたことは捜査全体の致命傷になりかねなかった。

「ちょっと三時から見たいドラマがあるんでテレビを点けるわよ」

寿美江が立ち上がった時、携帯電話の着信音がした。

草刈は携帯電話を見た。

店の電話だった。

寿美江は携帯電話の着信を一瞥《いちべつ》し、立石と草刈をゆっくりと見た。

「あら昨日はどうも。ユイちゃんにたっぷりチップまで下さって、あの子喜んでたわ。ありがとうございます……」

立石が草刈を見た。

「昨夜の話でしょう。忘れてはいませんよ。ちゃんと用意してます。いい子よ。あなたのメガネにかなうと思うわ。年齢《とし》？　うちの店はオバアさんはいなかったでしょう。今日ですね。勿論、大丈夫よ。今日の夕方六時ね。場所は？　秋葉原の『D・イン』。ねぇ、新宿のホテルにしてくれません。ホテル代はこちらでサービスしますから。ダメなの……。じゃ条件があるけど……」

寿美江の言葉に立石と草刈は目を合わせた。

「昨日みたいに途中で待ち合わせ場所を変更するのはお断りだから。それはダメよ。今日の子は昨日の子とは違うの。妙なことがあったらすぐに帰ってしまうわ。そう、ワガママな子なの。フッフフ、あなたと同じでしょう。だから待ち合わせの変更がないと約束して。でないと送り出せないわ……」

相手が沈黙しているのか、寿美江は立石と草刈にウィンクした。

「オーケー。じゃ今日の六時、秋葉原の『D・イン』ね。女の子の名前はソニアちゃん。よろしく」

寿美江は電話を切ると、勝ち誇ったような目をして立石を見た。

「もうこれっきりよ。絶対にあの男を逮捕してよ」

立石が草刈に目配せした。

草刈は立ち上がって部屋を出た。そうしてエレベーターホールまで行き、捜査本部に電話を入れた。

「草刈です。主任をお願いします。今、鈴木から連絡が入りました。今日の夕方六時です。場所は昨日と同じ秋葉原の『D・イン』です」

畑江からそのまま待機して女性を送り出すように言われ、応援がこちらにむかっていることを告げられた。

電話のむこうで捜査本部の中があきらかに興奮しているのが伝わってきた。

ホテルの部屋のドアを女性がノックし、「オスカー商会です」と告げ、鈴木がドアの覗き穴から女性を確認し、ドアを開けた時、捜査員が踏み込んだ。

その時、鈴木は血相を変え、お金は用意してあるからかんべんしてくれ、とヒステリックな声で叫んだ。捜査員が身分証を提示して、署まで同行願いたい、と告げると、鈴木は一瞬きょとんとしてから、警察だとわかると、何の事だよ、とわめき出した。

捜査員がなかば強引に説得すると、鈴木は急に従順になり湾岸署に同行した。

聴取は立石と草刈が担当し、畑江が立ち会った。

「いったい何の事で俺を呼びつけたんだよ。最悪のクリスマス・イブだぜ」

鈴木が三人にむかって言った。

「鈴木さん、あなた誰かに恐喝でもされてるんですか？」

立石が言うと、鈴木は顔色を変えてしどろもどろになった。

「俺がなんで恐喝されなきゃいけないんだよ」

「あなたさっきホテルで、金は用意してあるかんべんしてくれ、と言ってたでしょう」

「知らないよ。何のことだよ」

ますよ」

「四谷にあるセダクション企画を知っていますね。あの会社があなたのことを訴えると言って
「なんでそんなこと知ってんだよ。あんな会社、訴えるなら訴えりゃいいんだ。こっちから逆に訴えてやるよ。印税を誤魔化《ごまか》しやがって」

「あなた今年の三月と六月に島根の出雲に行ってますね。その時、この方に逢ってますよね……」

立石はファイルケースの中から佐田木泰治の写真を鈴木の目の前に置いた。

鈴木は初め写真の人物が誰だかわからなかったのか首をかしげた。

「出雲の三刀屋町の鍛冶職人の佐田木泰治さんですよ」

「ああ、あのジイさんか……」

写真の人物が佐田木泰治とわかっても鈴木は特別に反応しなかった。

それでも立石は慎重に質問を続けた。

「歌舞伎町の『オスカー商会』はよく利用されてるようですね」

「何だよ、それ。言ってることがよくわからねぇよ」

「さっき『D・イン』で『オスカー商会』の女の子を呼んでたでしょう」

「何だよ。ここに来たのはそっちのことなのかよ」

立石は返答をせずにファイルケースの中から次の写真を出した。

「この写真の女性はご存知ですよね」

鈴木は写真を一瞥して言った。

「誰だよ。そんな女知らねぇよ」

可菜子の写真を見ても反応はなかった。

「『オスカー商会』での名前が〝ミッチー〟。本名は佐藤可菜子さんです。佐藤さんのアパートにあったキャラクター人形から、あなたの指紋が検出されたんですよ」

「俺の指紋が？　嘘だろう。けどそれがどうしたんだよ。何のことだよ、さっきから訳わかんねぇよ」

「鈴木さん、あなたにとっては〝ミッチー〟さんかな。この佐藤可菜子さんは殺害されたんですよ。そうしてこっちの写真の佐田木泰治さんも……」

立石は写真を指さしてからテーブルを軽く叩いてはっきりした口調で言った。

「佐田木泰治さんも殺害されて、十月二日に二人の遺体が一緒に東京湾で発見されたんですよ」

鈴木の表情が一変した。

「殺害だって……」

鈴木は二枚の写真を交互に見てから言った。

「何でこの二人が殺されたんだよ」

「それがわからないから、おまえに聞いてるんだよ」

立石が声を荒らげた。

「ど、どうして俺にそんなことを聞くんだよ？」

「じゃどうしておまえは逃げ回ってんだ」

立石がテーブルを叩いた。

「そ、それは……」

鈴木は何かを隠していた。

草刈は鈴木を脅している者が事件と何か関わりがあるような気がしてきた。

それは取調べをしている立石も同じようだった。

「誰かに脅されてるんだろう。その事情を話してみないか」

しかし鈴木は黙り込んだ。

「調べればいずれわかるよ。鈴木、おまえあちこちでずいぶんと迷惑かけてんな。借金だらけじゃないか」

鈴木の表情がかたくなになった。

「鈴木、今年の八月はおまえどんなふうにしてた？　それを話してもらおうか。きちんと八月一日からどこでどうしていたかを思い出してもらうぞ」

立石が鈴木を睨みつけた。

鈴木は目を伏せた。そうしてゆっくりと目を上げ、立石を見返して言った。

「ヴェトナムにいたよ」

草刈は思わず鈴木を見た。

「どこだって？」

「ヴェトナムだよ。取材でヴェトナムに行ってたよ。七月末から九月の初めまで遺跡を見て回ってた」

「いい加減なことを言うんじゃない」

「いい加減なもんか。現地のコーディネーターに聞いてくれりゃわかるよ。ほら……」

鈴木は言って右腕のシャツを捲って菱型の傷を見せた。

「これがメコン河の蛭《ひる》の吸い跡だよ」

「じゃ出発の日と帰国した日を正確に言ってみろ」

「ええと、七月二十五日に出発して帰国したのが九月十日だよ。〝キューテン、イチイチ〟の前日だよ」

草刈は立石と畑江を見て立ち上がった。

二時間後、鈴木淳一が七月二十五日に日本を出国し、九月十日に帰国していることが確認された。

立石はその間も執拗に聴取を続け、鈴木が今年の初めに以前から交際していたビデオ制作会社の女性経営者から三百万円の金を引き出し、そのまま別れようとしたら、女経営者の義兄がヤクザの組関係者で、追われていることを聞き出した。

それでもアリバイの成立は鈴木の犯行を否定するのには十分なものだった。捜査本部は一気に重い空気につつまれた。

聴取を終えた鈴木が部屋を出て行った時、畑江が思わずもらした大きな吐息がそれを物語っていた。

草刈はパソコンにむかって調書を作成していた。

今しがた部屋に残っていた数人の捜査員が引き揚げて捜査本部の中には草刈と立石の二人だけになった。

立石は部屋の北側の隅に置かれた古いソファーに身体をあずけるようにして目を閉じていた。

草刈は、立石が一昨日からほとんど睡眠をとっていないのを知っていた。小柄で華奢《きゃしゃ》に映るが立石は屈強な身体をしていた。その立石が痛々しいほどやつれて見えた。

つい五時間前、鈴木淳一の身柄を確保して本部に戻ってきた時は、捜査員たちの誰もが興奮し、部屋の中は活気であふれていた。その部屋が今は潮が引いたように重く沈んで見える。

立石は鈴木淳一の調書を書くために残っていた。先刻、草刈が、自分がやります、と申し出たが断わられた。それでも手助けになればと草刈は調書作成の作業をしていた。

今夜中に立石が調書をまとめたいのは、明日か、明後日には、この捜査本部が縮小される噂が出ていたからだ。

この一週間で畑江は二度も桜田門に呼ばれていた。それが何を意味しているか捜査員は皆わかっていた。だからこそ捜査線上に鈴木淳一があらわれた時は一条の光のように見えた。

捜査員たちは敗残兵のように去って行った。

ドアが開いた。

見ると畑江が入って来た。

「まだいるのか……」

畑江は言ってロッカーからソフト帽子を取り、

「歳を取ると忘れものが多いな」

と独り言のように言って笑った。

「早く引き揚げろ」

畑江は言って部屋の隅のソファーに立石がいるのに気付いた。そうして草刈のデスクをちらりと見て、調書は明日でいい、と言った。

草刈は立ち上がって畑江に頭を下げた。

「今日は申し訳ありませんでした」

「何を謝ってるんだ?」

「鈴木のことです」

「何を謝る？　奴を引っ張ったことで大きな手がかりがつかめたじゃないか……」

「はあ……」

「明日から忙しくなる。早く帰れ」

「わかりました」

畑江が部屋を出た。静寂がひろがった。

鈴木の声が耳の奥によみがえった。

「だから、あのジイさんにゲームにふさわしいヤマタノオロチをぶった斬った剣とか、スサノオを象徴する鏡とか、銅鐸とか何でもいいから作ってくれと言ったんだよ」

「それで佐田木さんは引き受けたのか」

「剣は何やら御託を抜かして断わって、鏡だか銅鐸を作ると言ってやがったから、もうまかせたよ」

「この金額を受け取ったんだな？」

「だから領収書があるんじゃないか」

「それで作ったものは送ってきたのか」

「だからその後、俺は逃げなきゃなんなくなったって言ったじゃないか。そんなもんどうでもよくなったんだよ」

――佐田木泰治はそれを作ったのだろうか。

草刈は立石の報告書を読み返した。

〈性格は実直で、近所の人の評判はすこぶる良く、頼まれると農耕具なども作ってやり、その代金を取らなかった。鍛冶の仕事は十五年前に廃業しており〉

――佐田木はそれを作っているな……。

草刈は確信した。

そうでなければ佐田木老人の性格からして金を鈴木に返しているはずだと思った。

――だとしたら、それは今どこにあるのだろうか。それに、いったい何を作ったのだろうか。

草刈はさらに報告書を読んだ。

〈佐田木失踪後、家に空き巣らしき侵入者の形跡アリ。その捜査は出雲署で行ない……同じく鍛冶小屋を見るも、こちらは壁板がめくられ、乱暴な手口で何かを物色した形跡アリ〉

こんな山奥の、一人暮らしの老人の家を、今時、空き巣が狙うだろうか。それに十五年も前に廃業している鍛冶小屋まで……。

――これはその制作物を探したんじゃないのか？

空き巣が入ったのは佐田木失踪後である。しかも鈴木はこの時ヴェトナムにいる。

――いったい誰が？

もしかして鈴木は佐田木泰治をおびき出すためだけの手先に使われたのではないのか。

——佐田木が上京した理由は、その作ったものを誰かに届けようとしたんじゃないだろうか。

声がした。

見ると立石が目を覚まし、ソファーで伸びをしていた。

「草刈、まだいたのか？　早く帰れ」

「目覚められましたか」

「ああよく休んだ。さっき主任の声がしていたな」

「帽子を忘れて取りに戻られたようです」

「そうか、明日から忙しくなると言ってたな」

——眠むっていなかったんだ……。

「明日だな。捜査本部の縮小は……」

——ああ、そういう意味だったのか。

「さあ、俺も残りの仕事をさっさと片付けて引き揚げるとするか」

「先輩、鈴木の調書ですが、おおかたを打っときました。見てもらえますか。今すぐプリントアウトします……」

「……」

立石は草刈をじっと見返し、済まんな、と真顔で言った。

顔を洗って戻ってきた立石は草刈の作成した調書を読み、うなずいた。

「完璧だ。助かるよ。あとはおまえが鈴木の渡航記録を確認に出ていた間の話を足せばいい。あの野郎、面白いことを言いやがった」

「何をですか？」

「佐藤可菜子には金蔓《かねづる》がいたと言うんだ」

「佐藤可菜子にですか？」

「俺も佐藤可菜子の預金通帳の額を見て、今、風俗で働く女が、こんなに収入があるものかどうか保安課の者に訊いてみた。多過ぎるというのが彼等の見解だった。それで早川寿美江にもそれとなく尋ねてみた。やはり早川も把握していないくらいの多過ぎる収入を可菜子は得ている」

「そ、それでどうして鈴木が金蔓のことを？」

「ほら例の指紋が見つかったキャラクター人形、ありゃ鈴木が可菜子にプレゼントしたもんじゃなくて可菜子が鈴木から買ったものだ。あれが〝レアー物〟と言ったのは草刈おまえだろう？」

——あっ、そうだ……。

草刈は可菜子の気持ちをつかみたくて鈴木が自分の制作したゲームの〝レアー物〟をプレゼントしたのだと思っていた。

「十万円で売ったんだとよ」

「そりゃ高い」

「鈴木というのはそういう奴だ。だから鈴木は可菜子に誰か金蔓がいると言うんだ。野郎を叩けばまだいろいろ出てくる。今、泳がせておけば必ず何かがあらわれる。野郎は百合ヶ丘の自宅に戻ったんだろう。誰が張ってるんだ？」

「××先輩と××です」

「そうか、明日からはおまえと俺が鈴木を張るようになるかもしれんぞ」

「は、はい」

立石はパソコンを開いた。

「草刈、もう引き揚げろ」

「いや待っています」

「おまえ、彼女はいないのか。今日はクリスマス・イブだろう」

「先輩こそ、婚約者が待ってるんじゃないですか」

「まだ結婚してないんだから、いいんだ」

草刈は苦笑いを浮かべながらパソコンを打つ立石を見て、一区切りがついたら、先刻、佐田木泰治が何を作ったのか、ということで自分が考えたことを話してみようと思った。

立石の仕事が終るのを待っているうちに草刈は眠ってしまった。

15

滝坂由紀子は、その朝早く斐川町にある佐田木家の墓に参った。

数日前、祖父の納骨を済ませていた。

古い墓である。ここに由紀子の母も眠っている。顔も知らない母であったが、幼い頃よく祖父と墓参に来たのを覚えている。

線香の匂いの中にかすかに汐《しお》の香りがする。冬になると海からの風がこの地方では毎日のように吹き寄せる。大陸からの風である。

祖父の死の報せにあわただしく上京し、荼毘《だび》に付し、遺骨を出雲に持ち帰るまでの間、あれほど動揺し、自分を失いそうになっていた感情が、この墓に祖父の骨を納めた途端、背中に重くのしかかっていたものがどこかに失せた気がした。

「戻ってきたということだ。死はそれだけのことじゃ」

佐田木家の檀那寺の和尚の言葉を聞いた時、由紀子は、そのとおりかもしれないと思った。

祖父の骨を持ち帰り、納骨の折、和尚に御布施と永代供養料をおさめようとすると、和尚は笑って言った。

「とうに泰治さんからいただいておる」

「えっ、いつのことですか」

「今年の盆会《ぼんえ》の前にわざわざ来なすった。己の死期を知っておったのかのう。ハッハハ」

和尚は笑った。

「病気であれ、事故であれ、人は寿命で死ぬ。それを忘れんことだ。必要以上に悲しむことはつまらぬことだ」

和尚のその言葉が由紀子の気持ちをやわらげてくれた。

何かの気配に空を仰ぎ見ると、海鳥が一羽風に羽をまかせて飛翔していた。

——海を見てからいこうかな……。

由紀子はそう思ったが、三刀屋町で小高ヤエと待ち合わせているのを思い出し、寺の墓所を出た。

朝、家を出かける時に義母から、タクシーで行ってはどうかと再度言われたが、由紀子は車を運転して家を出た。

夫の敬二は、昨日の午後から松江に青年会議所の忘年会のため泊り込みで出かけていた。

夫には三刀屋町に祖父の家の片付けに行くことを告げていた。

「ボクがいる時にすればいいのに……」

「小高のオバさんが、明日しか空いていなくて、年末から娘さんの嫁ぎ先に正月を迎えに行くと言ってるの」

「わかった。気を付けていけよ」

納骨も一人で済ませた。

それが義母は不服そうであった。

由紀子はそうしたかった。この頃、義母やお手伝いの女性と、というより滝坂家の人との間に距離ができたことを感じる。

暮らし振りも、日々交わす言葉も、態度も以前とかわらない。だが確かに以前とは違っていた。

出雲でも有数の素封家の滝坂家が、いくら一人息子の強い希望とはいえ、どうして両親もすでになく、その素性さえはっきりしない自分を嫁に迎えたのかが、由紀子はぼんやりとわかりかけてきた。

滝坂家には昔から物品を納める人たちがいた。主には山村からやって来る人たちで、その物品は薪であったり、野菜であったり、盆、正月の祭事に必要な竹や木材なのだが、彼等は決して家の裏手の或る場所から先には入らなかった。それが当然のようにお手伝いも彼等を扱っていた。

この家ははっきりと山の人々と自分たちを分けていた。由紀子は彼等と同じ立場の人間であったが、そう扱われないのは自分のお腹に滝坂の赤児がいるからだとわかった。そうでなければ由紀子も同じように扱われているのだ。この土地で何百年も続いてきたことなのだ。自分は強く生きねばならないと由紀子は思った。

祖父の遺体を東京で目にした時、茫然自失となり、その場で身もこころも崩れそうだった。

その後に襲った感情は、

——本当に一人になってしまった。

という寂寥感だった。

その萎《な》え断《き》れてしまいそうなこころを支えてくれたのは、お腹の赤ん坊だった。

何がどうあっても由紀子は、元気な赤ん坊を産み、育てる決心をした。

どうしてそんな感情が湧いたのか自分でもよくわからなかった。

「おまえの母はおまえを産むことだけに命を託した……」

少女の頃に祖父から聞いた言葉の意味が今は少しわかる気がする。


斐伊川沿いの県道を走りながら由紀子は、祖父が三刀屋町に戻るな、と言う理由に挙げた、金屋子神社の〝金が赤児を切る〟などという言い伝えは方便のように思えた。

由紀子の芯の強さを知っていた祖父は、由紀子に滝坂の家の人間になれ、佐田木の家は捨てよ、と言いたかったに違いない。おそらくそれが真実であろう。

やがて前方に信号機が見えると由紀子は右にハンドルを切り、三刀屋にむかった。

目指す町役場の建物がフロントガラスに映った。

駐車場の脇のベンチに小高ヤエと隣りに座った初老の男が話をしているのが見えた。由紀子が車を停めると小高はそれに気付いて手を振った。

車から降りて二人に近づきながら由紀子は初老の男に挨拶した。

「あれ、一人で運転して来たの？　旦那さんは」

「昨日から寄合いで松江に行ってるの」

「一人でまあ……。お腹の赤ちゃんは大丈夫なんの」

「ええ、とても元気よ。初めまして由紀子です。お世話になります」

「初めまして××と申します。お役に立てればええですがの」

初老の男は遠慮がちに言った。

「××さんは大丈夫よ。私も主人の時にやってもらったから」

老人は税理士だった。

祖父の財産の相続と処理を依頼していた。

役場での話は一時間で済み、三人は由紀子の車で祖父の家にむかった。

「何でも大変じゃったねえ、由紀ちゃん。ご愁傷さまでございます」

「本当にとんだことでございました」

「どうも……」

由紀子は返答し、もうお墓に入れましたので一段落です、と気丈に言った。

祖父の家に着くと、三人は家の中に入り、家屋の様子を見て回った。小高ヤエが簡単な片付けをしてくれていたが、やはり人が住まなくなった家のすさびかたは哀れだった。

裏木戸から鍛冶小屋に行った。

奇妙なことに母屋に比べると鍛冶小屋には少しの傷《いた》みも感じられなかった。

居間の机の上に祖父宛に届いた役所からの年金の書類や勧誘の郵便物が置いてあった。ヤエがまとめてくれたのだろう。

「その中に葉書が一枚あったよ」

ヤエの言葉に郵便物を見ていると一枚の葉書が出て来た。

差し出し人を見ると、神奈川の逗子の婦人からだった。

戦友の夫人からで、祖父が墓参に来てくれた礼状だった。

——神奈川に墓参に出かけていたのだ……。

葉書は九月中旬の消印になっていた。

税理士は鍛冶小屋の建物を見上げて言った。

「取壊しにはそうかからんでしょうな」

「いいえ、母屋も、この鍛冶小屋も、この子が生まれたら一度見せてやりたいんです。それまではこのままにしておいて下さい」

由紀子がお腹に触れながら言った。

「ああ、それがええ。泰治さんも喜ぶわね。掃除は私が時々来てやっちゃげよう」

ヤエが言った。

「わかりました。それと他に佐田木さん名義の土地が少しあります」

「そうなんですか？」

「はい。この近くにひとつと、もうひとつは金屋子神社の近くで、これはずいぶんと山の奥です。今日、ご覧になりますか」

「いいえ、このお腹ですから、今は無理です」

由紀子は笑って老人を見た。

由紀子は鍛冶小屋の中に入らなかった。

母屋で老人から祖父の残した預金や年金、保険等の詳細を聞き、委任状にサインをして手続きを終えた。

思わぬ金額を祖父は由紀子に残してくれていた。由紀子名義の通帳がふたつあった。

「それで由紀ちゃん、この間、電話で話しといた大田《おおだ》の会社の人じゃけど、もう私の家に来てなさると思うんじゃが」

「はい。じゃオバさんの家に行きましょう」

「いや、こっちに来てもらってもええかね。私の家は明日から留守にするんで何もないから」

「いいですよ」

ヤエが家に戻って行った。

「残念なことでしたね。いや、それにしても泰治さんはきちんと始末をつけていらしたのには感心しました」

老人の言葉に由紀子はうなずいた。

やがてヤエが一人の男と戻ってきた。

「どうも初めまして、私、大田の△△金属工業の××と申します」

グレーの工務着を着た男が丁寧に由紀子に頭を下げ、名刺を差し出した。

名刺には金属材取扱店と記してあった。大田市は島根県央に位置し、すぐ背後に石見《いわみ》銀山をかかえ、以前は鉱工業の関係会社が多くあった。今もゼオライト（沸石）、ベントナイト、珪《けい》砂《さ》等の地下資源を扱う会社が残っていた。

「大田からわざわざ……。それで何か？」

「実は、私どもの会社で佐田木さんに納めました金属材料の請求書にミスがございまして、佐田木さんからお金を多く頂戴しておりました。まことに申し訳ないことです。その返金に参りました」

「はあ？」

由紀子は相手の話が飲み込めず、実直そうな男の顔を見返した。

「六月の下旬に佐田木さんの鍛冶場に材料をおさめさせていただいたのですが、これがその時の材料明細でして」

男は薄い事務箋を差し出した。

そこには、銅、錫《すず》、鉛の量を示した数字が記してあった。

「はあ……」

「すみません、由紀ちゃん。税理士さんがお帰りになるんで、バス停まで私は送って行ってくるから」

「あっ、私が車で送りますから」

「いや、ちょうどバスが来る時刻じゃから」

「そう。ではよろしくお願いします」

税理士は丁寧に由紀子にお辞儀して、ヤエと坂道を下りて行った。

「はい、それで私はどうすればいいのでしょうか」

「佐田木さんのご事情は小高さんからお聞きしました。本当にご愁傷さまです。それで多く頂戴したお金を今日持って参っておりますんで、それを受け取っていただいて、受取りをもらいたいんです」

「わかりました。印鑑が必要ですか」

「いいえ、サインだけで結構です」

男は言って手にした小鞄の中から封筒を出した。

「中にお金が入っておりますので、おたしかめ下さい」

封筒を開けると六万円と小銭が入っていた。

——こんなに……。

由紀子は少し驚いてお金を数えた。

「いや、私どもも初めてのことで銅と錫の値段を間違えまして、本当に申し訳ありませんでした」

由紀子は受取書にサインして男に渡した。

「これでよろしいですか」

「はい」

「遠くからご苦労さまでした。その折は祖父がお世話になりありがとうございました」

由紀子が頭を下げて顔を上げると相手は何かまだ用向きがあるような表情をしていた。

「何か？」

すると男は鞄の中から細長の白封筒を差し出した。

「これは石見銀山の守り社の佐毘売山《さひめやま》神社のお守りです。実は佐田木さんにこのお守りを持ってきてもらいたいと頼まれていたもんですから。これは金屋子社と合わせて金属を扱う者の神様でして、以前のお守りが佐田木さんの鍛冶場にあると聞いていました」

「はあ……」

「これをあなたにお預けしていいでしょうか」

「これをどうすればいいのですか」

「鍛冶場の柱か鬼門の壁に……」

由紀子はお守りを見た。

少女の頃、同じものを祖父の鍛冶小屋で見た覚えがあった。

「わかりました」

「それで……」

まだ何かあるのかと由紀子は相手を見た。

「その、古いお守りを持って帰りまして佐毘売山神社にお返ししたいのですが」

「ああ……」

由紀子は思わず声を上げた。

――そうだったわ。

お守りは古いものを神社に返し、無事を感謝しなくてはならなかったのを由紀子は思い出した。

昔、祖父とお守り返しによく出かけた。

「ごめんなさい。気が付かないで。じゃ鍛冶小屋へご案内します」

二人は鍛冶小屋に入った。

お守りは柱の上方に貼り付けてあった。

男は隅にあった古椅子を出し、古いお守りを取り、新しいお守りを貼ってくれた。

「いや、面倒なことを申してすみませんでした。これで私の肩の荷も下りました」

男が初めて笑った。

「いや、さすが佐田木さんですね。つい今しがたまで仕事をなさっていたような綺麗な鍛冶場です。もうここらあたりにこんな鍛冶場はありません。素晴らしい職人さんでした」

由紀子は新しいお守りを見ていた。

男が来てくれて良かったと思った。

「ご覧になりましたか?」

男が唐突に言った。

「何をですか?」

「佐田木さんがお作りになった銅鐸です」

「えっ?」

「それはそれは見事なものでした。私、この歳になるまで銅鐸というものが、あんな黄金色にかがやいているものとは知りませんでした」

「あの、祖父は銅鐸を作っていたんですか」

「ええ、ご存知ありませんでしたか? そうだ、写真をお送りしましょうか。私どもに送ってもらったのです。いや、それは美しいものです。銅鐸は妃《ひめ》さまの守り神なのですね……」

「はあ……」

由紀子は銅鐸の印象を感動して語る男の表情を見つめていた。


その夜、由紀子は妙に興奮して寝つけなかった。

隣りでは夫の敬二が鼾《いびき》を掻いていた。

耳の奥で男の声がよみがえった。

「それは見事な銅鐸でした。あんなに銅がまぶしく光るものとは思いませんでした……。銅鐸は昔、妃さまの守護として使われていたと佐田木さんから聞きました。私は朝鮮の高貴な人の馬の首にかかった鈴が起源と教えられていましたから、感激しました」

「そうなんですか」

「ええ、佐田木さんの話では……。よくご存知でした。銅鐸、矛、剣、鏡……など学者さんより物識りです」

「それはたぶん祖父が仕事でそれを作っていたからでしょうね」

「でも銅鐸を作るのは初めてだとおっしゃってました」

「私も聞いたことがありません」

「何でも佐田木さんの大切な人たちを守るために作るんだとおっしゃってました。大切な人たちを災いから守るのだ……」

「えっ、そんなことを……」

由紀子は男の話を聞いて、祖父にとって大切な人たちとは自分とお腹の子供ではないかと思った。

──それほどまでに私の安産を願ってくれていたんだ……。

「その銅鐸は今、どこにあるかご存知ですの？」

「さあ、知りません。災いの源に置いてあるんじゃないでしょうか」

「源？」

「いや、わかりにくいですね。この辺りではヤマタノオロチでさえ神社を建てて祀《まつ》っているでしょう。そういうのを災いの源を閉じこめるというんですよ」

──災いの源？

そんなものが、私に災いを起こさせるものがあるというのかしら……。

由紀子は天井をじっと見つめていた。

16

鈴木淳一はもう二日間、昼間外出をしていなかった。

夜遅くになって近くのコンビニエンスストアーに出かけるだけで、それもマンションの自転車置場から人目に触れぬよう暗がりを走るように店にむかった。

「用心深い野郎だな……。あれじゃ逆に目立っているのがわからないのか。間が抜けてやがる」

立石は黒いコートに黒いキャップにサングラスをして表に出ていく鈴木を見て言った。

鈴木はコンビニで買い物を済ませると足早にマンションに戻った。

部屋もカーテンを閉じたままで、夜になっても灯りも外に洩れないようにしていた。

「そのうち限度はくるさ。あいつは辛抱がきくタイプじゃない。それに女好きだしな……。あいつの女好きの血の百分の一でも、草刈君、君にあればな」

「冗談は言わないで下さい」

草刈は真顔で言った。

あの夜、立石が言ったように捜査本部は大幅に縮小され、鈴木の張り込みは立石と草刈にあてられた。

畑江にとっても担当した捜査本部の二度に及ぶ縮小は初めてだった。三ヶ月が近づいても事件解決の糸口が見えないというので、上層部からかなり叱責を受けたという噂が署内に流れた。

「畑江の刃もめこぼれしてきたということだろう……」

警視庁内にはそう言って面白がる警部、警部補たちもいた。

しかし草刈の目には畑江が着実に何かを見据えている気がした。

昨夜も張込みの時に草刈は立石に訊いた。

「先輩、ここに張り込みにむかう前に主任に言われたんですが……」

「何をだ？」

「鈴木から目を離すなって、どんな些細なことでもな、と」

「それだけか？」

「いや、鈴木一人が両方の被害者《ガイシャ》に会っているって。鈴木の近くに犯人《ホシ》につながる何かがある、と言われました」

「俺も、そう思う。野郎を取り調べている時に、嫌な野郎だが、こいつに厄介が寄って来ている気がした。あいつは人を殺《あや》めるほどの情念を持っちゃいない」

——情念？　何のことだろう。

「情念とおっしゃったんですか？」

「そうだ。俺はそう思っている。人を殺せば悪党呼ばわりされるが、それはたまたま殺人という現場に身を置く運命にあったとも言える。普段、人の善《よ》い人間だって、その場に居合わせ、逆上していれば平気で人を殺めることがある。それが事情ってやつだ。よくあるだろう。気が付いたら凶器を手にしてたって事件が……」

「はい」

「要は人が人を殺めるのは、それだけ何かにこだわらなきゃならないものをそいつが持ち合わせているからだ。それが情念だよ」

「はあ……」

「そのうちわかる時が来るさ。いや、わからないままでもいいがな」

「それが鈴木という男とどう関係があるんでしょうか」

「あいつにはその情念を感じない。ただあいつの周りに、事情をかかえた、情念を懐に抱いている者が寄ってくるってことだよ」

「はあ……」

「主任は特別な目を持った人だからな。俺なんかにゃ、主任が何を考えてるのかよくわからない。わからないからあずけるのさ。ハッハハ」

立石が笑った。

二日目の夜明け方から霙《みぞれ》が雪にかわった。

張り込みは辛抱のいる仕事である。

一週間、十日……と張り込みを続けても何の成果もない時がある。むしろその方が多い。

珍しく大雪になって、午前中、都内の電車は半分以上が運休した。午後、雪雲は失せて、晴れ間が覗きはじめた。

午後一時を回った時、マンションの前に一人の男が立ち、手にした小紙を手に住所をたしかめるように電信柱の番地を見ていた。

「先輩、妙なのがあらわれましたよ」

仮眠をしていた立石が起き上がった。

「何が、妙なんだ」

立石はその男を見て、ほおぅーと声を上げた。

よれよれのコートに濡れ雑巾のような帽子を被り、足元は雪道で汚れたのか脹脛《ふくらはぎ》のあたりまで水がしみていた。

男は通りがかった女に話しかけ、女が目の前のマンションを指さしたのでうなずいた。それからマンションを見上げていた。その時、中学生くらいの男の子が自転車ですれ違おうとして、男にぶつかった。

「何をしちゃるんじゃ、この馬鹿ったれが」

男が怒鳴った。

二人はそれを見て失笑した。

笑っていた立石が急に真顔で男を睨んだ。

草刈たちの方を一瞬見た男の目付きが普通ではなかった。

男は自転車で走り去った中学生の方を一瞥し、周囲を見回すようにしてマンションの中に入ると、エントランスの郵便受けの前に立ち住居人の部屋を探すようにしていた。そうして右隅にある管理人室の窓口のガラスを叩いた。管理人が出てきたのか、一言二言話してからエレベーターホールにむかった。

二人は男の様子をじっと見ていた。

「元気な年寄りですね。マンションに用でもあるんですかね」

男が立石たちの車の方を見ていた。

「草刈、車を動かせ」

「はあ？」

「あの男、さっきから二度こっちを見ている」

「わ、わかりました」

車が発進すると同時に男がエレベーターの中に消えた。

草刈は車を一ブロック周回させて、先刻より南側の駐車場の中に停止した。

「気付かれたんですかね」

「わからない」

草刈は双眼鏡を出して鈴木の部屋のドアを覗いた。

「あの男、鈴木の所に行くんでしょうか」

「わからない」

「鈴木の部屋は別段かわったところはないようですよ。他の部屋に行ったんじゃないんですかね」

「それだったらそれでいい」

立石はぶっきら棒に言った。

草刈の脳裡に、昔、畑江から言われた言葉がよみがえった。

〝現場で何かあると感じたら、そこには何かが必ずある。それを疑うな〟

しかしあんなよれよれの恰好をした老人と鈴木に何か接点があるとは思えなかった。

その後、一時間の間に十数人がマンションを出入りしたが、鈴木に動きはなかった。

「草刈、どうも気になるからさっきのよれよれの男が誰を訪ねてきたかを聞いてきてくれ」

「わかりました」

草刈は車を出てマンションにむかって走り出した。

彼はすぐに戻ってきた。

「管理人は休憩中でした。三十分後に戻ってくると書いてありましたから、その時もう一度行って来ます。先輩、何か飲み物を買ってきましょうか」

「そうだな……」

草刈がコンビニエンスストアーにむかってから数分後、マンションのエントランスにあの男があらわれた。

男はゆっくりした歩調で歩いていた。顔まではっきりわからないが両手の拳を何度も撫でるようにしていた。

立石は携帯電話で草刈を呼んで、男がマンションを出たので追うように告げた。

五分後に草刈から連絡が入った。

「今、百合ヶ丘の駅です。切符を買おうとしています。どうしましょうか」

「続けてくれ。俺はこれから管理人に聞いてくる」

「わかりました」

その時、立石の携帯が鳴った。本部からだった。

「はい、立石です」

畑江だった。

「今、鈴木から一一〇番通報があった。暴漢に襲われたそうだ」

「えっ、そんな……」

「所轄のパトカーがむかっている。すぐに行け」

「わ、わかりました」

立石は車から飛び出しマンションにむかって駆け出した。

――暴漢だと？　いったいどこから誰が……。

その時、立石の脳裡に双眼鏡の中で両手の拳を撫でるようにしていた男の仕草が浮かんだ。

立石は携帯を取り出し草刈を呼んだ。

「新宿行きの電車に乗りました」

低い声で草刈が言った。

「そいつだ。そいつが鈴木に逢っている。草刈、気を付けろ。そいつは鈴木に暴行を加えている」

「えっ」

「頼んだぞ」

「わ、わかりました」

草刈は同じ車輛の中にいる男を見た。

何年も着続けているのか、よれよれのコートにはあちこちシミが浮いていた。キオスクのビニール袋を手にさげている。中身は缶ビールだ。先刻、準急電車を待っている時、男は缶ビールを買い、その一本をプラットホームで一気に飲んだ。それを見た周囲にいた女たちが眉をひそめていた。

——さすがに車内では飲まないか……。

そう思った時、男はコートのポケットの中から何やら紙を出し、それをくいいるようにじっと見はじめた。

男の目が異様に光っていた。

先ほど、鈴木のマンションから駅にむかう時も、男は紙の切れ端のようなものを取り出し、すれ違う通行人が避けなければならないほど夢中でそれを見ていた。

——何を見てるのだろうか？

手にした紙が震えるほど強く握って、それを見ている。

男はちいさく一、二度うなずき、その紙を大切そうに折り畳みポケットに仕舞った。それから下唇を嚙み、窓の外をじっと見ていた。

男だけが車輛の乗客の中で浮き上がっていた。それは汚れたコートのせいだけではないように思えた。

『そいつは鈴木に暴行を加えている』

立石の言葉がよみがえった。

どう見ても鈴木に比べて体力はなさそうだし、第一歳を取り過ぎている。しかも人に暴行を加えた直後には見えないほど平然としていた。

多摩川を電車が越えようとした時、車内に携帯の呼び出し音が響いた。

周囲の乗客が顔を動かした。男も同じだった。男がコートのポケットに手を入れた。男の携帯だった。男は相手と話し出した。

「はい、イシマルです。今ちょっと出先ですわ。えっ？……そりゃちょっと酷でしょうが。もう金はありませんて。はあ……」

乗客は大声で話している男に呆れ顔をしていた。

「ですからナガツカさん、そりゃ無理ですけのう。……はあ、わかりましたが、その金は揃いませんで、はあ、六時ですの」

男は電話を切ると、目の前で男を睨みつけていた主婦らしき女をじっと見て、何じゃ、わしに用か、と野太い声で言った。主婦はあわてて顔をそむけた。

――イシマルという名前か。ナガツカという相手と話していたな。

草刈は胸のポケットから手帳を出し、その名前をメモした。

草刈は男の行動を見ていて、もしかして薬物使用者かとも思った。

男は終着の新宿で降りると山手線の外回りに乗った。空いた席を見つけて男はうとうととしはじめた。眠むりについた途端、男の身体が急にちいさく映った。

17

「汚いやりかたしやがって……」

鈴木は切れた唇にタオルを当てて吐き捨てるように言った。

「それで警察手帳をちゃんと見せたのか」

立石が訊いた。

「だから見たって言ったろう。それよりデキてるんだろう、おたくら、あの男と……」

鈴木は侵入して来た男と捜査本部とが関係があると思い込んでいた。

立石は鈴木の言葉を無視して、

「もう一度訊く。その男は佐田木泰治のことだけを訊いていたんだな」

「そうだよ。同じことを言わせんなよ」

「鈴木、××組の××におまえが釈放されて自宅に隠れてると連絡しようか」

鈴木はその名前が出た途端、顔色をかえた。

部屋の中にいた所轄の捜査員が立石の方を見た。立石はかまわず続けた。

「上京した佐田木とおまえは本当に逢ってないんだな」

「逢ってねえよ。連絡ひとつなかったよ。あのジイさん、まるまる金をせしめやがった」

「他に何かを訊いてなかったか」

「ないって」

「その男の特徴だが……」

「刑事さん、俺は被害者なんだぜ。それもあんたらの身内にやられてんだぜ」

「どうして身内とわかる」

「警察手帳を持ってたじゃねえか。それに口のきき方もあんたそっくりだったよ。いやあんたよりひどかった。どこの訛《なま》りかわからねえが、おんどれとか、頭をぶちめいだろかとか、脅迫されてぶん殴られたんだぞ」

鈴木がヒステリックな声を上げた。

彼は立ち上がると立石を睨みつけ、バスルームに行き、ドアを乱暴に閉めた。

「まあほどほどに、被害者は被害者なんで……」

所轄の担当刑事が言った。

立石はちいさくうなずいただけで返答しなかった。

立石は鈴木の部屋の様子を見た。部屋の中は乱雑になり、男が鈴木に投げつけたという椅子が転がっていた。食べ物の残りが床のあちこちに散っていた。

立石は壁に貼った何枚かの写真と雑誌の切り抜きを見た。

神社や古墳、遺跡と思われる写真がピンナップされ、雑誌の切り抜きに赤ペンで印がしてあった。

立石は一枚の切り抜きに目を止めた。

一人の女が笑って出土品のようなものを眺めていた。

——何って言ったかな……。ああ銅鐸だ。

立石は学生時代に歴史の授業でそれを習ったことを思い出した。

テレビの入った棚の上に、秋葉原で見た看板代わりの人形と同じミニチュアがふたつ並んでいた。

転がった椅子のパイプの脚が曲がっていた。

——どれだけの力で投げつけたんだ？　あの男、いったい何者なんだ……。

立石は立ち上がって窓辺に立ち、カーテンを開けた。駐車場に自分たちの車が見えた。

その時、管理人が顔を出した。

立石は先刻の男が鈴木の部屋を確認していたことを管理人の口から聞いた。管理人も男から警察手帳を見せられたので鈴木の部屋を教えたと言った。

鈴木がバスルームから出てきた。

目が潤んでいた。所轄の刑事が鈴木にやんわりと話しかけた。

立石が二人の話に割って入った。

「鈴木、佐田木に本当に金を渡したのか」

鈴木は立石を無視していた。

立石はいきなり鈴木の胸倉をつかんだ。

「金は本当に渡したかって訊いてるんだ。おまえ、アリバイがあったからって、それで事件から逃げられると思ってるんじゃないだろうな。金は本人に渡したのか」

「わ、わ、渡したよ」

立石は手を放し、所轄の刑事が、あなたね、こんな取調べをしてると、と言い出すのも聞かず表に出た。

捜査本部から二名の刑事がやって来た。立石は二人にこれまでの報告をし、あとをまかせて外に出ると草刈に連絡した。草刈は電話に出なかった。

彼は車に乗り込むと、捜査本部に連絡を入れた。

畑江主任が出た。

立石は畑江に事件を報告した。

「もしかしてヤメ刑か……」

「かもしれません。言葉遣いにかなり訛りがあったと言ってました。鈴木の聞いた言葉の感じでは西でしょう」

「出雲か……」

「そうかもしれません」

「草刈はその男に張りついてんだな」

「ええ、さっき上野駅に着いたと言ってましたんで自分も今、そっちにむかってます」

「わかった。すぐ応援をやろう」

草刈がようやく電話に出た。

「どうした?」

「浅草です。男が宿泊している木賃宿の前にいます」

「そこに入ったのか」

「はい」

「裏口は？」

「確認しました。ちいさな神社になってます」

「気付かれてないな」

「大丈夫だと思います」

「気を付けろ。そいつはヤメ刑かもしれない」

「えっ？」

「妙に姿を見せると勘づかれる」

「わかりました」

立石は草刈から聞いた宿の名前と住所を捜査本部に報せ、高速道路に入った。年の瀬の高速道路は渋滞していた。


五時半に男は宿から出てきた。

立石と草刈はいつもより距離を置いて相手の跡を追った。

他の捜査員がすぐ宿に入って男の聞き込みを宿の主人からはじめた。

男の歩調は速かった。

立石は男の歩調に合わせながら、

——草刈が言っていた待ち合わせの場所にむかうのかもしれない。

と思った。

仲見世《なかみせ》の一本西の路地を男は歩き、浅草寺の方にむかっていた。

仲見世の本通りは年末の客でごった返していた。

――土地勘があるんだろう。

それにしても汚れたコートである。

男は浅草寺の境内に入り、本堂の前まで行くと手を合わせるでもなく本堂の天井を見上げていた。

四名の捜査員が境内に入っていた。

立石は残りの二名の捜査員の位置を確認した。彼等には相手が元刑事かもわからないので注意して張るように言っておいた。

男は五重塔の脇に行き、ベンチに腰を下ろした。

何か考え事でもしているのか、時折、じっと一点を見つめ首をかしげていた。そうして周囲を見回した。

その目付きを見て、

――こいつはやはり元刑事なんだろう。

と思った。

この職業にしかない独特の気配があった。

立石には解せないことがあった。

それはどうしてこの男がいきなり鈴木の部屋を訪ね、佐田木泰治のことを訊いたのかということだった。

最初は事件の共犯者かと思ったが、鈴木を調べた感じでは、彼も突然の侵入者に当惑していた。鈴木は本気でこちらの人間が訪ねたと信じ込んでいた。

――なぜ、あの男はいとも簡単に鈴木を訪ね、捜査本部の捜査員しか知らないことで鈴木を詰問できたのだろうか……。

ベンチの男が立ち上がり軽く手を上げた。

正門の方から厚いコートにハンチング帽を被った恰幅のいい男があらわれた。

ハンチング帽の男は周囲を一度たしかめるようにして近づいて行った。

「あっ！」

立石は思わず声を上げ、あわてて顔をそむけた。

立石は燈籠のうしろに身を隠した。

ハンチング帽の男は相手の肩を叩いて笑っている。男の方は不機嫌そうに何事かを訴えていた。

ハンチング帽の男が何事かを耳打ちした。

相手は首を横に振っていた。

立石は燈籠の蔭からハンチング帽の男の顔を確認して唇を嚙んだ。

男がハンチング帽の男に胸のポケットから出した封筒を渡した。封筒を受け取るとハンチング帽の男はそれを素早くポケットに仕舞い、また相手の男の肩を叩いて、ゆっくり立ち去ろうとした。

二人の捜査員からハンチング帽の男を追跡するかと連絡が入った。

「いや必要ない。残った方を見張れ」

立石の指示を、かたわらにいた草刈が怪訝《けげん》そうな顔で聞いていた。

チキショー、と立石は地面に唾を吐き、

「草刈、男の方を頼んだぞ」

と言ってハンチング帽の男にむかって歩き出した。


「それは間違いないのか?」

畑江が低い声で言った。

「間違いありません」

立石は返答した。

「そうか……」

畑江は言ってテーブルを指で叩いた。

「どうしましょうか？」

立石が畑江を見た。

畑江は腕時計をちらりと見て言った。

「これから行こう。自宅を調べてくれ」

「はい」

立石の運転する車の後部座席で、畑江は口をつぐんだまま車窓に流れる風景を見ていた。やがてフロントガラスに大森の標識が見えると立石は第一京浜を左に折れた。

ふたつの商店街を抜けると、古い住宅地に入った。新築のマンションが時折あらわれたが、多くは古い戸建てでそれなりに庭木が覗いていた。

車は坂道の途中で停止した。

「あの家ですね」

ちいさな玄関に〝長塚〟の表札が見えた。

「外に呼びましょうか」

「いや、その必要はない」

畑江は車を降りると家の木戸の脇の呼鈴を押した。玄関に灯が点った。中から夫人らしき女性があらわれた。

畑江は名前を告げ、ご主人に用向きがあって参りました、と静かに言った。

すぐに着物姿の長塚があらわれた。

畑江が長塚の背後の夫人をちらりと見た。

長塚は三和土《たたき》に下り、玄関の外に出てきて戸を閉じた。

長塚の顔は少しこわばっていた。

「突然、遅くに申し訳ありません。実は捜査機密の漏洩の件で少しお話をうかがいたいのですが」

「捜査機密の漏洩？　それがわしと何の関係があるんだね。畑江君、いきなりこんな時間に失敬じゃないか」

長塚が声を荒らげた。

畑江の背後から立石があらわれ、

「長塚さん、ご無沙汰しています。立石です。今日の夕刻六時、浅草寺の境内で或る男とお逢いになりましたね。捜査員四名が長塚さんを確認しています。勿論、私もその中の一人です」

「………」

長塚が沈黙した。

「私たちだけの話にするように極力、努力してみるつもりではいます。これから署に同行願えますか」

長塚が大きくタメ息をついた。

「着替えてきていいかね」

立石が一歩前に出ようとしたのを畑江が制した。

「どうぞ」

長塚は家の中に入った。

家の中から夫人の声がして、それを叱るような長塚の声が続いた。

長塚は寝所で着替えながら、携帯電話で石丸に連絡した。

「おまえは張られている。すぐに逃げろ。わしのことは死んでも話すんじゃないぞ。わかったな」

それだけを言って電話を切った。

長塚が表に出ると、畑江が言った。

「すみません、携帯電話をお持ちなら所持してきていただきたいのですが」

「……」

長塚は黙り込んだ。

畑江が言った。

「拒否なさるようなら三時間以内に家宅捜索をしなくてはなりません」

長塚は玄関にむかって大声で言った。

「おい、寝室の私の携帯電話を持って来なさい」

18

草刈たちは居酒屋に入った男を見張っていた。

男は酒が入ると目付きがかわった。その目にはあきらかに憤怒《ふんぬ》が見てとれた。

——何にあんなに憤ってるのだろうか。

草刈は男の中に凶暴性があるのがわかった。

男はまたポケットから紙を出してじっと見つめていた。

昼間、電車の中で見ていた紙だった。

男は草刈とテーブルふたつ離れた場所に座っていたから、それが印刷物で雑誌か何かのページを切り取ったようなものだとはっきり確認できた。

男の目は電車の中と同じように異様なほど光っていた。

男は紙に穴が開くような目付きでそれを見つめていた。

いったん目を離し、またその紙を見つめ、電車でしたように一、二度うなずいた。

その時、携帯電話の着信音が響いた。

草刈が電車の中で聞いた男の携帯の着信音だった。

男はポケットをまさぐり、携帯を取った。

「……はい」

男はくぐもった声でそう言ったきり黙り込み、ゆっくりと顔を上げて周囲を見回した。携帯をポケットに入れた。それまでと男の様子があきらかにかわっていた。顔に警戒の表情が出ている。

——勘づかれたか……。

男が草刈を見た。

草刈は目を伏せ、手元の酒徳利を持ち盃に注いだ。

男の視線が外れると草刈はカウンターの奥、男の背後にいた二人の捜査員を見た。彼等も男の態度がおかしいのに気付いていた。男は鈴木に暴行を加えていたから、逃げる素振りをしたら取りおさえる確認はしてあった。

男は背後を振りむき捜査員の二人をじっと見た。それからゆっくりむき直ると、

「おーい、酒をくれ。ぬるいぞ、酒が。ちゃんとせんかい」

その大声に客たちが男を見た。

次の瞬間、男は立ち上がりざまに座っていた丸椅子をつかみ背後の捜査員に投げつけ、ヒャーッと女の悲鳴がする中を出口にむかって突進した。草刈はすぐに立ち上がり男をつかまえようとした。その時、草刈は顔に何かをかけられ一瞬ひるんだが、男のコートの端を鷲摑みにした。男はそれを振り切り、表に飛び出した。草刈も飛び出した。

男は店の脇の路地に入った。先はどん突きになっていた。男は草刈を振りむき、すぐそばの家の木戸を開けた。物音がして悲鳴が聞こえた。

草刈は、この家に入った、むこうに回って下さいと背後の捜査員に怒鳴り、家の中に入った。奥で悲鳴がした。草刈が奥の部屋に入ると、台所の脇の木戸から男が飛び出すのが見えた。

「待たんか」

草刈は大声を上げ裏木戸を出た。男の背中が十メートル先を駆けて行き、通りに出て左に折れた。

観音裏の方に出たぞ、草刈は捜査員の足音のする方にむかって大声で言った。通りに出て左に折れると道は二股になっており、どちらの路地にも男の姿はなかった。

——どこだ？

草刈は左脇に駐車場があるのを見て、そこに入った。身をかがめて数台の車の背後をたしかめて行った。

ゴホッ、ゴホッと咳込む音が左端のバンのむこうでした。草刈はそこにむかって突進した。

男はあおむけに倒れ、胸を掻きむしっていた。草刈はその腕をつかんだ。つかんだ腕が力なく宙に揺れ、指先が小刻みに震えていた。

アッアー、と呻《うめ》き声を上げた男の口から白い泡が出ていた。

背後から靴音が近付いてきた。

「救急車を呼んで下さい」

草刈は捜査員にむかって叫んだ。


男は石丸恭二、六十六歳、山口県警下関署の元刑事であった。

八年前、地元暴力団関係から長期にわたって金銭を受け取り、その見返りに捜査情報を流していたことが発覚し、懲戒免職になっていた。

草刈が石丸の身柄を確保しようとした時、彼は心臓発作を起こしていた。元々、心臓疾患を持っていたようで、救急車で病院に搬送された時はきわめて危険な状態で、応急処置がとられたが二日間昏睡状態が続いた。

畑江は長塚の件を表に出さなかった。

交換条件として畑江は石丸に関する過去の情報を含めて知る限りのことを長塚に話させたが、重要な手がかりとなるものはなかった。ただひとつだけ、石丸が過去に起こった事件で一人の男を追っていることはわかったが、長塚はその男の名前は覚えていなかった。

畑江は草刈に、過去に下関署管内で起きた迷宮入り事件と石丸が関っていた事件を調べるよう命じたが、迷宮入り事件は三件でいずれも石丸は関っていなかったし、石丸が関った事件について下関署は型通りの無難な情報しか報告してこなかった。

——それはそうだよな。自分たちの署の汚点になるようなことをわざわざ報告するわけがないよな。

草刈は下関署から届いた情報を読んでタメ息をついた。

石丸は三日目に意識を回復したが、まだきちんと話ができる状態ではなかった。担当医師は石丸を見てなかば驚きとともに言った。

「よく意識が回復したものです。患者の心臓はいつ機能が停止してもおかしくありません。おまけにさまざまな疾患が併発していますし完全な栄養失調状態で、ここまで生きていたのが不思議なくらいです。実年齢の六十六歳よりもはるかに老衰しています」

若い医師の言葉を聞きながら、そんな身体であれほどの逃走をしたこの男は何なのだろうかと草刈は思った。

「おい草刈」

立石が呼んだ。

「はい」

「主任が呼んでる。二人で来いとよ」

二人が別室に行くと畑江が一人で座っていた。テーブルの上に二枚のコピーが置いてあった。それは石丸が救急車で搬送される時、草刈が彼のポケットから抜き取った、あの紙切れのコピーだった。

それは今年の六月に発売された月刊誌の一頁の切り抜きだった。草刈はどちらの頁を石丸がくいいるように見ていたのかがわからず両面をコピーし、立石に提出していた。

「これをもう一度説明してくれるか」

草刈は石丸がこの雑誌の一頁を何度も読み返しうなずいていたことを畑江に話した。

そこには〝よみがえる王朝、幻の出雲〟とタイトルがあり、出雲の遺跡から発掘された銅鐸の考古学的な価値と神秘性が著名な文化人類学者によって紹介されていた。裏ページには出雲地方の銅鐸の発見場所の地図と韓国の銅鐸との比較、日本全土の銅鐸の発見された地図が記され、左隅に銅鐸研究の新しい担い手として若い女性考古学者が賞を授与されることになったという記事があった。

「そんなにご執心だったのか、この考古学の記事に、あのヤメ刑が……」

畑江は病院までわざわざ石丸を見に行っていた。

病院の廊下に出ると畑江は言った。

「たしかに一筋縄じゃいかない面構えだな。昔はああいう面構えの先輩がいたものだ。ほれ、上野で起きた有名な誘拐事件で犯人を落したH刑事、あの人にそっくりじゃないか」

「そう言われればそうですね」

立石が言った。

草刈も古いテレビニュースのフィルムでその刑事の顔を見知っていた。

——そういうちゃんとした刑事とは違うんだが……。

草刈は、駅のプラットホームや電車の中で目撃した石丸の態度を畑江に話そうと思ったが、口にしなかった……。

草刈は畑江の手元にあるコピーを見ていた。

この三日間、毎日のように記事の内容は読み返していた。

「立石さんの言われるように、これが鈴木の部屋にあったものなら、鈴木が佐田木泰治に注文したものについて石丸が何らかのかたちで、その存在を知っていたのではと思います」

「石丸が被害者《ガイシャ》と面識があるという裏は取れたのか」

「いいえ」

草刈が返答すると部屋に沈黙がひろがった。

「鈴木はまだ何かを隠してる気がします。鈴木だけが両方の被害者と接点があるんですから。何とかもう一度、あいつを引っ張れませんか」

「うーん、鈴木のマンションでの取調べ方に対して注意が入ってるしな……」

畑江は石丸が暴行して去った直後に行われた立石の鈴木に対する取調べ方のことを暗に口にした。

「鍛冶小屋に残っていた形跡と、佐田木の性格を考えても佐田木はやはり何かを作ったんじゃないでしょうか」

草刈が言った。

二人が草刈を見た。

「それは完成していて、鈴木には送らなかったのではないでしょうか」

畑江がじっと草刈の顔を見つめた。

「今年もあと三日だが、立石、もう一度出雲に行ってくれるか」

19

十二月三十一日の午前中、草刈はこれまでの捜査の報告書を作成していた。

捜査状況は進展を見せず、本部の中も沈滞した空気につつまれていた。

立石が今日の夕刻、出雲から戻ってくる。鈴木は別班が張っているが、あれ以来、マンションから動いていなかった。

どこからともなく嘆息がもれてきそうな大晦日であった。

電話が鳴った。草刈が取ろうとするとほかの捜査員が取った。

「はい、捜査本部……。そちらのお名前は……」

電話を取った捜査員が草刈の名前を呼んだ。

「はい」

「滝坂という人からおまえに電話だ」

――滝坂？

草刈が怪訝そうな顔をしていると、その捜査員が小指を立てて笑った。

――女性か……。

「はい、草刈です」

落ち着いた女性の声が聞こえて来た。

「滝坂です。出雲の滝坂由紀子です。……佐田木泰治の……」

「は、はい。ご無沙汰しています」

「急にご連絡さしあげて大丈夫でしょうか」

「大丈夫どころかボクの方も一度ご様子をうかがおうかと思っていたところです。お身体の方はいかがですか」

草刈は由紀子が妊娠中であったことを気にかけて言った。

「ありがとうございます。お蔭さまで母子とも順調です」

「それはよかった……」

草刈は笑って返答した。

「実は祖父のことでお話ししておいた方がいいのではと思うことがありまして」

「はい」

「実は先日、三刀屋に出かけましたら大田《おおだ》市の方から訪ねてくる人がありまして、△△金属工業という会社の方でして……」

由紀子が事の詳細を話した。草刈は由紀子の話を聞いていて思わず声を上げた。

「えっ、銅鐸を作っていらしたんですか」

「はい。そう申されました」

「それはたしかなことなんですか」

興奮した草刈の声が本部の中に響いた。

「滝坂さん、その銅鐸がどこに届けられたかはご存知なんですか」

「いいえ、それがわからないんです。そこまで私も聞かなかったものですから」

「滝坂さん、その大田市の金属会社の住所と電話番号を教えていただけませんか」

「はい。今、手元に名刺がありますので申し上げます」

「は、はい」

草刈は由紀子から聞いた金属会社の連絡先をメモし、

「滝坂さんはそれをご覧になったのですか」

と訊いた。

「私は見ていません。しかしそれを見た方が、それは美しかったとおっしゃってました」

「美しい？」

「はい。黄金《こがね》色にかがやいていたそうです」

「黄金色なんですか、銅鐸は……」

「はい、私も知りませんでした」

「他には何かございますか」

「いいえ、それをお伝えしようと思いまして……」

「いや、ありがとうございます」

草刈が礼を言ったが、由紀子はすぐに電話を切ろうとしなかった。

「滝坂さん」

「何でしょうか」

「どんな些細なことでも結構ですから、事件と関係のないことでもいいですから、お話し下さい」

「ええ……あの」

「はい？」

「その銅鐸なのですが、金属会社の方が申されたことが少し気になりまして」

由紀子は迷いながら話をはじめた。

「あなたを災いから守るためにですか……」

「そうなんです。祖父は私を何か厄介なものから守るために作ったのではと」

「……」

草刈は黄金色にかがやく銅鐸を想像しながら一度だけ逢った由紀子の端正な面立ちを思い浮かべた。

草刈は由紀子に礼を言い、何かの折に電話をかけてよいかどうかを尋ねた。由紀子は家の電話ではなく彼女の携帯電話にならいいと返答した。

「なにしろ田舎の旧家なものですから警察の方からの電話というだけで……」

「わかります」

草刈は言って自分の携帯電話の番号を由紀子に教え、いつでも気軽に連絡して欲しいと告げて電話を切った。

草刈は畑江に由紀子からの電話の内容を報告した。

「立石君は今、出雲だな。帰京は夕刻の便だったな。ちょっと連絡を取ってくれ」

畑江が言った。

20

草刈への電話を切った後、由紀子は電話をしようかどうか数日躊躇《ためら》っていた気持ちが綺麗に失せているのに気付いた。

東京湾岸署で自分を見送ってくれた若い刑事の丁寧なもの言いは印象に残っていた。憔悴《しょうすい》していた由紀子を思いやってくれているように唯一感じた警察官に話を打ち明けたことが正しかったと思った。

由紀子は草刈の携帯電話を登録し、自室から母屋にむかって廊下を歩き出した。

夫の敬二が戻ってきたところだった。夫は由紀子の姿を目に止めると白い歯を見せた。羽織に袴、白足袋がまぶしい。夫は早朝から氏子代表として大晦日の挨拶回りに出かけていた。昼食に戻ったのだろう。

夫は由紀子に歩み寄ると耳元で、皆元気か、とささやいた。ええ赤ちゃんもとても元気よ、と応えた由紀子の腹を夫の指がそっと触れた。香の匂いとともに由紀子の背中にちいさな旋律が流れたような気がした。

気配に気付いてそちらに目をやると肩越しに母屋の方から義母が刺すような目でこちらを睨んでいた。

お義母《かあ》さんが見てるわよ、かまうもんか、夫は笑って言った。

「さあさ、昼餉《ひるげ》の支度ができちょるで、すぐに外回りに出にゃいけんのじゃろう。由紀子さんも食べんしゃい」

「おう、わかった」

夫が大声で言い、帰宅は明け方の四時になると告げた。初詣の世話係に出るからである。

昼餉を済ませて夫が出て行くと、由紀子は寝所の掃除をはじめた。

夫のサイドテーブルの上にあった小冊子を片付けようとして、その表紙に荒神谷遺跡の銅剣の写真があるのに気付いた。

——そうだ。江梨子にお礼を言っておこう。

たしか年明け早々、江梨子はイタリアに旅行に出かけると言っていた。

クリスマスイブの夜に江梨子から電話があって旅行の話をしていた。今はまだ東京にいるはずである。

携帯にかけると留守番電話になっていた。由紀子はメッセージを入れようと思ったが何から礼を言っていいのかわからず、ちょっと声を聞きたいと思って、と言って電話を切った。

すぐに携帯の着信音がした。

「ああごめんなさい、電話に出られなくて。何か用事？」

「いいえ。特別何かあったわけじゃないの。東京であなたにはいろいろお世話になったものだから、電話で失礼とは思ったけど、お礼を言っときたくて」

「何を水臭いこと言ってるのよ」

「そうじゃなくて本当に感謝してるの。ありがとう」

「そんな言わんといて」

ひさしぶりに聞く江梨子の京都弁である。何か嬉しいことでもあったのだろうか。学生時代から江梨子は興奮すると京都弁になる。

「それと明後日からイタリアでしょう。気を付けてね」

「ああ、それ中止」

「あらどうして?」

フッフフと江梨子の笑い声がもれた。

「何かいいことがあったのね。そうでしょう。旅行より楽しいことが……」

「フッフフ。由紀子には隠せへんわ。まあご想像におまかせします。そちらで出雲の神さんにお祈りしてて……。あっ運転手さん、そのまま高速に入って」

江梨子は車に乗っているようだった。

——恋をしてるんだわ……。

由紀子は口元に笑みを浮かべ、親友の天真爛漫な笑顔を思い浮かべた。

「いい人なの?」

「さあ、どうかな……。でもこれまでの男性とはまるで違うタイプね」

「それはそれは。もしかしてこれから逢いに行く途中ですか?」

「わあ、由紀子、相変わらずごっつ勘がええわ」

「そう。じゃ、いい年を。本当にありがとうね、江梨子」

「もう、そんな言わんといて」

江梨子の言い方に彼女が身体をよじらせながら恥かしがっている姿が想像できた。

由紀子は電話を切ると寝室の窓を開けた。

裏庭から鋭い鳥の声がした。百舌《もず》の声だった。暖冬のせいか、春先にならないと山里に降りてこない鳥が屋敷のそばで鳴いている。

由紀子はこれまでの江梨子の交際相手を思い出そうとした。どの男性も少しの間つき合ってほどなく別離してしまう。江梨子ほど魅力のある女性がどうして長続きしないのか不思議だった。

「男運が悪いんちゃうやろか。お母はんもそう言うてはったし……」

「そんなことはないわよ。きっといい人があらわれるわよ」

「ほんまにそう思う？」

ただ考古学の研究が上手く行きはじめたここ数年、江梨子は恋を忘れて仕事に打ち込んでいた。

由紀子は親友の朗報を喜んだ。

車窓を流れる京浜コンビナートの宇宙ステーションを思わせるような風景も、江梨子の目には入っていなかった。

「運転手さん、暖房を止めて下さる」

江梨子はタクシーの運転手に言った。

毛皮のコートの下のシルクのシャツが肌に貼りついていた。

汗を掻いている。あの人にこれから逢いにむかっていると思っただけで、自分でも信じられないほど身体が火照《ほて》り出していた。腋《わき》からかすかに汗が流れ落ちて下腹部の方につたって行く。

江梨子は目を閉じた。

するとクリスマスの夜、ミッドタウンのホテルの或るレストランを二人だけのために予約してくれた時間がよみがえった。

個室のガラス越しに三人の外国人シェフがオープンキッチンで調理している姿が見えた。

「信じられません。クリスマスの夜にこの店を借り切って下さるなんて」

「…………」

相手はただ口元に笑みを浮かべるだけで何も言わない。

ワインも上等だったが、それ以上に料理が素晴らしかった。

「筒見さんは賞の受賞者を皆こうして招待して下さるんですか」

「いや君がはじめてだ」

それを聞いて江梨子は目を見開き、嬉しさのあまり笑みがこぼれた。

メインディッシュが下げられシェフたちがデザートをそれぞれ手にして個室に入ってきた。

音楽が変わった。見るとシルエットで四人の奏者が浮かび上がっている。

「何か曲目に希望があれば言いなさい」

江梨子はただ首を横に振るだけで身体をちいさくよじった。少女の頃から嬉しい時にはこんなふうに反応してしまう。

「食後酒を何か？」

給仕が言った。

見ると相手の手元に酒が注がれていた。

「何をお飲みなんですか？」

「カルバドスです。リンゴからこしらえた一番安い酒です。庶民が、労働者が飲むんです」

「じゃ私もそれを……」

江梨子は美しいショットグラスに入ったその酒を一気に飲んだ。

「あら美味《おい》しい。本当に一番安いんですか」

「本当です。お嬢さんにもう一杯」

「筒見さん、お嬢さんはやめて下さい。私はもうそんな年齢ではありません」

「では何と？」

「江梨子で結構です」

と言いながら二杯目のグラスもたちまち空にした。

江梨子は少し酔った気がした。ワインもそんなに飲んではいないのだが、雰囲気に酔っているのだろうと思った。

「筒見さんはどうして考古学の研究者を応援なさっているのですか」

「それは私たちは過去があるから今の自分があると信じているからです。あなたたちはその過去に物語を与え、美しい時間にして下さる。私のように苦労ばかりしてきた人間には、過去を美しくして下さる研究が羨ましいですし尊敬もしています」

「そんなに苦労をなさったように見えません。日本人離れした優雅なお顔が今日、私には見えましたが」

「日本人？　日本人離れ？　ハッハハハ」

何が可笑《おか》しかったのか相手が笑い出した。

その笑顔を見た時、江梨子は目の前の男がひどくセクシーに映った。江梨子は目を軽くしばたたかせて相手を見直した。

「私から江梨子さんにひとつだけお願いがあります」

「何でしょうか」

「一曲だけ踊っていただけますか」

「ここで？」

「ええ、私とあなた以外誰も居ませんし」

江梨子はさっきまで給仕のいた場所を振りむいた。いつの間にかガラスの扉は閉じられガラス越しの奏者の音色だけが部屋の中に響いていた。

江梨子は眩暈《めまい》がした。

「私でよければ……」

立ち上がった江梨子の足元が一瞬ふらついた時、自分の身体が大きな腕に支えられているのに気付いた。

「足を踏んだらごめんなさい。私……」

江梨子は言いかけたがすでに彼女の身体は相手の腕の中で静かに揺れていた。

甘美な香りが大きな胸元から匂った。

——何の匂いかしら？

思ったのはそこまでで江梨子は抱擁の中で陶酔していた。

香りを探ろうと胸元に目をやった時、江梨子は急に羞恥心が起った。自分の身体が、すべての皮膚が粘り気を持ち、芯のような所が起き上がっていた。

江梨子は相手から身体を離そうとした。その時、音楽が急に昂《たか》まり、江梨子の下腹部に相手の足が密着してきた。思わず声を上げそうになり、江梨子は握られていた右手を振りほどいて相手の分厚い胸元をその指でまさぐっていた……。

「お客さん、このまま横浜横須賀道に入っていいんですね」

運転手の声に江梨子は目を開いた。

車は高速湾岸線から横浜横須賀道にむかっていた。

「何でもいいから一番早く着ける道を走って」

江梨子はタメ息を零《こぼ》しながら運転手に言った。

あの夜、ダンスが終ると何事もなかったように二人は別れた。

半分身体が浮き上がったままの状態でマンションに戻り、江梨子はシャワーを浴びた。自分でも恥かしいほど肌がべとつき身体が濡れていた。ぬるい湯がもどかしく、水にしても火照りは失せなかった。身体を洗いはじめ背中から臀部、そして下腹部に手を伸ばした時、江梨子は自分の身体が信じられないほど反応し、その場にくずれるようにして声を上げた。


「神谷さん、筒見顧問から食事に誘うかもしれませんと言われたんだけど」

「ほう、直接連絡がありましたか。珍しいことです」

受賞パーティーと記者会見の翌日、麻布にある蕎麦屋で考古学研究会の神谷富雄と昼食を摂った。

「でも二人っきりでは少し緊張してしまうわ。ご一緒してもらえるんでしょう」

「研究会のことではないので、私はちょっと。でも孤独な人ですからぜひおつき合いしてあげて下さい」

「どうしようかな。少し重い気分もするわ」

「どうしてですか。顧問は紳士ですよ」

「それはわかるけど」

「怖いんですか？」

「ええ実は少し」

「石津さんの、その勘は外れてません」

「やはり、そうなの。実は女たらしとか」

「ハッハハ。そんなところは微塵もない。筒見顧問のこころの中は亡くなった奥さまだけです」

「あっ、そうなの」

「もう二十年近くお世話になっていますが、怒った顔を一度も見ていません。でも怖い人です」

「それがどうして怖いの？」

「わかるんです。怒らない人は怖いのが。あっ、今年一度、強く注意をされたことがありました」

「何で？」

「ほらあなたの受賞の内定が六月に雑誌で記事になったでしょう。若者に人気の趣味の雑誌です。考古学の特集をするというので、私もつい乗り気になって選考会の結果を教え、何かの研究会で撮ったあなたの写真を提供してしまって……」

「ああ△△って雑誌ね」

「すると美人研究者の活躍が話題になるというので約束を破って早目に発表されてしまったんです。顧問からすぐに本を回収するように強く言われました」

「それであの雑誌、どこの本屋さんも売り切れてたのね。バックナンバーもすぐに無くなったのよ」

江梨子の言葉に神谷が笑った。

「いや笑い事じゃなくお叱りを受けました」

「厳格なのね、筒見顧問は。……じゃ逢ってみてもいいかな。少し話してみたいこともあるし」

「そうしてあげて下さい。お淋しいはずだと思うんですよね。いつもお一人で」

「そうですか……」

食事の約束も相手の誘い方は慎重かつ丁寧だった。

「クリスマスの夜でよろしかったですか」

「残念ですが、空いています」

クリスマスの夜が明けるとマンションに花が届いた。

その香りをかいだ時、胸元から匂ったものと同じだとわかった。

その夜、電話があった。

耳元で聞こえる声がこれほど身体に刺激的なのに江梨子は驚いていた。

電話を切ると江梨子はシャワー室に入り、火照った身体を冷ましながら自慰に溺れた。

イタリア旅行を中止し、今、葉山の別荘にいる男にむかって疾走する車中にいるのもすべて江梨子が望んだことだった。

「いい人なの？」

先刻話をした由紀子の声が耳の奥で聞こえた。

――わからないわ。わからないからそれをたしかめたいの……。いや、わかってる。どうしても逢いたいの。

車はすでに高速道路を下りて三浦半島の山道を走っていた。

「最初の二股の煙草屋の前ですよね」

運転手が訊いた。

「そう、煙草屋さん」

「お客さん、煙草の自動販売機の間違いじゃないんですか。いまどき、煙草屋なんかないでしょう」

運転手が素頓狂な声を上げた。

「あれっ、本当にまだあるんだ」

フロントガラスに昔ながらの煙草屋が見え、老婆が一人座っていた。

江梨子はそこで車を降りて煙草屋の右脇の看板を確認し、その裏手にある階段を登りはじめた。

「少し長い階段だけど大丈夫かな?」

「大丈夫、あなたに逢うためなら」

江梨子は別荘までの道順を教えられた時の会話を思い出しながら階段を登った。

潮の香りがした。このところ運動不足の江梨子にはたしかに少しきつい階段だった。それ以上に募る思いが一気に頂上まで登らせた。

「あっ」

江梨子は声を上げた。

そこに美しい冬の海がひろがっていた。

木々の間にチャコールグレイの木造建ての家屋があった。

一人の男がブルーのセーターを着て立っていた。男は白い歯を見せた。

江梨子は男にむかって走り出した。


薄闇の中で江梨子は何度となく声を上げた。

六十歳を過ぎた男のどこから女盛りの肉体を翻弄するあれほどの力が湧きおこってくるのか、途中、江梨子はあまりの悦楽に恐怖さえ覚えた。

目覚めた時、男は寝室にはいなかった。隣室から男の足音が聞こえた。

起き上がろうとしたが身体が思うように動かなかった。手と足が……指先が痺れていた。江梨子はゆっくりと指で髪を掻き上げた。頭皮をすべる指先の感覚がなかった。

何が起ったのか、しばらくわからなかった。佃島のマンションでシャワーを浴びていた自分の姿だけがぼんやりと浮かんだ。その後から、今ベッドに横たわっている自分が何をしていたのか記憶を失っていた。

江梨子はまた目を閉じた。

すると闇の中で江梨子の身体を快楽で寸断する男の肉体の記憶がよみがえった。

男の肌には奇妙な感触がした。

それは人間の肌というより、冷血動物の硬い皮のような肌ざわりだった。

——あの感触は何だったのだろう……。

江梨子は訳がわからず首を横に振った。

鼻先にいい香りが届いた。

コーヒーの香りである。

男がコーヒーを淹れている。コーヒーの香りが江梨子の身体を少しずつ覚醒させていく。彼女はかたわらの枕を引き寄せ、静かに身体を起した。

同時に電動音がして、部屋のカーテンがゆっくりと開いた。

そこに濃灰色の海が見えた。

雪が舞っていた。美しい海景だった。

「目を覚ましたかね」

——ええ……。

と返答をしたかったが声がすぐに出なかった。

男はすでに着替えていた。

江梨子を迎えた時のブルーのオイルセーターがよく似合っていた。

江梨子は相手を正面から見ることができなかった。自分の痴態が少しずつよみがえっていた。

江梨子はシーツを引き寄せ身体に巻きつけた。視界全体にひろがっていた濃灰色の海景の右隅に男が立っていた。

江梨子はしばらく冬の海と男の背中を眺めていた。

急に男の背中を鷲摑みにしたい衝動にかられた。

「もうすぐ天気が回復するはずだ。そうしたら海に出よう」

男が言った。


二日間を男と過ごした。

それは江梨子にとってこれまで経験したことのない時間だった。

ようやく男と平静に話ができるようになり、江梨子は相手をもっと知りたいと思った。男を観察しようとしている自分に気付いた。

夕食を二人で摂った。

料理もすべて男は自分でした。美味であった。

――本当にずっと独り暮らしだったのかしら……。

別荘の中には女の気配はなかった。

「そうだわ。先日のパーティーの写真ができていました。でもそれがあなたの写真が一枚もないの。不思議ね。私としては残念だったの……。見てみます？」

男はうなずいた。

江梨子は隣室からハンドバッグを持って戻り、中から封筒を出した。

「私、この日は少しはしゃいでいたみたい……」

江梨子が写真の数枚をテーブルの上に置いた。男はそれをさりげなく見はじめた。

その時、男の表情がかわった。

一枚の写真をじっと男は見つめていた。

江梨子は男の背後に回った。

「あっ、その隣りにいるのは由紀子さん」

男は江梨子の声が聞こえていないのか写真を凝視したままだった。かすかに男の指先が震えていた。

「奈良の大学時代の友だちなの。親友ね」

「えっ？」

男が声を出し、江梨子を見た。

「何だって？」

「だから私の親友の由紀子」

「この人の名前かい？」

「そう、滝坂由紀子さん」

「タキサ、カ……ユキコ……」

男がつぶやいた。

「どうなさったの？　ああ、由紀子が美人だから見惚れてたのね」

「い、いや、そうじゃない」

「そうかしら」

江梨子は男の手から写真を取り上げた。

「由紀子には男が皆夢中になるからもう見せない」

江梨子は由紀子の写真を見つめ直し、

「でも不幸なことがあったの。この夏にお祖父さまが殺人事件に巻き込まれたのよ。本当にかわいそう」

と言って哀しい顔をした。

男は目を見開いて、江梨子を見返した。

「どうしたの、そんな怖い目をして」

「そうじゃないんだ。少し考え事をしていたから」

「フッフフ、たった二日で親友にまで嫉妬するようになったのかしら、私」

男は立ち上がって棚の中からウィスキーのボトルを出した。

無造作にグラスに酒を注ぐ音がした。

「私もいただくわ」

江梨子が振りむくと男がグラスのウィスキーを一気に飲み干していた。


男は女が寝静まったのを確認して、寝室のガラス戸を開けた。

冷たい潮風がカーテンを揺らした。

男は女を見た。食後酒の中に睡眠薬を少し入れておいたから目覚める心配はなかった。

男はガウンのままテラスに出た。

テラスの壁のスイッチを入れた。テーブルの周りだけが白く浮かび上がった。

男は椅子に腰を下ろすとガウンのポケットから一枚の写真を取り出した。

白い灯りの中の写真には信じられない女が写っていた。

美智子と瓜ふたつの女だった。

それも最後に彼女を見た時と何もかもが同じだった。

——こんなことが……本当に起きるのだろうか。

彼はもう一度、写真に写った女の顔をまじまじと見てから視線を夜の海にむけた。

岩場に当たった波が音を立て白く光っている。その先にある岩場で波の塔が立っていた。

その波に美智子の姿が浮かび上がった。

美智子は目に涙をたたえ、これまでに見たことのない憎しみの表情で男を見ていた。

「私は一生あなたを許しません」

「違うんだ。美智子、すべてはおまえのためにやったことなんだ」

美智子は男の話をいっさい聞こうとせず大きく首を横に振り、波間から消えた。

沖を走る黒潮の音が聞こえた。

*

昭和四十三年八月某日、山口県周防《すおう》大島法師崎沖……。この日、宇部高専、四年生の生徒の夏期学校が大島商船校で開かれ、夕暮れ、居残り組だけのカッターの訓練が行なわれていた。

商船校の若い教官は不真面目な印象を受けた十数名を集めて法師崎沖に出ていた。二本の櫓《ろ》が流され漕ぎ手四名が叱責を受け船上に起立させられた。海に飛び込んで櫓を回収して来い、と教官が怒鳴っている時、事故が起きた。一日に数度かわるという周防灘の潮流がかわり、船の周囲に渦が巻いた。四名が立っていたこともあり一瞬にしてカッターは転覆した。全員が海に放り投げだされた。すぐにほとんどの生徒が転覆した船につかまったが、二名の生徒が激しい潮に流されはじめた。

「助け、助けてくれ」

夕暮れの海に声が響いた。

見ると教官の姿がなかった。

「助けて、助けて、康次郎」

康次郎はその声で流されたのが建侑だと知り、すぐに船を離れて声のする方に泳ぎ出した。

渦の勢いが解ける場所に二人の頭が見えた。康次郎は二人に近づいた。

「乾《いぬい》、足をやられた。動けん。頼む」

助けを乞うたのは隣り組の番長格の篠山《しのやま》という生徒だった。そのむこうに建侑が必死でもがいていた。もう声がしない。康次郎は建侑が泳ぎが得意でないことを知っていた。康次郎は篠山にむかって真っ直ぐ泳いで行き、助けを懇願する目を捉えた。しかし康次郎は無表情に篠山の脇を通過し、建侑のそばに行くと、力を抜け建侑、と怒鳴り、自分にしがみつこうとした建侑の顔を殴りつけ、沈んでいく建侑のアゴに手を回して、船にむかって泳ぎ出した。その時すでに篠山の姿は海面になかった。ほどなく救助の船が来て周辺の海を捜索したが教官と篠山は発見できなかった。二名は翌朝、笹島の浜で遺体となっていた。地方新聞は懲罰訓練による事故と大きく報道した。救助の状況を見ていた同級生から篠山を見捨てた康次郎に批判の声が上がった。康次郎はそれを無視した。

建侑はそれ以来、康次郎を命の恩人として何かにつけ尽くすようになった。

「誰でも友だちを助けに行く。建侑、そんなふうに俺のことを気にかけるな」

二人の親友の金本《かねもと》美智子も必要以上に康次郎のことを気にかける建侑に注意した。

「建侑、康次郎は友だちとして当然のことをしただけよ。そんなに康次郎を特別にすると康次郎だって迷惑よ」

「でも篠山ではなく、俺を助けてくれたんだ」

「それは違うわ。篠山君は体力があったし、あなたは泳ぎが苦手だったからよ」

康次郎は二人の会話を聞きながら、あの時、自分はどちらを助けてもよかったのだと思った。篠山は足を負傷していると訴えた。たしかに篠山は康次郎たちに辛くあたっていた。でも篠山を助けなかったのはそんな理由ではなかった。康次郎は篠山が美智子にラブレターを書いて渡したのを知っていた。あの時、何の躊躇もなく建侑にむかって泳いだのはそのせいだった。もうひとつ理由があった。

「康次郎、あなたは立派だわ。よく建侑を助けたわ」

美智子に言われた時、康次郎はもうひとつの理由を話さなかった。それは体力のある篠山に近付いて彼が自分の身体にしがみついてきたら自分も溺死すると思ったからだ。建侑は何をするにつけても彼自身のことより康次郎のことを優先させた。康次郎はそれまで経験したことのない自分への献身に戸惑った。しかしそれよりも美智子が自分を敬愛してくれているかどうかが気になっていた。

康次郎は、時折、夢の中で助けを乞うていた篠山の姿を見ることがあった。

「助けてくれ、頼む、乾……」


昭和四十三年九月某日。

台風の多い年だった。八月の終りから九州、中四国地方を大型の台風が襲い、瀬戸内海沿岸の町や村に水害を与えた。高専の授業もその度に休校になり、寮の周囲に生徒が土嚢《どのう》を積まねばならぬほどだった。寮生の家族にも沿岸地域に暮らす家が多かったので生徒もラジオのニュースに皆耳を傾けていた。康次郎は実家のある山稜がこれまで台風の被害に遭っていなかったからさほど心配していなかった。寮生の中には家を流されて家族が避難している家もあった。

九月中旬、〝迷走台風〟と呼ばれる台風が国東《くにさき》半島から周防灘をジグザグに進路を取り居座る恰好になった。そこに大型の台風が急襲して九州、中四国は暴風雨圏内で大被害を受けた。

ダムが決壊した。ラジオのニュースは村落が三村消えて土砂で埋もれたと報道した。康次郎の実家のある村だった。康次郎はすぐに村に戻った。子供の時から眺めていた山景がまったく違うものになっていた。康次郎は一瞬の内に母と二人の妹を亡くした。家族の死はそのまま康次郎に勉学を断念させた。建侑も美智子も康次郎の学費を出せるよう家族に懇願したが、二人とも裕福な家庭ではなかった。それでも美智子は康次郎を母の下に連れて行った。下関のアパートで独り暮らしをしている美智子の母に康次郎は初めて逢った。水商売をして美智子を高専に送り出している彼女の母親は、髪を茶に染めてくわえ煙草で話をする女だった。

「何をお嬢ちゃんみたいなことを言うとるの。おまえ一人を学校に行かせるのに身を粉にしとる言うのに。あんたも男じゃったら女児《おなご》の世話にならんと生きていかんかいね。みっともない。それとも美智子、あんたが毎晩働いてその若衆を学校に行かせるかね」

「お母ちゃん、学校を出たらうちが働いて康次郎さんの学費は必ず返すけん。入学前にかかったお金も出雲のお父さんに返すから、お願い」

「馬鹿たれ。何をたわごとぬかしとるんじゃ。出雲は関係なかろうが。そないやったら早う学校をやめておまえも働け」

康次郎は美智子についてのこのこ彼女の母に逢いに来た自分を恥じた。

四十九日の法要の席に、亡くなった母の遠い親戚という西峰龍三《にしみねりゅうぞう》と名乗る男があらわれて康次郎を引き取ると言い出した。どういう縁戚かもわからなかったが康次郎は家があるならそれでいいと、退学して西峰の家に入ることにした。

美智子と別れる日、康次郎は建侑と三人で駅までの道を歩いた。建侑の目に触れぬようにして美智子が康次郎の手を握った。康次郎はその手を握り返し、

「必ず迎えに帰ってくるから」

と告げた。美智子もうなずいた。

下関の旧港の裏手にある龍三の家に行くと、それは家というより荒屋《あばらや》で鉄クズの中に埋もれるように建っていた。家には康次郎と同じように里子が二人いた。二人とも歳下だった。ただ一人の実子である吾郎《ごろう》は小児マヒを患っていた。家に着いた日からスクラップの解体をさせられた。夜明け前から夜遅くまで働き詰めの日がはじまった。龍三は里子が欲しいのではなく働き手が欲しかったことはすぐにわかった。歳下の二人は不平不満を口にしていたが康次郎はいっさい不平を口にせず働いた。この環境が自分に与えられたものなら、ここから這い上がってやろうと思っていた。美智子のことを毎夜思った。龍三は並外れた腕力があったが、三日に一日は働かず、夕刻前になると康次郎たちの仕事に目を光らせながら酒を飲んでいた。そうして女を引っ張り込んでは、身体を患った実の息子のそばで平然と淫行していた。吾郎は他の二人にはなつかなかったが康次郎にはなついた。やがて龍三がしていた吾郎の世話も康次郎がするようになった。そのせいで龍三は康次郎を他の二人とは違うように扱いはじめた。

一年がまたたくうちに過ぎ、康次郎は二十歳になった。龍三と晩酌をつき合うようになり、

龍三の仕事の内容もわかりはじめた。鉄クズや廃材の処理がもたらす利益は想像以上のものだった。酒も女癖も悪かったが龍三は浪費をしない人間だった。二人の里子は労賃にいつも文句を言っていた。「わしが死ねばこいつが哀れになるけのう」龍三はそう言いながら酒に酔うと吾郎に暴力を加えることがあった。康次郎はそれを見て憤った。しらふの時の息子を見る目と酒が入ってからの吾郎を見る目はあきらかに違っていた。残虐性が見えた。それを見ていて、康次郎は吾郎を連れてここから逃げ出そうかと考えたこともあった。そうしなかったのは手紙をくれる美智子がいたからだった。

龍三の商売が大きな利益をもたらす理由のひとつに不法に鉄クズを集めていることがあった。そのために龍三は若い刑事を一人、手懐《てなず》けていた。石丸というその刑事は金銭を貰っていることもあったが妙に龍三になついていた。一度、里子の一人が逃げ出した時も捕えてきたのは石丸だった。康次郎は石丸に「あんたの言うことならオヤジは話を聞くから、酒に酔って吾郎に手を出すのをやめるように言ってくれ」と頼んだ。それを石丸から耳にした夜、龍三は康次郎を殴りつけた。康次郎は逆らわなかった。康次郎は時期が来れば龍三にこの仕事を分けて貰って独立したいと思っていた。

或る夜、里子の一人が逃亡した。それを知った龍三が少年を追って外に飛び出した。夜中に戻ってきた龍三はひどく興奮していた。「あいつはどうしました」康次郎は井戸端で手を洗っている龍三に訊いた。「あいつは戻らん」そう言った龍三の衣服に血糊が付いていた。

康次郎はここを出る決心をした。龍三が金を隠してある何ヶ所かを知っていた。康次郎は一年半の労賃を奪うことにした。逃亡を決行する日、龍三は昼過ぎから飲みはじめていた。やがて龍三は吾郎に手を出しはじめた。康次郎は龍三を止めた。龍三は逆上した。康次郎は初めて龍三に歯向かった。泥酔しているはずなのに暴力沙汰は龍三の方が長けていた。康次郎は棍棒で一撃を受け昏倒した。大柄な龍三が馬乗りになった時、康次郎は殺されると思った。

咳込んで目を覚ました。周囲に煙りが立ち、荒屋《あばらや》に火が回ろうとしていた。見ると吾郎は床にあおむけに倒れ目を見開いていた。少年の一人も隅に倒れていた。家の奥の壁に龍三が背をもたせかけるように目を閉じていた。康次郎は吾郎と少年が死んでいるのを見てから、吾郎をどかし床を剝がしそこから現金を取った。そうしてすぐに家の奥に行き、蒲団《ふとん》入れから蒲団を引き出しそこにある手提げ金庫も肩にかかえて出した。火は燃え盛っていた。家を出ようとした時、足首をつかまえられた。龍三だった。鬼のような形相をしていた。康次郎は手提げ金庫を振り上げて龍三の頭部を二度、三度と殴打した。龍三は動かなくなった。背中が燃えるように熱かった。衣服に火が点いていた。残る金も奪った。康次郎は燃え盛る家には目もくれず、用意しておいたリヤカーに金を積み闇の中を一目散に走った。

ひどい火傷を負っていた。傷が癒えるまで半年近くかかった。背中から左胸元にかけて上半身の半分近くが鮫のような肌にかわり果てていた。その代償で得た金を元手に、康次郎は名古屋で龍三と同じやり方でスクラップの仕事をはじめ、知り合った商売先の男から手ほどきを受けた相場と不動産投機で美智子を迎えるのに十分な財をなした。

三年後、下関に戻った。美智子は建侑と所帯を持っていた。三ヶ月前のことだった。康次郎は混乱した。

数ヶ月後、乾康次郎は下関から姿を消した。

彼はすべての財産を手に横浜へ行った。名古屋時代に知己を得ていた本牧の石油商と仕事をはじめた。筒見商会は戦前からの石油商で、戦後ほどなく石油利権を握っていた。康次郎は合弁会社を設立し、折からの第一次石油ショックで商いは増大した。康次郎は数年後に筒見家を乗っ取った。それを機に康次郎は筒見真也と名乗りはじめた。石油利権はさらにふくらみ、筒見真也は厖大な財を成した。

21

草刈は石丸の病室のある浅草のT病院の三階のフロアーでテレビの画面を見上げていた。気象予報士が一月二日の天気図のそばで話をしている。

——出雲は雪が降ってるんだ……。

草刈は二日前に連絡をくれた滝坂由紀子の美しい面立ちを思い浮かべた。

「私を何か災いから守るために祖父は銅鐸をこしらえたのではないかと思うんです」

佐田木泰治は危害を加えようとする者から由紀子を守ろうとしていたのか。草刈にはそれが誰なのか見当もつかない。その答えを壁のむこう側にいる石丸が知っている気がしてならなかった。

先刻、病室で石丸と話をしたが昨日と同様に黙りこくったまま何ひとつ話そうとしなかった。

「石丸さん、あなたが知っている佐田木さんのことを話してもらえませんか」

「……」

石丸は目を閉じたままだった。

草刈はテレビから目を離し、石丸の病室の前に行き、開け放ったドア越しに一番奥のベッドにいる石丸の様子を見た。

石丸はベッドの背を起こし窓の外を眺めていた。草刈はそれを確認すると地下に昼食を買いに行った。

石丸は都心に降りそそぐ雨を見ていた。

あと一日も休んでいれば動けるようになるだろうと医者は言っていた。それまでに体力を戻しておかねばと石丸は考えていた。

——あの男はやはり生きていた……。

石丸は自分でも興奮しているのがわかった。

降りしきる雨を見ているうちに、三十数年前の夜のことがよみがえった……。

……焼け跡にはまだ焦げ臭い匂いがしていた。

焼死体を鑑識が調べていた。

「独り住いかの、ここは？」

先輩刑事が訊いた。

「いや女房と二人暮らしです」

石丸は答えてから焼け跡の様子を眺めた。

「イシやん、あんたの知り合いか？」

「いや知り合いと言うほどじゃありませんが、面識は何度かあります。ここの夫婦じゃのうて、その仲間をちいっと知っとるもんですから」

「そうか。火の始末が悪かったんじゃろう」

「いや、これは殺《や》られたんでしょう」

石丸の言葉に先輩刑事が顔を上げて言った。

「何で、そう断言するんじゃ。消防と鑑識は失火じゃと言うとるのに。厄介な方にものを持って行くな。まあ鑑識が結論を出すじゃろう。それで女房は？」

「紡績工場の夜勤に入っとるらしいです。連絡したんでもうすぐ来るでしょう」

「そりゃせんないことじゃのう」

「ホトケの方は何をしとる？」

「門司《もじ》の商社に勤めとります」

「おまえ詳しいの？」

「はあ、ちょっと……」

「あまり厄介事の方へ持って行くなよ」

「……」

石丸は返答しなかった。そうして焼け跡をもう一度ゆっくりと見回した。

――この雨と言い、三年前とそっくりじゃないか。

石丸は三年前に旧港の裏手であった放火殺人事件のことを思い出していた。

スクラップ工場の焼け跡から三人の焼死体が発見された。

工場の経営者の西峰龍三には頭蓋骨陥没の痕があり、息子の吾郎の肺には解剖の結果、焼塵を吸い込んでいる形跡がなく、火災以前に死亡していることが判明した。もう一名の少年の死因は焼死とされた。この工場にはもう一名若者が働いていたが、その若者が失踪していた。警察は焼死した少年が以前から龍三に対して恨みを抱いており、それを放言していたことを聞き込んでいた。少年が親子に暴行を加えて火を放ったという方向で捜査が進められ、被疑者死亡で決着がついた。龍三には傷害の前科があり、スクラップの盗難の疑いも何度かかけられていたことも事件を早急に解決するのに影響した。

石丸が失踪した若者を追跡しなかったのは、彼が龍三の不法行為を見ぬ振りをしていたことと金銭を何度も受け取っていたからだった。石丸には若者を表に出したくない事情が他にもあった。若者は龍三がためこんでいたかなりの金を奪って逃げていると推測していたのだ。龍三が十年近くかかって貯えていた金であったから半端な金ではないことを石丸は知っていた。石丸はその若者が龍三の所にあらわれた時から嫌な予感がしていた。それまで龍三が里子として引き取った少年たちと、その若者はあきらかに違っていた。若いわりにはどこか肚《はら》の据わったようなところがあったし、実子の吾郎がすぐになついたことも気に入らなかった。他の少年は龍三と石丸に対して脅えを持っていたが、若者にはそれが感じられなかった。龍三も若者がやってきたことを喜んでいた。「あいつは見処がある。ええ若衆を拾った」「西峰さん、あいつは気を付けんと何を考えとるかわからんぞ」石丸が注意しても龍三は鼻で笑って言った。「あいつがわしに何ができる。おかしなことをしたら殺ってやるだけじゃ」

——あの焼け跡とそっくりだ……。

石丸は焼死体を見てもう一度つぶやいた。

甲高い女の声がして振りむくと、女が一人、雨の中を走ってくるのが見えた。

女は石丸たちに目もくれず焼死体を見て声を上げて泣き出した。

「えらい別嬪《べっぴん》の女じゃのう」

先輩刑事が石丸にささやいた。

女は雨に濡れているのか涙で濡れているのかわからないほど泣き続けていた。

石丸は三十数年前の夜を思い出しながら、美智子という女に似た顔を最近どこかで見た気がした。

——はてどこじゃったろうか。

そう思った時、石丸は浅草寺の天井に描いてあった観音菩薩を思い出した。

——そうか観音さまか……。

石丸はぼんやりとつぶやいた。

石丸の脳裡に美智子の透きとおった顔がよみがえった。

旅館脇の電信柱の灯りの下に素足のままあらわれた美智子は、放心状態でうつろな目をしていた。

——なぜ女だけが先に出てきたんじゃ？

降りしきる雨の中、美智子は素足で旅館を出てきた。雨垂れが女の顔を濡らし、雨を拭おうともしない姿が泣いているようにも狂っているようにも映った。

台湾人の宋《そう》建侑が失火現場で焼死体で発見されたのを下関署は酔って寝た上での火の不始末の事故として片付けた。妻の美智子の母が韓国人であったこともあり、捜査を早急に終えたい警察の暗黙の意志が働いていた。

しかし石丸はこの焼死を殺人とみなしていた。石丸は署内で執拗に殺人事件であることを主張した。

「何をおまえはこの事件でやっきになっとるんじゃ。台湾人が酔って火の不始末をして死んだだけじゃろうが。それともあの別嬪《べっぴん》の嫁に何かあるんか」

そう言って石丸を諫《いさ》める上司に耳打ちする署員がいた。

署内でも石丸が強引なやり方で手柄をあげようとすることを煙たがる者がいた。それには理由があった。石丸の母は日本人ではなかった。

石丸は建侑を少年の時から知っていた。実家にも何度も遊びに来た。建侑は石丸の母に逢いに来ていた。石丸の母は父の後添えで台湾の女性だった。石丸家は戦前、台湾に渡り、高雄で大きな製糖工場を経営していた。敗戦で引き揚げる時、家に仕えていた女中頭の台湾人母娘も同行した。娘は日本人学校に通い日本人同然だった。石丸の父は妻が病死した後、この娘に手をつけた。そして生まれたのが石丸だった。その事情を知っている近所の者から石丸は少年時代、台湾、チャンコロと苛《いじ》められたこともあった。建侑の父親は戦前、日本に強制労働で連れてこられ戦後同じ台湾人の母と知り合い結婚して彼を産んだ。石丸の母は建侑の母と同郷で、しかも同じ高砂《たかさご》族の出身だったので、生活の苦しい建侑一家を何かと面倒をみていた。石丸は一人っ子であったので四歳下の建侑を弟のように可愛がった。二人はしばらく疎遠になっていたが、高専を卒業し門司の商社に勤めはじめた建侑と再会した。石丸は懐かしかった。建侑の両親は亡くなっていたが、彼は建侑が立派に成長していることを喜んだ。結婚相手を紹介された。美しい女であった。石丸は女の中に翳《かげ》りのようなものを見たが、しあわせになって欲しいと願った。時折、引き揚げ者住宅に暮らす二人を訪れた。

或る日、建侑夫婦と一人の男が立ち話をしているのを見た。建侑は涙ぐんでいた。石丸が三人に近づくと男はすぐに立ち去った。男の顔に見覚えがあった。

「あの人は私の命の恩人なんです」

建侑は興奮し、妻は青い顔をしていた。

三人は高専で同級生だったという。

それから一ヶ月後、火災は起きた。その火災は三年前、旧港近くのスクラップ工場で起きた事件とよく似ていた。

一人の若者が現場から失踪し、経営者の西峰龍三が工場のどこかに隠していた相当な額の財産が失せていた。

――龍三を殺して財産を強奪したのはあの若者に違いない。

石丸は若者を何度も見ていた。面構えといい強靱な肉体といいあの若者なら龍三を殺すことができたはずだ、と確信していた。

――あの目だ。

石丸は若者の瞳の奥に無気味に光るものを見ていた。

三年経って建侑夫婦の前にあらわれた若者は裸同然のみすぼらしかった衣服から仕立てのい

い背広姿にかわっていたが、目はそのままだった。

——何かある……。

石丸は男から目を離さなかった。

——殺したのは、あの男だ。

男は葬儀にも立ち会い、建侑の妻に何かと声をかけていた。その様子を見ていて、石丸は妻も建侑の死に関わりがあるように思いはじめた。しかし二人の関係がはっきりとは見えなかったし、二人は逢っても余所余所《よそよそ》しい態度ですぐに別れていた。ただ男も女も互いを見つめる目に尋常でないものがあった。

——あの二人は男と女の関係だ。

見張り続けて十日目の夜、男が逗留していた旅館に女はあらわれた。

女は旅館に上がり、男の泊まっている二階の角部屋にふたつの人影が見えた。

突然、女の罵るような声が響くと、悲鳴とともに部屋の灯りが消えた。

降りしきる雨の中で石丸は見張り続けた。部屋で何が起こっているかは想像がついた。

そうして素足のまま女が出てきた。放心状態の女を追い駆けて男もすぐに表に出てきた。

「美智子、おまえの帰る場所はないんだ」

男が女を背後から抱いた。

女は首を力なく左右に動かしていた。

石丸は二人の前に飛び出した。

「とうとう正体を見せやがったのう。おまえらがデキとるのはわかっとったんじゃ。二人して宋を殺したの」

石丸の言葉に女は両手で耳を塞ぐようにして悲鳴を上げた。

石丸は手錠を出し、女の腕を取った。男が石丸を撥《は》ねのけ、二人は取っ組み合いになった。女が雨の中を海の方に走り出した。女を追おうとする男を石丸は放さなかった。それでも男は石丸を殴りつけ、女の消えた闇にむかって走り出した。石丸も追ったが男も女も見失った。

その夜、旧桟橋の堤防から一人の女が海に身を投げたのを目撃した夜勤帰りの工員がいた。激しい雨と風の上に満潮の関門海峡は潮流がもっとも勢いを増す時刻だった。

女が身を置いていた母親のアパートには、その夜以降女は帰っていなかった。石丸は身投げした女が宋の妻だと確信した。

「せっかく戻ってきて、これから稼いでもらおうと思うとったのに、親不孝な娘を持ってうちはせんないですけねえ、刑事さん」

石丸は母親の言葉を聞いて、娘も娘なら母親も母親だと呆きれた。

夫を火災で失った女が身投げして行方がわからなくなったという話が下関の街にまことしやかにひろがった。

ところが女は死んでいなかった。三ヶ月後に身元がわかり母親の所に帰ってきた。夜釣りの漁師に偶然救われていた。女が戻ってくるのに時間が経ったのは、身を投げた拍子なのか激しい潮流に流された折なのか頭部を強く打っていたからだった。女は自分がどこの誰かわからぬ状態であった。

石丸は男の行方を聞き出すために女に逢いに行った。石丸は女を見て、あの夜、旅館から出て来た時と同じ目をしているのに気付いた。

――この女は、あの時すでにおかしくなっていたのか……。

母親は足手まといになる娘を出雲にいる父親に引き取らせた。石丸は出雲まで出かけ、佐田木泰治に娘に逢わせろと迫った。佐田木は病いで伏していると言って、頑として逢わせなかった。一年も経たないうちに女は父親の下で死んだ。石丸は女の死を出雲署の知り合いの刑事から聞いた。

病室の窓をつたう冬の雨垂れを見つめながら石丸はつぶやいた。

「あの男が女を殺したんじゃ……」

「えっ、何か言いましたか？」

その声に石丸は振りむいた。

若い刑事が立っていた。

石丸は刑事の顔をぼんやりと見つめた。都会の刑事だからだろうか。子供のように澄んだ目をしている。石丸にはそれが信じられなかった。

「刑事さん、煙草を持っちょらんかね？」

「病院は禁煙ですよ。それに煙草は心臓によくありません」

石丸は舌打ちして窓の方をむいた。

「石丸さん、あなたが誰を追跡しているのか教えてもらえませんか」

「………」

石丸は黙ったままだ。

「あの雑誌の切り抜きの古代出雲の記事には何があるのですか」

「煙草を持って来い。それなら少し教えちゃろう」

「だからそんなことはできません」

若い刑事の声を聞きながら、石丸は、そろそろここを出なくてはと思っていた。

――あの男がこの街のどこかにいる。どこにいようが必ず探し出してやる。

石丸は下唇を嚙んだ。


草刈は浅草の病院を出て湾岸署にむかった。

地下鉄の階段を降りようとすると携帯が鳴った。発信元を見ると、鑑識の皆川からだった。

「草刈です。本年もよろしく」

「ああ、こっちこそよろしく。今、どこだ」

「参考人の入院している浅草の病院を出たところだ。これから本部に行く」

「なら丁度いい。あとで逢えないか。こっちももうすぐ署に帰るところだ」

電話機のむこうからエンジン音が聞こえた。

「今どこにいるんだ」

「朝一番から死体発見現場を、海底に皆で潜って再探索してんだ。葛西さんのいつもの勘だよ」

「大変だな。じゃ署で」

入口に門松が建ててある署に戻った。本部に入り、先輩たちに年賀の挨拶《あいさつ》をして回り、立石のデスクに行った。

「五分したら別室で主任と出雲の報告と打ち合わせだ」

立石と二人で別室で待っていると畑江が入ってきた。顔が赤かった。二人は畑江の顔を見た。

「匂うか？　午前中、本庁でつき合わされてな。上は皆、悠長なものだ。じゃ聞こうか。草刈、病院のヤメ刑の方はどうだ？」

「だめです。たまに口をきくと煙草を持って来いですから、あれじゃクビになるはずです」

草刈の言葉に畑江が苦笑した。

「滝坂由紀子が草刈に連絡してきた例の銅鐸はこれです。大田市の金属会社から借り受けてきました」

立石は二枚の写真を机の上に置いた。

銅鐸のフルサイズと紋様のアップを写したものだった。

「こんな鮮やかな色なのか。驚いたな。まるで黄金《こがね》のようだな」

畑江が感心したように言った。

草刈も銅鐸の美しさに見惚れていた。

「製造したばかりの時は古代でもこうだっただろうと説明されました。銅八五パーセント、錫《すず》一〇パーセントに亜鉛と鉛を加えるとこうなるそうです」

立石が手帳を見ながら言った。

フルサイズの写真のそばにメジャーが吊るしてあった。

「案外とちいさいんだな」

「レプリカだからだと言ってました。でも五十センチはあります」

「重いのか？」

「中は空洞なので七キロくらいです」

「じゃ年寄りでも手でかかえて運べるな」

「そうですね」

「こりゃ、本来、何に使ってたんだ？」

畑江が言うと草刈が応えた。

「元々は大陸、半島から伝わったもので高貴な身分の者が乗る馬の首にかけられた鈴が起源だと聞きました。日本に伝わってきた時はそういう役割ではなく権力者の象徴だったのではないかという説もありますが、たしかなことはわかってないようです。滝坂由紀子が言っていたように身分の高い者を災いから守ったり、逆に相手を呪《のろ》うようなこともあったかもしれません」

「佐田木へこれを発注したのは鈴木淳一だったよな」

「しかし、鈴木は受け取っていません」

「佐田木はこれまでにもよく銅鐸を作っているのか」

「金属会社の担当が言うには、佐田木も初めて製造すると言っていたそうです。それに銅鐸は型に流し込む鋳造法で作りますから、佐田木の本来の鍛冶《かじ》の仕事とは違うと担当者は言ってました」

「初めてこしらえたのか……」

畑江はもう一度写真をじっと見た。

報告は下関署での石丸元刑事の件に移った。

「やはりあっちも懲戒免職にした刑事のことは話したがりませんね。暴力団とズブズブの関係で下手を打ったらしいですが」

「身内はいないのか?」

「昔は結婚していて、その元妻の家に上京前に侵入して金品を奪っています」

「捜索願いは出てないのか」

「出てません。ともかく地元では札つきの刑事だったようです」

「佐田木の話はどうだった」

「下関署はまったく知りませんでした。佐田木が何かあちらの事件に関っていたわけではないようです」

「迷宮入りの事件は？」

「いくつかありましたが石丸は担当していません」

続いて立石は出雲の報告をはじめた。

「出雲署に待田という刑事がいて、この刑事が去年の十月に石丸と三刀屋《みとや》町の佐田木の家まで一緒に行っています。勿論、佐田木は不在で引き上げたそうです。その刑事が言うには彼の先輩の刑事が元々石丸と知り合いだそうで、三十年近く前から石丸は佐田木の様子を見に下関から出雲まで来ていたそうです」

「石丸と佐田木は面識があるということだな。何の目的でそんなに長い間、佐田木をマークしていたんだろうな……。滝坂由紀子には逢えたのか」

「はい。ほんの三十分ですが、佐田木の墓所がある斐川町の檀那寺で」

「墓地でか」

「嫁ぎ先では様子が悪いようです。由紀子は石丸のことを少女の頃に見た覚えがあると言ってました。子供ごころに石丸があらわれると佐田木はひどく不機嫌になっていたのを覚えていると」

「佐田木には前科《マエ》はないんだよな」

「ありません。銅鐸のことも、由紀子は後で知ったようですが、祖父が鍛冶小屋を最近使ったことはわかっていたと言いました。ただ何を作っているかはまったく知らなかったようです。もっともこの一年半近く三刀屋に由紀子は行ってません」

「たった一人の身内の所にか」

「はい。何でも由紀子は以前、流産したらしく、新しくできたお腹の子に金目のものが悪いから来るなと命じられたそうです。それで由紀子は行かなかったと」

「そんな言い伝えがあるのか」

「あの周辺はヤマタノオロチやスサノオ、オオクニヌシとか伝説だらけですから」

「立石、神話に詳しいな」

「付け焼刃です」

「わかってるよ」

「それで由紀子が口にしたことで、少し気になったことがあるんです」

「何だ？」

「草刈が由紀子から聞いたように、あの銅鐸がもし身内に危害を加えようとする者に対しての警告というか、呪い……、まあそれはいいですが、そういうものだとすると、佐田木にはその心当たりがあったことになります。彼女が、祖父には誰か敵がいたのでしょうか、と訊いてきたんです」

「敵？」

畑江が眉を上げた。

「はい。実は待ち合わせた墓所には寺の和尚が案内してくれまして、佐田木は上京する前にこの寺に来てかなりの供養料を置いていってるんです。和尚が、すべてを承知したような人生じゃった、と言うものですから、少し話を聞いてみました。二人は仲が良かったらしいんです、和尚と佐田木は……。何でも歳が同じくらいで軍隊の経験も似てるそうです。同じ南方戦線の生き残りだと言ってました……」

そうして立石は驚くことを話しはじめた。

「復讐？　そう佐田木が言ったのか？」

畑江の声がかわった。

草刈も思わず立石の顔を見た。

和尚は、その日の午後のことを思い返して話しだした。

「七月の昼下がりのことじゃった……」

彼は目の前に立っている東京から来た刑事に、この話をしておくべきだと思った。

そうでなければ、あの戦争を奇跡的に生き抜き、一人っきりの孫娘のしあわせだけを願って生きてきた老人の無念が晴らされないように思えた。

「佐田木さんも、わしも生きて日本の土が踏めるとは爪の先ほども思うてはおらんかった。単なる偶然じゃ。仏さんが守ってくれたんとは違う。仏さんの力など通用する戦《いく》さじゃなかったからのう。その佐田木さんがわしにこう訊いた。〝人は復讐をしてもええじゃろうか〟とな。わしは言った。あんたにそんな復讐したい人間がおるのか、と。あれはこくりとうなずいて言うた。その相手がたしかにそうかはわからんが、逢いに行ってみようと思う、とな。わしは言うた。相手がそうじゃったらどうする？　佐田木さんは黙ったまま返答せずに、この墓石をじっと見ておった……」


佐田木泰治が下関の金本和枝からの連絡を受け、美智子を引き取りに行ったのは昭和四十九年の二月であった。

山陰本線に乗って下関にむかう間も泰治は美智子の清楚な笑顔とまぶしいものを見つめる時の清々《すがすが》しい目元を思い浮かべていた。一人で電車に乗れるようになってから一年に一度、夏の数日を美智子は泰治に逢いに出雲にやって来た。それは泰治にとって唯一の愉しみだった。

「うち、ここでお父さんと暮らしたいわ」美智子がそう言うと、泰治はそうしたいならいつでも出雲に来ていいのだと言った。そうできたらどんなに素晴らしいかと思った。和枝にもその話は何度もした。「けんどお母ちゃん、あれで一人になると毎晩泣きよるから、それはできんねぇ。お母ちゃん、こっちで暮らしゃええのに」「わしもそう言うとるが、和枝は賑やかな所が好きな女じゃからのう」「わかる、わかる。お母ちゃん、酔うて機嫌がようなると歌《う》うたり、踊ったりするもんね。半島の血じゃろうか。けど怒ると鬼みたいじゃ。ねぇ、一緒に暮らさんの？」泰治は笑って何も応えなかった。

泰治が和枝と逢ったのは昭和二十三年の夏である。戦友の墓参に行き、その合同の盆会《ぼんえ》で和枝と逢った。それは戦時中、朝鮮から兵役にかり出され戦死した人たちの盆会で、泰治が生きて戻れたのはその戦友のお蔭だった。和枝も父と兄を兵隊にとられて亡くしていた。盆会が終った夜、下関の街に一人で飲みに出て、覗いた一軒の店で泰治は和枝と偶然に再会した。昼間と違い濃い化粧をしていたから気付かなかったが、相手から言われて泰治は驚いた。「今夜はその戦友のためにうちとずっとおってよ」和枝は淫蕩《いんとう》を好む女であった。泰治は和枝の肉体に溺れた。三日三晩、和枝と過ごした。金を使いつくして出雲に戻った。一年後、和枝から自分の子を産んだと連絡があった。逢いに行くと玉のような赤児であった。母子を出雲に連れて行くと申し出たが、和枝には惚れた男がいた。赤児だけでも貰い受けたいと言ったが、和枝は月々金を送ってくれとだけ言った。泰治は承諾した。

久しぶりに下関の駅に降り立ち、泰治は和枝のアパートに行った。驚愕した。美智子は泰治を見ても無反応だった。放心状態の美智子の顔から頭部のてっぺんに大きな傷があった。投身自殺を図った折の傷だと言われた。結婚祝いを送っていたが、夫が焼死したことも知らなかった。

「これには今、お腹の中に赤児がおるんよ。うちにはどうしようもならんわ。悪いけど面倒を見てくれんかね。父親なんじゃから……」

泰治は美智子を連れて出雲に帰った。何が美智子に起こったのかはわからないが、泰治は近所の女に美智子の世話を頼み、やがて赤児が誕生した。赤児が誕生してから美智子は少しずつ考え込むような素振りを見せはじめた。美智子を出雲に引き取ってから、何度か石丸と名乗る刑事が下関からやって来て美智子と話がしたいと執拗に迫った。泰治は石丸の人相を見て、美智子に逢わせないと決めた。

美智子の顔に時折、苦悩の表情が浮かぶことがあった。

「このままここで三人で静かに暮せばええ」泰治の言葉の意味が解ったのか、美智子は突然、声を上げて泣き出し、激しく首を振って狂ったように叫《わめ》き立てた。

鍛冶小屋で仕事をしている時、女の悲鳴が聞こえた。あわてて家に戻ると由紀子の乳母が血相を変えて奥を指さしていた。美智子が首を吊っていた。

美智子の死を知って石丸は姿をあらわさなくなったが、一度手紙をよこした。佐田木はそれを読まずに水屋の抽き出しに入れた。

斐川町の檀那寺に美智子の供養料が届いたのは美智子が死んで七年後のことだった。和尚からそれを聞かされた時、泰治にもこころ当たりはなかった。ただその時、泰治は嫌な予感がした。美智子が赤児を置き去りにしてまで自ら死を選ばねばならなかった訳がその供養料を送った者に関わりがある気がした。

「仏が誰ぞにこの世でええことをしたんじゃろう。誰か知らぬが供養をしてくれるのは有難いことじゃ」和尚は言った。金を送ってくるだけで差し出し人の名前はなかった。供養料は毎年、盆会に送られ五年続いて途切れた。

或る夏、泰治が墓参に檀那寺に行くと、墓地の入口で一人の男とすれ違った。大きな体軀《たいく》の男で、その眼窩《がんか》の奥の光が異様に鋭かった。戦地で多くの殺戮《さつりく》を見てきた泰治でさえ男の放っているものに眉をひそめた。泰治が墓地の一番奥にある佐田木家の墓所に行くと線香がまだ煙りを上げ新しい花が供えられていた。泰治は振りむき、男の姿が消えた方を足早に追った。一台のタクシーが参道を疾走しているのが見えた。

——あの男だ。美智子を死に追いやったのはあの男に違いない。

泰治が男を見てあわてたのは、生前の美智子が何度かうなされている姿を目にしていたからだった。それは決まって夜半で、美智子は庭先の闇を指さし、狂ったように「火が、火が……」と叫んだ後で、鬼のような形相をして、赤子を守るように抱いて「来るな、来るな、人殺し」

と口走った。

——やはり何かがあったのだ……。

留守をしていた和尚の執務所に相当な金額を包んだ供養料が置いてあったと後で聞かされた。それっきり、男は檀那寺に関わることはなかった。

孫娘の由紀子は順調に育ち、成長するに従って母に似てきた。泰治にとって由紀子は美智子でもあった。奈良の大学に通わせ、七年後に帰省すると、出雲でも素封家の息子から嫁に欲しいと縁談が持ち込まれた。家としては不釣合いであることが心配だった。誠実そうな息子だった。孫娘がしあわせになるならばと反対はしなかった。最初の妊娠が流れた。二度目も同じだった。そうしてようやく三度目の妊娠を報された時、泰治は三刀屋に孫娘が足をむけるのを止めるように言った。奥出雲には女の神を祀《まつ》った神社も多く、その妬《ねた》みを避けたかった。赤児が順調と聞いて泰治は安堵した。

三月、一人の長髪の若者が突然訪ねて来た。奥出雲の神話について尋ねた。若者は六月に再びやって来て、剣でも矛でもよいから作って欲しいと言って無理矢理金を置いて行った。若者が置いて行った金と一緒に一冊の雑誌があった。出雲の神話が特集してあった。

或る日、その雑誌を捲《めく》っていて、泰治は一人の女性が写った写真の背後にいる男の顔を見て息を止めた。

——あの男と瓜ふたつだ。

指先が震えた。少し歳を取っていたが目の鋭さは同じだった。泰治は水屋の抽き出しから手紙を探した。石丸の手紙だった。

乾康次郎。

この男があんたの娘と一緒にわしの身内を殺した、と記してあった。

泰治は石丸のそんな話を信じなかった。彼はまったく別のことを考えた。それはこの男が出雲にあらわれ、孫娘に何か災いをもたらしはしないかという恐れであった。

泰治は悩んだ挙句に檀那寺の和尚に胸の内を打ち明けた。

「その相手がたしかにそうかはわからんが、逢いに行ってみようと思う」

「相手がそうじゃったらどうする」

泰治は返答できなかった。

「もうお互いいつ迎えが来てもおかしゅうない者が、なぜそんなつまらぬことをする」

——孫娘のためじゃ……。

と言いたかったが、口にしなかった。

畑江は立石の報告を聞いてしばらく考え込んでから、

「その話はそれ以上は前に進まないな。ここだけの話にして忘れろ」

と言い放った。

立石と草刈は畑江の言葉に意外な表情をした。

「立石君、石丸というヤメ刑を一度徹底的に取調べよう。手強いだろうがやってみてくれ」

「わかりました」

その時、別室のドアがノックされた。

入れ、と畑江が言うと捜査員が顔色を変えて入ってきた。

「石丸恭二が病院から逃走しました」

「何？　人を配してたんだろう」

珍しく畑江が声を荒らげた。

「看護師と担当医が負傷してるそうです」

「すぐ応援をやるんだ。何をやってるんだ、おまえたちは」

畑江はそう言ってから、フウッーと大きく息を吐いた。

草刈の鼻先に酒の匂いがした。

「主任、水を持ってきましょうか」

草刈が言うと、一瞬、畑江は目を剝《む》いたが、すぐにちいさくうなずいた。

立石が呆きれた顔で後輩を見ていた。

畑江に水を運んで草刈が廊下に出ると皆川が立っていた。

「今、時間あるか？」

「ああ、そうだったな」

草刈は鑑識課の使っている部屋に行った。

葛西が大きなテーブルの上に海草のついた岩のかけらや、ロープ、黒いビニールを何ヶ所かに分けてじっと見ていた。

「どうも葛西さん、ご無沙汰しています」

葛西は、どうも、と言ったきりテーブルから目を離さなかった。

「見つかったんだよ。同じロープと重しの岩が……」

皆川は小声で言い、草刈をデスクに連れて行った。

「草刈、この写真だが……」

皆川は言って一枚の写真を出した。

それは佐藤可菜子のアパートで発見された写真だった。

可菜子と高谷がどこかの夜の公園で嬉しそうに笑って写っていた。この公園がどこかを捜査本部は断定できないでいた。

「この背後の観覧車だけど、これは動かない観覧車じゃないかと言う人がいるんだ」

「動かない観覧車？　どういうことだよ」

「これは張りぼてなんだよ」

「張りぼて？」

「そう。舞台美術に使われた動かない観覧車さ」

「言ってることがよくわからないが」

「鑑識課《うち》の富永景子さんを知ってるよな」

「ああ……」

草刈はまだ新米の時、証拠品の扱い方で富永景子にこっぴどく叱られたことを思い出しながらうなずいた。

「彼女、昔っから牧淵洋久《まきぶちようく》、〝ヨーク〟の大ファンらしいんだ。〝ヨーク〟って大掛かりな舞台装置を作ってコンサートをやるのは知ってるだろう」

〝ヨーク〟は若いファンから人気のある女性歌手で彼女のコンサートは舞台装置が斬新な上、大仕掛けで有名だった。

「その〝ヨーク〟が年に一度、葉山でミニコンサートをやるんだ。ほら観覧車の窓の中を見てみろよ」

皆川が写真の上に拡大鏡を置いた。

観覧車の中にイルカがいた。

「イルカだ」

「だろう。どうやってイルカが観覧車に乗るんだよ」

「そうか、気付かなかった」

「今、富永さんが〝ヨーク〟のコンサートの制作会社に問い合わせてる。葉山のコンサートは二日間しかやらなくて、それを見せたら去年の夏か、それ以前の夏なのかわかるらしい」

草刈が皆川に手を差し出した。

皆川が笑ってその手を握り返した。

「よしすぐに立石さんに報告しよう」

すると背後で葛西の声がした。

「草刈君、報告はちょっと待ってくれるか。富永君の照会が終ってからの方がいいでしょう。ほどなくわかるから。それに私の方も畑江さんに少し話があるんだ」

「そうですか、主任は今……」

草刈が口ごもると葛西が怪訝そうに見返した。

「どうしましたか？」

「今しがた参考人が病院から逃走したんです。主任のカミナリがさっき落ちたばかりで」

「本当か……」

葛西の顔が曇った。


若洲三丁目の突端に男が二人立っていた。

東京湾の沖合いから吹き寄せる海風が男たちのコートの裾を揺らしていた。

二人の目の前に漆黒の海がひろがっていた。背後にあるちいさな公園の、一基だけある街路灯の照明が足元の海面の波紋を浮かび上がらせていた。

「ようやく雨が上がりましたね」

葛西が夜空を見上げた。冬の星座が東京湾の上にまたたいていた。

「ああ本当ですね。ようやく雲がなくなりましたね」

畑江がまぶしそうに星空を仰いで話を続けた。

「今夜は何だか若い連中に尻を叩かれてしまったな……」

畑江が笑いながら先刻まで開かれていた汐留の鍋屋での新年会の話をした。

「いや申し訳ありません。皆川君は少し酒に飲まれる嫌いがありまして、あれで繊細なところもあるんです」

「わかっています。鑑識もよくやってくれてます」

そこまで話して二人は黙り込んだ。

エンジン音がして一機のジェット機が上昇して行くのが見えた。

「さっき宴会で捜査員の一人が言ったように彼等は捜査が振り出しに戻ったと思ってるんですかね」

葛西はちらりと畑江の横顔を見た。落胆しているようには見えなかった。

「そうは思いません。間違いなく前に進んでいますよ。鑑識課《うち》もまたもたしてご迷惑をかけています」

「いや、そんなことはありません」

「五ヶ月前の夜、そこに犯人はいたんです」

葛西が突端の海面を見た。

畑江も海面を見た。

「今朝、もう一度ここを調べ直しました。明日、ご報告しますが、犯行は一人でやったような気がしますね」

「私も何となくそう思っています」

「そしておそらく船から遺体を投棄しています」

「船ですか？」

「ええ……」

「それは明日、楽しみにしておきます」

「よほどの事情だったんだと思います」

「何がですか」

「八十五歳の老人が上京して来たのは」

「……」

畑江がちいさくうなずいた。

「畑江さん、あれが金星です」

葛西が南西の空を指さした。

「どれですか？」

「あのひときわかがやいている赤い星です」

「あれがそうですか。お詳しいですね」

「子供の時から星ばかりを見ていたんです」

「葛西さん、たしか田舎は富山でらっしゃいましたよね」

「はい。それも山の中のちいさな村です」

「たまには戻られるんですか？」

「いや、私は東京の方が好きです。この仕事が性に合ってるんですよ。もう一人の被害者の佐藤可菜子のお祖父《じい》さんはいい顔をしてましたね」

「そう言えば最初に逢われてるんでしたね」

「ええ、きちんとあの少女の供養ができるようにしてやりたいものです」

「そうしてやりましょう。いや今夜、ここに来て良かった。誘って下さって感謝しています」

「いや、こちらこそ出過ぎた話をして……」

二人が会釈するとまた飛行機のエンジン音が周囲に響いた。畑江は葛西に教えられた星を見つめ直し唇を噛んだ。

22

鑑識課の別室に捜査員たちが集まっていた。

「このロープは昨日、あらたに発見されたもので、遺体から少し離れた部分のものです。こちらが佐田木老人の方です。表面をよく見るとわかるんですが、片面の繊維が伸びています。これはかなり荷重がかかった時に起きるものです。ロープの繊維が伸びている部分が三メートル強あります。最初に発見された遺体は佐藤可菜子でした。その下にロープで繋がれた佐田木泰治の遺体がありました。おそらくこのロープの繊維の伸びは佐田木泰治の遺体を船から投棄する際、音がしないように船体から少しずつ吊り下げたのでしょう」

「それが三メートルということですか」

「少しの誤差はあるでしょうが、おそらく船から水面までの距離はその範囲内です。遺体が海に入った瞬間に荷重はなくなりますから」

葛西の言葉に皆がうなずいた。

「これで船の大きさを推測すると中型のクルーザーと思われます。そうしてこれがロープの伸びていた部分に附着していた塗料です。わずかだったのでこんなに時間がかかってしまい申し訳ありませんでした。塗料の中にＦＲＰ（繊維強化プラスチック）が含まれていますから漁船ではなくクルーザーでしょう。次に二人の遺体にかかったロープの結び目ですが、これは主に名古屋以西の船員、漁師がやる結び方です。輪をこしらえる時に右手前の上に乗るようにやるんです。遺体の投棄に関しては一人で作業をしたものと思われますね」

「どうしてですか」

畑江が訊いた。

「複数ならここまでロープは傷《いた》みませんし、二人の遺体をもっと密着させて縛ったはずです。二人分の遺体を持ち上げることができなかったのでしょう」

「ここまでクルーザーで運べるというと、東京湾全域のハーバーが対象になるということですか」

「いいえ、外房でも三浦半島でも、荒川、隅田川に係留しているクルーザーも対象になります」

「そんなに……」

立石が声を上げた。

「皆川君」

葛西が皆川を呼んだ。

皆川は立ち上がって捜査員に一枚の写真を配った。

「これは佐藤可菜子の神楽坂のアパートから見つかった写真です。背後に観覧車が写っています。どこかの遊園地で撮影されたものと推定して夜間も営業している関東近辺の遊園地、街中の観覧車を調べましたが、これと同じ観覧車はありませんでした。実は……」

そこで皆川は口調を落した。

「実はそれは人が乗り込む観覧車ではなくて張りぼてだったんです」

捜査員が皆川を見上げた。

「それは牧淵洋久という歌手のコンサートの舞台美術だったんです」

「ああ、あの〝ヨーク〟という歌手の」

副主任が言った。

「その〝ヨーク〟の舞台美術だと見つけてくれたのが鑑識課《うち》の富永景子さんです。この先は富永さんに話してもらいます」

富永景子が捜査員たちを一瞥して話し出した。

「〝ヨーク〟は一年に一度、葉山のマリーナでミニコンサートをこの十年やっています。その時の背景に観覧車が必ず作り置かれるんです。それは〝観覧車の恋〟という曲があって、その曲がファンにとても人気があるからです。この観覧車は毎年、少しずつアレンジされるんですが、去年は全体の色彩がブルーでイルミネーションの数が増えてます。これは〝ヨーク〟の舞台美術を制作している会社で確認しました。この観覧車は去年のものに間違いないということでした。去年の葉山でのコンサートは七月三十日、三十一日でした」

「じゃ佐藤可菜子は七月三十日か三十一日にコンサートを見に行ったということだね」

「違います。その写真の観覧車の左端が失くなっています。それはこの舞台美術の撤収作業が行なわれていたからです。コンサートが終了するのが九時過ぎです。終了後、観客が完全に出て行ってから撤収作業は開始されます。つまり七月三十一日の夜の十時から十二時までの間に佐藤可菜子は高谷和也とこの観覧車の見える位置で記念撮影をしていることになります」

「佐藤可菜子の死亡推定日時はどうだったのかね」

畑江が訊いた。

「八月いっぱいです」

「佐藤可菜子は七月三十一日の十時から十二時の間に葉山近辺に高谷といたということだな」

立石が言った。


鑑識課での打ち合わせが終って草刈が昼食に地下の食堂にむかおうとする時、ポケットの携帯が震えた。

発信元を見ると、出雲の滝坂由紀子だった。

「どうも草刈です。何か？」

「実は祖父の下に届いていた郵便物の中に一枚葉書があったのを思い出して、あらためて見てみたんです。何かお役に立てればと思いまして」

「葉書ですか」

「ええ、その時は年金なんかの書類の間に挟まっていたのでつい見過ごしていたんです」

「どのような葉書ですか」

「消印は九月中旬です。差し出し人は神奈川の逗子のご婦人でして、祖父がその方のご主人の墓参に行った御礼を……」

「逗子ですか。それで墓参の日はおわかりになりますか」

「はい。八月三日にわざわざ墓参に見えて、と書いてあります」

「八月三日に逗子に佐田木さんはいらしたんですね」

草刈は携帯を切ると階段を駆け上がった。

畑江が弁当を開けようとしていた。

「主任、出雲の滝坂由紀子から連絡がありまして、三刀屋の佐田木の家に九月中旬に葉書が一枚届いていたそうです。その葉書に佐田木が八月三日に逗子にある戦友の墓参に行っていることが書いてあったそうです」

畑江が草刈の顔をじっと見返した。

23

午後二時半、捜査本部に改めて捜査員全員が招集された。

中央の白板に三浦半島の地図が貼ってあった。

畑江から捜査方針の変更が申し伝えられた。

「今、各班が関わっている捜査についてはすべて中止してもらう……、手元に配った資料の通り、佐田木泰治、佐藤可菜子が去年の八月三日から数日の間に、地図で示したエリアの中で殺害されたと見なし、二人の目撃者の捜索、および殺害現場と遺体を運び出した船舶を特定する。船舶の対象はクルーザーおよび……、車輛の確保、三浦半島での中継場所の準備は終えている……」

そこまで言って、畑江が立ち上がった。

「年明け早々、急に捜査方針を変更したことを謝る。十月以来、休みなしで捜査に邁進してくれているのは承知している。疲れているのもわかっている……」

そして畑江は言葉を止め、軽く机の上を叩くと、背後の地図をその手で叩き、

「犯人《ホシ》の住居《ヤサ》と犯行現場は必ずこのエリアのどこかにある。船舶の一艘一艘から住人のすべて、家一軒一軒をしらみつぶしにあたってくれ。おまえたちの足が上がらなくなるまで捜査にあた

ってくれ。ここが正念場だ。足で探すんだ。頼んだぞ」

ヨオッーシャ、と捜査員の一人が声を出すと、オウッーと声が続いた。

捜査員が立ち上がり、神奈川県警と分担して決めた各班の捜査地域の打ち合わせがはじまった。

湾岸署から次々に刑事を乗せた車が三浦半島にむかって走り出した。

草刈は立石と二人で羽田方向にむかう高速道路を疾走していた。

「足で探すんだ、か……。畑江さんらしいな」

立石が苦笑いをした。

「立石さん、けどこの佐藤可菜子がカツラを被った似顔絵、誰が描いたんでしょうね。上手く描けてますね」

「鑑識課の葛西さんだろう。あの人ずいぶん絵が達者らしいから」

「そう言えば佐田木老人の身元の決め手になったのも葛西さんの絵画の知識だったと言ってましたよね」

「何のことだ?」

「いや、よくは知らないんです。すみません。……どんな奴なんでしょうね?」

「誰がだ?」

「犯人ですよ。もし単独犯だとしたら相当にタフな奴でしょうね。ふたつの死体を船に積み込んで海に出てから投棄してるんですものね」

「捕まえてみればわかる。妙な先入観念を持たない方がいい。それに単独犯と決まったわけじゃない」

立石はそう言うとポケットから煙草を出してくわえたが、すぐに口から離した。

「あっ、かまいませんよ」

「いや、そんな気分じゃないんだ。ともかく現場に急ごう。陽が落ちてしまう」

立石がアクセルを踏み込んだ。

草刈は助手席でもう一度、二枚の似顔絵を見た。黒いカツラを被った女性の顔立ちが誰かに似ている気がした。

24

翌日の昼下がり、石津江梨子は紀尾井町にあるホテルのガーデンレストランで考古学研究会の神谷富雄と昼食を摂っていた。

「そうですか。イタリア旅行は中止にされたんですか。何かあったのですか?」

神谷がサラダを食べながら言った。

「何もありませんわ。日本にいる方がいいと思ったんです」

「そう言えば顧問とのディナーはどうでしたか」

「素晴らしかったわ。あの方はどうおっしゃってました？　私が相手では退屈なさったんじゃないかしら」

「それが去年の暮れから連絡を取っていないんです。大晦日か元日には連絡があるんですが、それもありませんでした。どちらかにご旅行に出られたのかもしれません」

「よく旅行に出られるんですか？　あの方」

「ええ、時々、事務局の皆にパリやバルセロナで買ったチョコレートなどを頂くことがありますから。それにずいぶんと日焼けして戻られることもありますし……。どこかに出かけていらっしゃるんでしょうね……」

神谷が遠くを見るような目をして言った。

——何も知らないのね……。

江梨子は胸の中でつぶやいた。

今朝も江梨子は別荘にいる筒見に電話をしていた。

江梨子の耳の奥に男の声がよみがえった。

「今朝の海かね？　いいね。相模《ここ》の冬の海は素晴らしいよ」

「今すぐそこに行きたいわ」

「………」

相手は返答しなかった。

「何か話して下さる？」

「君の部屋から見える海はどんなだい？」

その声を聞いただけで江梨子の身体の芯が熱くなった。

「東京湾《こちら》の海はつまらないわ。クルーザーを出せばそこから東京湾はすぐだとおっしゃってたじゃない。来て欲しいわ」

相手の笑い声が洩れた……。

「そう言えば君の親友、何と言ったか」

「由紀子でしょう。やっぱり興味があるのね」

「そうじゃなくて、一度逢ってみたいな」

「どうして？」

「君の嫉妬する顔が見られるからさ」

「あら、そんなことに由紀子を使うなんて、いけない人……。じゃいつか機会があればそうしてみましょう」

江梨子はフォークとナイフをテーブルに置いた。身体が火照《ほて》っていた。

「そう言えば今、思い出しましたが、銅鐸というのは古代に作られた時は黄金色なんですね」

「ええ、そう言われてるわ。錫と銅の純度が高ければ高いほどかがやきを増すはずよ。でもどうしてそれを？」

「いや去年の夏、その作ったばかりの銅鐸を見たんですよ」

「あら、どちらで？」

「研究会に寄贈されたんです」

「どなたから？」

「それが名前がわからないんですが、顧問宛に送られてきまして」

「どうして？」

「顧問の功績に感銘された方が注文されたようです。たしか島根の大田市の金属会社の名前が木箱にありました」

「へぇー、出雲の方ね」

「ああ、そうですね。でもあんなに美しいものとは知りませんでした」

「神谷さん、その金属会社の名前はわかるかしら？」

「いや、写しませんでしたね」

「その銅鐸は今どこにあるの？」

「顧問にお送りしました。手紙も入ってましたし……」

「質の良いレプリカなのね。今度、その金属会社の連絡先を聞いておいて下さる？」

「はい。でもどうしてですか」

「次の論文を発表する時、古代の銅鐸のありのままの姿を見せたいの。古代エジプトのピラミッドも黄金色にかがやいていたのはご存知でしょう。出雲大社の社《やしろ》もまばゆいほどのかがやきだったらしいわ。次の論文発表はイタリアでやるんで、むこうの人たちはジパングとゴールドを好むのよ」

「なるほど……」

「あら、こんな時間だわ。午後からスーツの仮縫いがあるの。しばらくしたら先に失礼するわ」

「じゃ私も急いで食べましょう」

神谷がグラスのワインを一気に飲み干した。

25

神奈川県警との合同捜査本部は、逗子、葉山、三浦に至る地域をしらみ潰しに歩き続けたが、捜査がはじまって五日目が過ぎても、目撃者はおろか、二人らしき人物を見たという者もいなければ、八ヶ所あるヨットハーバーに登録され、係留中のクルーザー、小型ボートの中に対象となる目ぼしい船舶を発見することもできなかった。

捜査のエリアをひろげて鎌倉、茅ヶ崎、横須賀、金沢八景にも捜査員を送ってはという意見もあったが、畑江は頑として葉山を中心とした地域に限定するように命じた。

「もう一度、自分たちのエリアを捜査しなおすんだ。何か見落としているものがあるはずだ」

草刈と立石は持ち場である葉山町の森戸海岸を歩き出した。

「いや、正直こたえるな」

立石が海岸沿いの道を歩きながら洩らした。

立石が何を言おうとしているのか草刈にはよくわかった。他の捜査員も口にはしなかったが皆同じように疲れていた。

草刈の両足の筋肉も張りつめていた。これほど歩いたのは学生時代以来だった。

葉山は美しい海岸がひろがっている町だとばかり思っていたが、山からすぐに海に繋がる地形も多く、歩くにしてもアップダウンの道がかなりあった。それに夏だけ使われている別荘も多く、不在の家が何軒もあった。その上、捜査の対象日である八月前半は夏期のレジャー真っ盛りの時で葉山町は普段の何倍もの人が押し寄せていた。

二人はヨットハーバーに隣接したマンションに入り、管理人に許可を得て一戸一戸をあたりはじめた。四日前に尋ねて回った住人があらわれた。

「またですか……。先日と同じことしか言えませんよ。子供が寝たばかりなんですよ」

「申し訳ありません。もう一度、この写真の顔をよく見てもらえませんか」

草刈は佐田木老人と可菜子の写真を出してその主婦に見せた。

「こちらの女性なんですが、もしかして金髪の頭をしていたかもしれません」

「だから先日も話したように、八月っていろんな人でこの町はあふれてしまうでしょう。金髪と言われても、そんな女の子が何人も水着姿で歩いているんですもの……」

奥から赤ん坊の泣き声がした。

主婦の顔色がかわった。

「ですから、もうこれ以上お話しすることはありませんので」

「ありがとうございました」

ドアが勢い良く閉められた。

一時間かけてマンションの各部屋を回って階下に降りると、立石も同じ結果だったようで棟の隅で煙草をくゆらせていた。

二人は顔を見合わせ、お互いに首をちいさく横に振った。

「じゃ次はこのマンションだな」

立石がむかいにあるマンションを見上げた。

昼になって、草刈は立石を先日行ったパン屋に行きませんか、と誘った。立石がうなずいた。県道沿いの隧道を出てすぐのところにあるパン屋のサンドウィッチが格別だった。二人は車の中でそれを食べた。

「今の所、収穫はこのサンドウィッチだけだな」

立石の言葉に草刈は笑った。

「明日の捜査は休みなんですよね」

「何でも赤坂御所が大掃除で、宮さまが葉山の御用邸に見えるらしい。神奈川県警と皇宮警察から捜査の中止命令が出たそうだ」

「知りませんでした。宮さまは大掃除の間は御用邸で休まれるんですね。立石さん、明日はどうしますか？」

「休めと言われたんだから休むよ。もうくたくただ」

「そうですか……」

「君はどうするんだ？」

「自分は明日、この山の上にあるゴルフ場に行ってみようかと思うんです」

「ゴルフをするのか？」

「いいえ、やりません。昨日、長柄《ながえ》を回った時、ゴルフ帰りのご主人がいたじゃありませんか。その人がゴルフ場から東京湾と相模湾が見渡せると言ってたでしょう。一度、そこに立ってみようかと思って」

「何のために？」

「主任が言っていた〝何かを見落してるはずだ〟というのを探しに」

立石は呆れた顔で草刈を見て言った。

「いい姿勢だ。ゴルフボールに当たらないように気をつけろよ」

「わかりました」

26

正月の行事がひととおり終って、滝坂家では世話人たちを呼んで慰労の宴が催されていた。三十人もの来客を持て成すのだから、数日前から家中は準備におおわらわであった。手伝いの者も朝早くから家に入り、料理、酒の支度、家の掃除、庭の整えをした。その宴もようやく終りに近づいていた。

由紀子は宴の初めに挨拶に出ただけで、赤ん坊のこともあって自室で休むように言われた。手伝おうとしたが、手伝いの女たちから、若奥さまは奥で先にお休み下さい、と申し合わせたように口を揃えてそう言われた。由紀子にはそれが義母の意志だとわかった。

由紀子は自室に入り、読みかけの本を手にした。

携帯電話が鳴った。

発信元を見ると江梨子だった。由紀子は口元に笑みを浮かべて電話を取った。江梨子の明るい声が聞こえてきた。

「どう、新しい恋人はやさしくしてくれているのかしら?」

由紀子の言葉に江梨子は京都弁で応えた。

「そんなん違うわ。まだどうなるかわからへんもん」

よほど機嫌がいいのだ。

親友がしあわせなことが由紀子には嬉しかった。

「それで電話をしたんは、由紀子にちょっと訊きたいことがあったの」

「何？」

「出雲の方で銅鐸を作る会社ってあんのん？」

「さあ私はよく知らない……」

そこまで言って由紀子は言葉を止めた。

顔から血の気が引くのがわかった。

「どうしたん？　由紀子、急に黙ってからに」

「ああ、ごめんなさい。聞こえてるわ。銅鐸を作る会社って言ったわね。どうしてそんな話をするの？」

「実はね、数日前、考古学研究会の、ほら由紀子も逢ったでしょう。事務局長の神谷さんが、黄金色にかがやく銅鐸を見たって言うの。それも出雲の方から送ってきたものだって……」

由紀子は胸の動悸を覚えた。江梨子に気付かれないように生唾を飲み込んだ。

翌早朝の横須賀線で草刈は寝入ってしまい、もう少しで乗り越してしまうところだった。

逗子駅で降り、ゴルフコース行きのバスに乗り、受付で名前を名乗った。昨夕、葉山署からコースに連絡を取っておいてもらった。係の若い男が出て来て草刈が訪ねてきた主旨を話すと、男は納得して草刈を車に乗せてコースに案内した。

「おっしゃってるのはダイヤモンドコースの四番ホールのティーグラウンドからの眺めだと思います。そこは東京湾と房総半島が見渡せますが、ティーグラウンドの後方に祠があり、そこからなら相模湾も見ることができます」

車はコースの外周を回って坂道を登り、そこから歩いてコースに出た。

「ここでしょう」

「いい眺めですね」

眼下に東京湾と彼方に房総半島が横たわっていた。ゴルファーがやって来て草刈を一瞥したがすぐにプレーをはじめた。男と背後の祠に続く階段を上った。草刈は祠の前で手を合わせた。草刈は事件が解決するように祈った。木々の間から相模湾と江の島が見えた。

「葉山町は見えませんかね」

「それならエメラルドコースですね」

次の場所に行くと葉山の町がよく見渡せた。

「少し時間がかかりますので、帰る道を教えて頂ければ一人で引き上げますから」

男は迎えに来るのでと携帯の番号を教えてくれた。

草刈は持参した双眼鏡を出し、葉山の町を見はじめた。毎日、足が棒のように感じるほど歩いた場所は、やはり山や沢の方が多かった。

「あれ、あんなところに棚田があるんだ」

山間《やまあい》の中にほんのわずかだが田圃《たんぼ》があり、そこから一条の煙りが昇っていた。

草刈は地図をひろげ、その場所をチェックした。

風が強かった。富士山が山肌を青く霞ませ冬の陽に雪がかがやいていた。


その日の夕暮れ、自宅で洗濯をしている時に草刈の携帯電話が鳴った。

滝坂由紀子からだった。

「草刈です。あっ、洗濯機の音がうるさいんで場所を変えます」

「今日はお休みなんですか」

「はい。三ヶ月ぶりの休みです」

「まあ、そんなに……。大変ですね」

「いいえ、慣れていますし、そういう仕事なんです。すみません、つまらないことを話して。それでご用件は？」

「実は、先日お話しした祖父の作った銅鐸のことで、それに似たものを去年の夏、東京で見たという人の話を聞いたものですから」

「えっ、本当ですか」

「はい。すごい偶然なんですが……」

草刈は由紀子から、銅鐸を見たのが先日の取調べの時に由紀子に付き添っていた女性の知り合いだと聞いて驚いた。

「私、その銅鐸は祖父が作ったもののような気がしてならないんです」

「自分も同じことを思いました。明日でもすぐにその顧問の筒見真也という人の話を捜査本部に話してみます」

「よろしくお願いします。洗濯機、大丈夫ですか」

「あっ、忘れてました」

草刈は由紀子に礼を言って、明日、改めてこちらから電話をする旨を告げた。

草刈は携帯を切ると、妙な胸騒ぎがしてバッグの中から例の切り抜きを出した。

やはりそうだった。考古学の賞を獲った女性研究者の記事に写っていたのは、あの時由紀子と一緒にいた女性だった。

――石津江梨子准教授か。あの女性が考古学者だとは思わなかった。

『刑事さん、もうそのくらいでいいでしょう。由紀子さんの身体は……』

気丈な声が耳の奥によみがえった。

――これって偶然なのだろうか？

すると皆川がいつか言った言葉が思い浮かんだ。

『葛西さんが言うには、偶然が見えないものを見えさせるらしいぜ』

――そんなことがあるんだろうか。

草刈は石津江梨子の写真を見た。

胸にバラのかたちのリボンをして笑っていた。何かのパーティーだろうか。背後の男たちも笑っていた。その中に同じ赤いリボンをつけた男が一人立っていた。

「もしかして、石丸は古代神話のことじゃなくて、この写真のために切り抜きを持っていたんじゃないだろうか……」

草刈はもう一度、江梨子と背後の男たちの顔を見た。

病室でじっと雨を見ていた石丸のうしろ姿と横顔が浮かんだ。


翌日、草刈は事件がまったく予期しない展開に動きはじめたことに期待と不安を抱きながら、昨日ゴルフコースから見た葉山町の、地図に記しておいたいくつかのチェックポイントを回っていた。午前中、歩きどおしたが、どこも無駄足だった。

これが最後だと、稲田があった場所にむかって坂道を登りはじめた。立石は車の中で休んでいる。昨夜、由紀子からの電話の件を立石はあれから畑江に連絡し、夜明け方まで捜査の手配をしていたらしい。

草刈は立ち止まった。足が萎えているのだ。今朝、捜査本部を出る時、捜査員の一人が洩らした吐息交じりの言葉がよみがえった。

「もう限界だぜ。これ以上は身体が言うことをきかんぜ」

草刈も同じ気持ちだった。同僚の愚痴を掻き消すように耳の奥で畑江の声がした。

「いいか。足が上がらなくなるまで歩いて探すんだ。足で探すんだ」

草刈は唇を嚙んで坂の上を見た。たいした距離ではない道程が果てなく遠くに思えた。すると坂の上に一瞬、人影が横切った。

――あれっ、人がいるんだ。

草刈は坂の上に着いた。そこはちいさな棚田になっており、一人の老人が土を掘り返していた。寄せて来た海風が額の汗を拭った。

老人は草刈に気付いて、顔だけをむけ、オーッと笑った。

「こんにちは。精が出ますね」

「本当だな。これが仕事だからのう」

「ちょっと話していいですか。お聞きしたいことがあって」

老人は土を掘り返すのは止めなかった。

「あの……」

老人は農具を田の中に突き立て首に回した手拭いを外し、ゆっくりと草刈に近づいてきた。

「ちょうど昼にしようと思っていた」

老人は畦道に腰を下ろし、かたわらに置いた布袋を解きながら草刈をじっと見上げ、不動産屋さんかね、と訊いた。草刈は笑って首を横に振り、老人の隣りに座った。

「時折、不動産屋が来て、買える土地がないかと言う。どうだ、食べるか」

老人は握り飯の入った弁当箱を差し出した。草刈は老人を見て笑い、いただきます、とひとつ取って口に入れた。腹が空いていた。

「この握り飯は美味《うま》いですね」

「そうか、ここでこしらえた米だ。いい眺めだろう。平和がいちばんええ。野良仕事なんぞ見たことがないだろう」

「いいえ、母の実家が長野の伊那で、子供の時、田植えを手伝いました。稲田は好きです」

「そうか……」

老人が嬉しそうに草刈を見た。

老人は相模湾を見て目を細めた。

「この辺りは皆わしの土地じゃった。そのむかいの小山からずっとあっちまで。目の前の小山は戦争に敗れた後、進駐軍に取り上げられた。何とかという進駐軍の親方が別荘にしやがった。マッ、マカ……とか」

「マッカーサーですか」

「そう、そいつじゃ」

「あの、去年の七月の終りから八月初めのことで少しお聞きしたいことがあるんですが」

「そんな前のことは覚えておらんよ」

草刈はポケットの中から佐田木と可菜子の写真を出した。佐田木の写真を見せた。

「えらい爺さんだな。知らん」

次に可菜子の写真を見せると、老人はまた首を横に振った。ところが可菜子の黒いカツラの似顔絵を見せると、老人の表情が一瞬変わった。そうして似顔絵を手に取りじっと目を凝らした。

草刈は息を飲んだ。

「見覚えがありますか」

「似ている気はするが、ようはわからん」

「いつのことですか、この絵の女の子にお逢いになったのは」

「……あれは去年の、そう、盆前じゃ」

「八月の、旧盆前ですか」

老人はうなずいて話しはじめた。

「その女の子が、ほれ、そこに立って笑っとったんじゃ。びっくりしての。何をしとると聞いたら野良仕事を見てると笑って言うた。そう、昼時じゃった。珍しい子じゃと思うた。ずっと仕事を見ておった。それで休憩にして少し話をした」

「は、はい」

草刈は手に汗を掻いているのがわかった。

「その子の祖父さんも百姓で、子供の時、一緒に田圃に入って雑草抜きを手伝うたとか、棚田の土盛りをひと冬やったとかな。わしは嬉しゅうなった。その上農学校に通っとったと言うんじゃ。パンをひとつわしにくれた。ええ子じゃった」

老人は懐かしむように海を見た。

「そ、それでその子はどうしたのですか？」

「ツツミという名前の別荘を探しとると言うから、それなら、ほれ、その小山全部がそうじゃ、この下の煙草屋の裏手が別荘の裏階段になっとると教えてやった」

「それで女の子はその家に入ったのですか」

老人はうなずいた。

「階段の途中で大声を上げてわしに手を振った。そう、ええ子じゃった。なぜ、そんなことを聞く？」

老人が訊き返した時、草刈は、ありがとうございました、と言葉を残し、坂道を駆け出していた。

煙草屋の前に停めた車の中で立石が目を覚まして煙草を吸っていた。

立石が草刈に気付いて窓を開けた。

草刈は車の窓枠を握りしめて息を切らせながら言った。

「立石さん、見つかりました。目撃者がいました。佐藤可菜子に間違いありません」

立石が目を見開いて、草刈を見返した。


五日後の一月十三日。その別荘を取り囲むように三ヶ所の拠点と県道、私道の要所に捜査員と警察車輛が配置されていた。

「巧《うま》くできてやがるな。こっちからはまったく中の様子が見えないな……」

捜査員が別荘の敷地を見渡せる海側のマンションの、一室のカーテンを閉じた隙間から双眼鏡を手に立っていた。

彼は双眼鏡の焦点を下方にむけた。

「船庫のシャッターは閉じたままだな。本当に奴は海に出るんだろうな」

「大丈夫だよ。海が見たいということで滝坂由紀子はここに来ることになっているんだから」

部屋の奥から畑江が言った。

「それにしても盲点でしたね。まさか個人の桟橋を持っている家があるとは思いませんでした」

「敗戦の名残りだよ。この国は敗戦国だったということだ」

神奈川県の船舶使用許可の中で、この別荘だけが終戦直後、占領下に米軍の司令官クラスのサマーハウスとして使用されたため、個人所有の桟橋の使用許可が今日まで認められ続けていた。

畑江の携帯電話が鳴った。

「畑江だ」

「草刈です。今、横浜横須賀道路にタクシーが入りました」

「じゃ、あと四、五十分だな」

「もう少し早いかもしれません」

「別荘に入るのは海側か？」

「たぶん裏手の山側だと思います。石津江梨子が知っている道がそちらの方だと滝坂由紀子が言ってましたから」

「わかった」

畑江は電話を切ると静かに言った。

「あと三十分か、四十分で石津江梨子と滝坂由紀子は到着する。山側から中に入るものと思われる。××、鑑識課にそれを報せて来い」

別荘に一番近いアパートの一室に葛西以下、十数名の鑑識課員が待機していた。

「出てくれよ。海へ。絶好のクルージング日和だからな……」

捜査員が下唇を舐めながら言った。

畑江はその声を聞きながら、三日前に立石とやり合った会話を思い出していた。

「主任、これだけ状況証拠が揃っているんです。目撃者の農夫だっています。踏み込みましょう。踏み込めば別荘の中から何か出ますよ。血痕だってあるかもしれません。なくともとっ捕まえて絞り上げれば吐きます。吐かせてみせますから、お願いします」

「だめだ。今あるのは状況証拠だけだ。もう半年近く過ぎてるんだ。証拠類もすでに投棄してると考えるべきだ。最後の最後で詰めを誤るのは断じてならん。絞り上げて吐く犯人じゃない。待つんだ」

それでも立石は引き下がらなかった。

「それでしたらひとつ提案があるんですが……」

「何だ？」

「実は草刈が言い出したんですが、犯人《ホシ》が滝坂由紀子に執拗に逢いたがっているらしいんです。由紀子ならあいつをいっとき外に連れ出せると思うんです」

畑江は上気した立石の顔から目をそむけ、立ち上がると窓辺に寄った。腕組みをしてしばし東京湾を見ていた。

「立石、ちょっと別室に行こう」

二人は机をはさんで対峙した。立石の荒い息遣いが聞こえた。

違法捜査であった。畑江は目を見開き、下唇を噛んだ。しばしの沈黙の後畑江が口を開いた。

「男が滝坂由紀子に逢いたがっているというのは本当なんだな」

「草刈の話では間違いないようです」

「本当に彼女が男に逢いに行けば、男をあの別荘から少しの間だけでも外に引っ張り出せるのか」

「草刈を呼びましょう」

立ち上がった立石に畑江が言った。

「おまえ、俺たちが何をしようとしているのか、わかってるんだろうな」

「仲人を追込むようなことを私はしません」

別室に呼び出された草刈は、畑江の話を聞いて大きく頷いた。

「海に連れて行ってくれるなら逢いに行ってもいいと男に提案してもらいます」

「それができるのか？」

「できると思います。滝坂由紀子はその男に何としても罪の償いをさせたいと言っていましたから」

立ち去ろうとする草刈に畑江が言った。

「草刈、男はどうして滝坂由紀子にそれほど逢いたがってるんだ」

「わかりません」

畑江が犯人逮捕の決め手と考えているのは佐藤可菜子の遺体の爪の間に残っていた特殊な残滓だった。その成分が別荘から発見されれば、突破口が開ける。

「何かを掻きむしった跡でしょう。爪下血腫が出ているくらいですからそれも相当な力でです」

葛西はそう説明した。

可菜子の解剖の結果、彼女の胃の中にはほとんど残留物がなかった。捜査本部は可菜子が数日間、監禁されていたのだろうと推測していた。その推測が正しいとすると、可菜子は監禁されていた場所で、すべての爪にそれが埋まるほど壁か何かを掻いていたのではないか。男が滝坂由紀子たちを海に連れ出したら、立石と数人の捜査員が極秘に家の中を調べる準備を整えた。

本庁の課長以下、上司の顔が浮かぶ。

――失敗すれば、私は終るな……。

畑江はそんな先のことを考えるようになった自分が歳を取ったのだろうと思った。

前方のタクシーを見ながら立石が言った。

「それにしても、由紀子の旦那はよくこんなことを許したな。しかも身重だというのに」

「あの女性の意志でしょう」

「意志？」

立石が怪訝そうな顔をした。

草刈は三日前のことを思い出していた。

事件の重要人物があの別荘の中にいることはほぼたしかになったが、そこから捜査本部は打つ手を失っていた。

筒見真也と名乗る考古学研究会の顧問には戸籍がどこにもなかった。家族も、何の仕事をしているのかも手がかりがなかった。

そんな折、由紀子から連絡が入った。

「草刈さん、私、その人に逢ってみようと思います」

「えっ、あなたが、どうしてですか」

「江梨子が言うには、その人が私に逢いたがっていると……」

「それは危険です。相手はお祖父さんを殺害した犯人かもわからないのです」

「草刈さん、私は、私のためにその人に逢っておきたいのです。危険なことはしません。私のお腹には子供がいるんですから」

翌日、由紀子は上京した。

草刈は由紀子と再会した時、以前と顔付きが変わっているように思った。

由紀子と一緒に上京してきた彼女の夫はひどく動揺し、興奮していた。草刈は由紀子が夫に事情を話したのだと思った。

ホテルの部屋に同行するやいなや、滝坂敬二は草刈に唾を飛ばしながら言った。

「君たちが由紀子を唆《そその》かしているんじゃないのか。許さんぞ、そんなことは」

「あなた、この方にそういうふうに言わないで下さい。私は自分の意志で来たのですから……」

「何を言ってるんだ。おまえのお腹の中には赤ん坊がいるんだぞ。それも滝坂の家の跡を取る大切な子供なんだぞ」

由紀子が草刈をちらりと見た。

草刈は部屋の外に出た。ドアを半分開けて廊下で待つことにした。

由紀子の声がはっきりと草刈に聞こえた。

「敬二さん。私はあなたの家の跡取りを産むためにあなたと結婚したのではありません。お腹の中のこの子はあなたの子供であると同時に、私の、佐田木の家の大切な子供でもあるんです。私はこの子を、私が子供の時に味わった、母親のない可哀相な子供には絶対にさせません。この子がこれから先どこに行こうとずっと私は見守るつもりです。この子のためにも私は祖父に酷《ひど》いことをした人を許せないから、ここまで来たんです」

それでも草刈には、なぜ由紀子が容疑者に逢おうとするのかわからなかった。

今、結果的に由紀子に容疑者を別荘から外に出す囮の役割をさせていることに、草刈は不安を抱いていた。

「おっ、もう一人の女が携帯電話をかけはじめたぞ。もうすぐ着くと報せてるんじゃないのか」

後部席の石津江梨子が携帯を手にしているのが確認できた。

「おそらくそうでしょうね」

やがて前方のタクシーのランプが点滅して高速の出口にむかいはじめた。

男は江梨子からの電話を切ると、バスルーム脇のクローゼットルームに行き、シャツを着換えた。

上半身裸の自分が鏡の中に映っていた。左の首から胸元にかけて火傷の跡が酷い色をしてひろがっていた。

ベッドルームでの江梨子の声が耳の奥でよみがえった。闇の中で江梨子の指が胸元をなぞっていた。

「ねぇ、何なの、この胸から背中のあなたの肌の感触。ふれてるだけでとても感じてしまうわ……」

貧乏からの脱出の勲章を女は悦楽と結びつけていた。

男は口元に笑みを浮かべた。その笑みが、鏡の前に置いた一枚の写真に目がむけられるとすぐに失せた。

男は左手でシャツのボタンをかけながら右手に取った写真の中の女を見つめた。

「滝坂由紀子……」

男は名前を口にした。

「こんなことが本当にあるのだろうか」

信じられないほど美智子に似ていた。しかし美智子は、あの夜、関門海峡に身を投げて死んだ。出雲へ墓参に行ったのだ。

「誰なんだ、おまえは……」

男は写真の女に呼びかけた。

どうしてもこの女を手に入れなくてはならない。残る余生をこの女とともに生きるのだ。それが自分の望みだったのだから……。

——そう、あの少女とは違うのだ。被らせた黒髪のカツラを取ればただのバカな若い女であるあいつと、この女はまるで違うのだ。

男はピルケースの中から向精神薬を二錠出し、口の中で噛むようにして飲み込んだ。効き目のある薬だった。

二年前、新宿の風俗店に入り、そこで出逢ったアケミという女が教えてくれた薬だった。その女の伝《つて》で少女を知った。目元、鼻から口元にかけて美智子に似ていた。少女との遊びに我を忘れそうにさえなったが、それはこの薬のせいだったかもしれない。

カツラを被らせた時の少女を見て男は驚いた。美智子に似ていた。それが余計に男を興奮させた。男は美智子の名前を呼びながら少女の肉体を貪《むさぼ》った。

新宿のホテルで逢っていた少女を初めて別荘に呼んだのは、今年の夏のことだった。無口な少女と会話をした時、何か欲しいものはないかと訊いた男に、少女は湘南の海が見てみたい、と言った。男は別荘に少女を呼んだ。海を背景に全裸で笑った少女に男は興奮した。美智子の生まれかわりに思えた。

少女が別荘を出た翌夕、葉山ではコンサートが開催され少女はそれを見て行くと言っていた。翌日の午後、別荘に一人の若者がやってきた。若者は少女のこともアケミのことも知っていると言って男を恐喝した。男は金を受け渡す日時と場所を若者に告げた。

二日後の夜、歌舞伎町の外れにある工事現場に若者はあらわれた。男は隣りのビルの屋上から数人の中国人に囲まれた若者を見ていた。最後まで見る必要はなかった。

少女を翌日別荘に呼んだ。享楽に溺れた後、少女に薬を飲ませ、地下室に監禁した。

そんな折、あの銅鐸が届いた。

銅鐸の紋様の隅に、乾康次郎殿と刻んであるのを見て、男は驚愕した。世の中から抹消した名前である。

――誰だ？　この銅鐸を送ってよこしたのは。

下関の刑事の顔が浮かんだ。

木枠の包みの中に入っていた連絡先に電話を入れた。

「あなたはどなたですか？」

「佐田木泰治です。美智子の父親です。お逢いできますでしょうか」

美智子の父親とは思わなかった。

父親が何を知っているのかはわからなかったが、逢ってみてどうするか決めようと思った。

相手を別荘に呼んだ。

美智子の父親はかなり高齢のはずだが矍鑠《かくしゃく》としていた。

「美しい銅鐸をなぜ私に下さったのですか」

老人は無言だった。

その時、階下から泣き声のようなものがした。老人の表情がかわった。泣き声はやがて悲鳴にかわり、助けて、誰か、助けて、と少女のはっきりした声にかわった。口元を縛っていたロープが解けたのだ。老人が立ち上がり、声のする窓辺に近寄った。男はテーブルの上のブロンズ像を手に立ち上がり、振りむいた老人の頭部を殴打した。一撃で老人は崩れ落ちた……。

男はクローゼットを出るとキッチンに行き、トロ火にかけておいたシチューの鍋の蓋を開け匂いをかいだ。申し分なかった。海から戻れば、これを由紀子にご馳走しようと思った。

睡眠薬を溶かした水もペットボトルに移し、冷蔵庫に入れてある。

江梨子を始末することになるかもしれなかった。

年明けの江梨子の電話で、彼女の口からイヌイという名前が出た。その名前の男を探している刑事に逢ったと言った。あの刑事がまた自分を追っているのだ。江梨子は状況を何も把握してない様子だった。いずれにしてもまずあの刑事を見つけ出して始末をすることが先だ。ことによっては江梨子も同じように……。

ブザーが鳴った。

セキュリティーのライトのひとつが点って裏門から人が侵入したことを告げた。モニター画面を映し出すと、そこに二人の女が歩いてくる姿が映っていた。

男はモニターのカメラをズームさせ、江梨子の背後にいる淡いブラウンのコートを着た女の顔をアップにした。

「美しい……」

男は吐息交じりに言った。


「主任、船庫のシャッターが動きはじめました」

捜査員の声に畑江は窓辺に寄り、双眼鏡を手にそれを確認した。

「全員に報せろ」

「わかりました」

部屋にいた数名の捜査員が立ち上がった。

「湾岸署の警備艇に連絡しろ。今、どこで待機してるんだ」

「江の島のむこう側です」

「よし、すぐ連絡しろ」

ゆっくりとクルーザーがレールの上を滑り出すと、やがて桟橋にむかって三人の人影が歩いて来るのが見えた。

畑江は初めて、その男の顔を双眼鏡で見た。

笑いながら歩いている女の話を聞いて白い歯を見せているが、男の目は笑っていなかった。屈強そうな体軀がブルーのヨットパーカーの上からでもはっきりと感じられた。

——この男か……。

畑江は男の顔を見ながら、よくこの男まで辿り着けたものだ、と思ったが、その感慨を搔き消し、

——さあ正念場はここからだ。

と自分に言い聞かせた。

他の捜査員たちも或る感慨を抱いてリフトを操りはじめた男の姿を眺めていた。

その気持ちは別荘に一番近い西側のアパートに入った立石と草刈も同じだった。

草刈は由紀子の姿だけを見続けていた。

クルーザーが岸を離れるまでが長い時間に感じられた。

クルーザーは桟橋で二人を乗せると、大島方向に舵を取り速力を上げた。

「まだですか、主任」

「まだだ」

畑江はクルーザーが沖合いで江の島方向にむかって舳先《へさき》をかえたのを確認すると静かに言った。

「よし踏み込め」

何人もの捜査員が同時に電話で指示する声が部屋に響いた。

捜査員が一斉に別荘にむかって走り出した。


由紀子は水平線の彼方を見ていた。

冬の陽差しを受けた海面がきらめきながら、由紀子の顔を光らせていた。

「どうですか。相模の海は気に入ってもらえましたか」

声に振りむくと男が笑って立っていた。

「ええ、とても綺麗です。私の生まれ育った海はこの季節、空も海も鉛色なんです」

「お生まれはたしか」

「出雲です」

「いい所なんですか」

「お見えになったことはありませんの」

「はい、まだ」

「じゃ、ぜひ一度お見えになって下さい。今度は私がご案内しますから」

「それは愉しみだ。ぜひ行ってみましょう。寒くはありませんか。ホットワインがありますが、お飲みになりませんか」

「今はお酒は……」

由紀子がふくらんだお腹に手を当てて微笑した。

「ぜんぜん釣れないわ」

釣り糸を垂れている江梨子が不満そうな声を上げた。

「餌を取られたのかもしれないね。そろそろ引き上げようか。美味《おい》しいシチューが待っているよ」

「本当に？　由紀子、顧問の料理は抜群よ。そうね。早く戻りましょう。ねぇ、あの少し大きな船は何なの？」

「警備艇だね。数日前、茅ヶ崎で海難事故があったらしいから、その探索をしてるんだろう」

「そうなんだ」

――沖に出ても対策は万全にしてありますから……。

由紀子は警備艇を一瞥し、耳の奥で草刈の声を聞いた。

男が江梨子の釣り竿を巻いている。

江梨子がそばに来てささやいた。

「由紀子、私は今夜、別荘に泊まるんだけど……」

「私は夫がホテルで待ってるわ」

「そうね。でも夕食だけはして行ってよね」

由紀子はちいさくうなずき、嬉しそうにして男に近寄って行く江梨子の背中をもう一度見直し、哀しい目をしてうつむいた。


捜査員が別荘に入って、十分もしないうちに地下室の存在を畑江に連絡してきた。

二十分後、葛西から連絡が入った。

「被害者、佐藤可菜子の爪に残った残滓と地下室の壁にあった爪で掻きむしられた跡のある周辺の成分が一致しました。血痕も採取していますが、そこに頭髪が混じっていました。これはおそらく佐田木泰治のものと思われます」

「やったな……」

立石の声が背後で聞こえた。

湾岸署の警備艇から、監視中のクルーザーが三浦半島方面にむかって航行しはじめたと連絡が入った。

畑江は立石と草刈に連絡を入れた。

「クルーザーが戻ってくる。令状を持っておまえたちが迎えに出てやれ」

「わかりました。ありがとうございます」


クルーザーが桟橋にむかって進んでいた。

江梨子の声がした。

「あら誰か桟橋に立ってるわ。プライベートなエリアなのに……」

船の一番後方に座っていた由紀子の目にも桟橋に立つ二人の人影ははっきりと確認できた。

彼らに気付いたのか、舵を取っていた男の背中があきらかに緊張して行くのが由紀子にはわかった。

男は桟橋の二人の男をじっと凝視し、それから周囲の建物を見回した。ちらりと見えた男の横顔と、その視線の鋭さに由紀子は船べりを持つ手に力を込めた。

少しずつ船が桟橋に近づいて行く。

男は船笛を一度鳴らして、そこを出て行くように片手を大きく振った。

二人の男はそれでも動かなかった。

「何よ、失礼ね。ネクタイなんかしちゃって何の用かしら……」

江梨子が怒ったように言った。

男はもう一度、周囲を見回した。背後を振りむき、由紀子の方を一瞬見た。それまでとはあきらかに違う表情をしていた。

桟橋に立つ二人の男の顔がはっきりと由紀子には見えた。

若い男は草刈大毅であった。


殺人と死体遺棄の疑いで逮捕された筒見真也こと乾康次郎は、その日のうちに東京湾岸署に身柄を移された。

康次郎は立石の取調べにいっさい黙秘を通した。佐田木泰治、佐藤可菜子の遺体写真を見せられた時も眉ひとつ動かさなかった。

容疑者逮捕を伝える新聞が出た日の早朝、逗子駅構内の公衆トイレの奥で石丸恭二がうつぶせに倒れているのを駅員が発見し、かすかに息があるのを確認して救急車を呼んだ。しかし病院に到着する前に石丸は息絶えた。

二日後、葉山の別荘の周囲を探索していた捜査員が裏手の林の中に何かを埋めた跡を見つけ、掘り返すと、そこに黄金色の銅鐸があった。

二月に入り、入院中だった高谷和也がようやく意識を回復したが、家族はおろか自分の名前さえわからない状態であった。数週間後、和也は家族とともに岩手の実家に戻った。

出雲、斐川町の佐田木家の檀那寺の境内に桜の花がほころびはじめた三月中旬、滝坂由紀子は可愛い女児を出産した。

27

葛西隆司と皆川満津夫は盛岡で新幹線を降り、在来線を乗り継いで岩泉線のちいさな駅のプラットホームに立った。

改札口を出ようとすると、麦藁帽子を手にした佐藤康之が立っていた。

「遠路わざわざお見えいただきましてありがとうございます」

佐藤老人は深々と頭を下げた。

二ヶ月前、葛西が佐藤老人に可菜子の墓参に伺いたい旨の手紙を出した。半月後に返書が届き、遠隔地ゆえに気持ちだけ頂戴するとあったが、葛西はいささか強引に訪ねる日を記して手紙を出した。

皆川は目の前の佐藤老人が元気であったのが嬉しかった。報告したいことがあった。

家までの道々、葛西と佐藤老人は、今年の天候のことや近くにある龍泉洞の話をしていた。

皆川は老人の背中が一年前よりちいさくなったのを感じた。山麓のちいさな家であった。家に上がると葛西と皆川は仏壇の前に座り手を合わせた。

葛西と皆川は仏壇の中に並んだ位牌の数に驚いた。一番手前に新しい位牌がひとつあり、それが可菜子の位牌だとわかった。二人は仏壇の前に手土産品の菓子箱を置き、茶を運んできた佐藤老人に頭を下げた。

葛西は老人に自分たちが逢ってもうすぐ一年になることを話していたが、老人は耳が遠くなったのか話がかみ合わなかった。

「佐藤さん、墓参の帰りにできれば稲田を見せて欲しいのですが」

葛西の言葉に老人はうなずいて、墓は少し山の中にあります、と言った。二人とも老人が少し要領を得ていない気がして心配になった。

墓地に行く道で葛西は、高谷和也が無事退院して家に帰ったことを告げた。これにも老人は生返事で応えていた。山径を三十分余り歩くと、少し拓けた土地に出て、そこに三層になった棚田が木々に囲まれるようにあった。まだ青い穂が北上山地からの風にたわみながら揺れていた。

老人は棚田の前に立つと急に背筋を伸ばし、自分の家族でも見るような目で辺りを見回し、はっきりした声で、ここがわしらの田圃です、と言い、棚田の上方の沢の切れ目を指さし、あれが皆の墓です、と先刻とは別人のような顔で二人を見た。

墓参を済ませ、再び老人は棚田の前に立った。今年の米はどうですか、と葛西が訊いてもうなずくだけだった。一陣の風が吹き抜けた。すると老人は急に稲田の中にどかどかと入り、二人を振りむいて手招きした。葛西と皆川は顔を見合わせ老人の後に続いた。

老人は稲田の端まで行くと、一層上の棚田の土盛りを両手で叩くように触れ、その右手を二人にむけて、

「五年前に、あれと二人でこの土盛りをひと冬かかって作りました。よくできております。崩れもしません」

二人にはあれが、可菜子のことを言っているのだとわかった。

「ようできております。ようできて……」

老人は同じ言葉をくり返した。

皆川が声を少し大きくして話しはじめた。

「佐藤さん、事件が、犯人が逮捕できたのは可菜子さんがあなたと一緒になさった農作業のことを……」

老人は皆川の言葉が聞こえていないのか、盛り土を撫でていた。

「だから可菜子さんはあなたのことを一時でも忘れなか……」

その時、葛西が皆川の肩に手を置いた。

見ると老人はまた盛り土を人の身体にふれるように探っていた。

葛西が老人の隣りに行き、同じように両手で土に触れ、よくできてますね、と笑った。皆川

も葛西の隣りに行き、両手をつけて、よくできてますね、と笑って言った。

「ありがとうございます。あれがこしらえました」

老人は深々と頭を下げた。

そうして上げた顔の頬に大粒の涙が伝っていた。それを見て、皆川は土を握りしめた。指先が震え出し顔を上げることができなかった。

稲田の中に立つ三人の頭上を、秋にむかう北上山地からの颪《おろし》が音を立てて流れていた。

初出　オール讀物　二〇一一年一月号〜三月号
二〇一一年五月号〜九月号

本書はフィクションです。
登場する企業、団体、人物などは全て架空のものです。

伊集院 静（いじゅういん・しずか）

一九五〇年、山口県生まれ。

立教大学文学部卒業。CMディレクターなどを経て、八一年「皐月」で作家デビュー。九一年『乳房』で吉川英治文学新人賞、九二年『受け月』で直木賞、九四年『機関車先生』で柴田錬三郎賞、二〇〇二年『ごろごろ』で吉川英治文学賞受賞。『大人の流儀』『浅草のおんな』『お父やんとオジさん』『いねむり先生』『なぎさホテル』『伊集院静の流儀』など著書多数。

星月夜《ほしづきよ》

二〇一一年十二月十日　第一刷発行

著　者　伊集院《いじゅういん》　静《しずか》

発行者　羽鳥好之

発行所　株式会社　文藝春秋

〒一〇二-八〇〇八
東京都千代田区紀尾井町三-二三
電話　〇三-三二六五-一二一一㈹

印刷所　凸版印刷

製本所　加藤製本

万一、落丁・乱丁の場合は送料小社負担でお取替えいたします。
小社製作部宛、お送りください。定価はカバーに表示してあります。

　ISBN 978-4-16-381030-0　

文藝春秋刊（単行本／文庫）

羊の目

神とは、救いとは何か。
伊集院文学の最高峰

男の名はサイレントマン。神に祈りを捧げる
殺人者——。戦後の闇社会を震撼させた男の
哀しくも一途な生涯を描いた、傑作長編小説

伊集院 静

少年譜

耐えよ、なお励め——。
感動の少年小説集

炭焼き小屋の老夫婦にもらわれたノブヒコの数奇な運命を描く表題作や、鍛冶屋と少年の物語「親方と神様」を含む珠玉の七編を収録

伊集院 静

文藝春秋刊（単行本／文庫）

浅草のおんな

ひとの情けと、ひとの縁。
この町にはまだ、心がある

浅草の小料理屋「志万田」は、女将の志万の人柄と料理が人気を呼び、連日賑わっている。下町の情景と女心を哀感豊かに描く傑作長編

伊集院 静

文春ムック

伊集院静の流儀

エッセイ、対談、短編——

作者の「言葉の力」を実感する一冊

東日本大震災を受けての書き下ろしや週刊文春好評連載「悩むが花」傑作選、対談の採録など、充実の一途を辿る作品世界を一挙紹介

文藝春秋刊